LAURA NOAKES

COSIMA und der Diamantenraub

Aus dem britischen Englisch von
Jana Wahrendorff und Hanna Christine Fliedner
Illustriert von Flavia Sorrentino

DRAGONFLY

1. Auflage 2024
Deutsche Erstausgabe

Originaltitel: »Cosima Unfortunate Steals a Star«
Erschienen bei HarperCollins Children's Books,
a division of HarperCollinsPublishers Ltd
Umschlaggestaltung: Frauke Schneider
unter Verwendung einer Illustration von Flavia Sorrentino
Umschlagabbildungen: © Flavia Sorrentino
Gesetzt aus der Weiss Std
von Simone Horlacher/HarperCollins
Druck und Bindung: GGP Media GmbH, Pößneck
Printed in Germany · ISBN 978-3-7488-0254-9

www.dragonfly-verlag.de
Facebook: facebook.de/dragonflyverlag
Instagram: @dragonflyverlag

Klimaneutral
Druckprodukt
ClimatePartner.com/15109-2009-1001

MIX
Papier
FSC FSC® C014496

Für meine Eltern Jackie und Tim,
die immer an mich geglaubt haben.
Für meinen Ehemann Connor, der mir bei allem zur Seite steht.
Und für jedes Kind mit Behinderung, das sich nicht gesehen fühlt –
deine Geschichte zählt!

Cosima
Pearl
Mary
Diya

Miss Makel
Mr. Makel
Aggie
Lord Fitzroy
Miles

DER LONDONER ANZEIGER

13. November 1899   Preis: 2 Pennys

MISS INKOGNITA SCHLÄGT WIEDER ZU – LÜGEN EINES FABRIKDIREKTORS AUFGEDECKT

Londons tapferstes und geheimnisvollstes Reporterfräulein hat wieder einmal bewiesen, dass sich mit genug Zielstrebigkeit und Tatendrang alles erreichen lässt. In einem wagemutigen Unterfangen hat die junge Miss Inkognita das schäbige Tun der Streichholzfabrikanten aufgedeckt und bessere Arbeitsbedingungen und höhere Löhne für Frauen und Kinder erkämpft.

Die ganze Geschichte lesen Sie nur hier, nächste Woche im Anzeiger.

Lord Francis Fitzroy, weltberühmter Entdecker, präsentiert voller Stolz:

DIE EMPIRE-AUSSTELLUNG

im Palast der Schätze auf der Exhibition Road

Bestaunen Sie Wunder aus dem gesamten Britischen Weltreich. EXOTISCHE TIERE, bisher ungesehen an unseren Ufern, URALTE FOSSILIEN von Wesen längst vergangener Zeiten, GLITZERNDE JUWELEN aus den großartigen britischen Kolonien und SURRENDE ERFINDUNGEN, die Zuschauer in Erstaunen versetzen.

Eröffnung am Freitag, den 20. November

Besondere Augenweide und HERZSTÜCK DER AUSSTELLUNG, ein weltweites Symbol britischer Größe und Stärke:

DAS DIADEM MIT DEM STERNDIAMANTEN

Eintritt: 1 Schilling; von 10:00 bis 21:00 Uhr

Tunichtguten, Fremdlingen und Invaliden wird dringend von einem Besuch abgeraten. Lesen Sie alles Weitere auf Seite 2 der heutigen Ausgabe.

TAGUNG DES INSTITUTS – AUF DER SUCHE NACH EINEM HEILMITTEL FÜR DIE KÖRPERLICH UND SEELISCH BEHINDERTEN

Unter der Schirmherrschaft des Instituts fand am gestrigen Tag ein offizielles Treffen statt. Geladen waren alle am Umgang mit Behinderten Interessierten. Die Teilnehmenden einigten sich auf eine nächste Zusammenkunft am kommenden Sonnabend im Palast der Schätze.

KAPITEL EINS

Im *Heim für beklagenswerte Mädchen* drückte Cosima das Gesicht gegen das mit Eisblumen überzogene Erdgeschossfenster. Ihr Atem beschlug die Scheibe. Beinahe hätte sie die dunkle Gestalt übersehen, die zielstrebig auf die Haustür zuhielt. Gedämpfte Geräusche drangen durch die hauchdünnen Wände, und es machte *wuuusch*, als Miss Makel den geheimnisvollen Gast aus dem Schneesturm ins Haus holte. Die wohlhabenden Damen, die sie zum Tee eingeladen hatte, konnten es nicht sein – die wurden erst in ein paar Stunden erwartet.

Schwere Schritte donnerten auf das Klassenzimmer zu.

»Da kommt Mr. Makel«, zischte Cosima den anderen zu. »Versteckt alles!«

So schnell sie konnte, richtete sie sich auf. Dabei veranstalteten ihre Gelenke ein schmerzhaftes Knack-Konzert. Die Nervosität im Klassenzimmer war beinahe greifbar, als Karten von Wänden gerissen und Schmuggelwaren hastig unter losen Dielenbrettern versteckt wurden. Diya stopfte ihre halb fertige Erfindung in den Schrank.

Cosima humpelte über den knarrenden Boden und stützte sich dabei auf ihren Gehstock. Es war ein alter Besenstiel, den Diya ganz hinten in einem Schrank voller Spinnweben gefunden hatte. Mit einem Plumps ließ sie sich auf einen der Stühle an den kleinen Tischen fallen. Im selben Moment ging das Guckloch in der Tür auf.

Ein neugieriges Auge schielte hindurch und funkelte die Mädchen an. Cosima verhielt sich möglichst unauffällig, während Miss Makels Bruder, der ebenso fürchter-

liche Mr. Makel, den Blick durch den Raum schweifen ließ und im Flüsterton durchzählte, ob auch alle dort waren, wo sie hingehörten.

Cosima musterte ihre Freundinnen. Sie alle trugen identische Uniformen, krümmten sich über die Tische und starrten mürrisch auf die alten Taue, die sie aufdröseln sollten.

»Nummer eins, zurück an die Arbeit!«, blaffte Mr. Makel Cosima an. »Miss Makel will, dass jede von euch bis heute Abend drei Pfund Tauwerk gezupft hat.«

Wütend schnappte Cosima sich das dicke Seil, das in einem Haufen vor ihr auf dem Tisch lag, und fing an, die Fasern auseinanderzuziehen.

Ich heiße nicht Nummer eins, dachte sie trotzig.

Sie schielte auf die schiefe Eins, die auf ihre Uniform gestickt war. Jedes neue Kind erhielt bei der Ankunft im *Heim für beklagenswerte Mädchen* sofort eine Nummer. Die meisten Kinder wurden ihren Familien erst entrissen, wenn sie schon älter waren und ihre Behinderungen nicht mehr ignoriert werden konnten. Nur Cosima war schon als kleines Baby ins Heim gebracht worden und deshalb die Nummer eins.

Diese Tatsache lag ihr beinahe so schwer im Magen wie der ungenießbare Haferschleim, den die Makels ihnen hier jeden Tag vorsetzten. Doch als sie tief durchatmete, wurde ihr sofort etwas leichter ums Herz. Eines Tages würde sie das Geheimnis ihrer Vergangenheit lüften. Ganz sicher.

Als Mr. Makel endlich die Klappe des Gucklochs zuschlug, ließ Cosima sofort das Tau fallen.

Sie stand auf und lehnte sich etwas wackelig auf ihren Stock. »Bis zum Nachmittagstee mit den Damen dauert es noch Stunden, der Bäcker hat die Lieferung schon abgegeben, und Miss Makel ist gerade von dem unerwarteten Besuch abgelenkt«, flüsterte Cosima, sobald Mr. Makels Schritte im Flur verklungen waren. »Wenn es einen Moment gibt, in dem sie die Küchentür nicht mit Argusaugen überwacht, dann jetzt. Den müssen wir nutzen!«

Ein paar der Mädchen murmelten zustimmend, doch andere starrten weiter eisern auf ihre Seile.

Cosima seufzte. Sie hatten aufgegeben. Konnte sie ihnen das vorwerfen? Doch ein Mund voller Kuchen hatte eine heilsame Wirkung, daran glaubte Cosima ganz fest. Und sie war wild entschlossen, sie alle aufzumuntern. Also drehte sie sich zu den drei Mädchen um, die ihr am nächsten waren: ihren besten Freundinnen.

»Für diese Aktion brauche ich meine Expertinnentruppe. Was denkst du, Mary?«

Das hagere blonde Mädchen am Tisch neben Cosima rang die Hände und wippte mit den Knien auf und ab. Auf ihrer Schürze prangte eine gestickte Fünfzehn. Sie ließ das Seil fallen, das sie gerade auftrennte, und schnappte sich ihr treues Holzklemmbrett. Gedankenversunken drehte sie es in den Händen.

»Weiß nicht. Sie sperrt uns ohne Abendessen weg, wenn … Ich meine, *falls* sie uns erwischt.« Beim Sprechen stiegen Mary kleine Atemwölkchen aus dem Mund, und ihre Zähne klapperten. Seit ein paar Tagen war es bitterkalt – die Makels wollten das gute Feuerholz nicht für sie verschwenden.

»Aber mein Plan *kann* gar nicht schiefgehen!«, protestierte Cosima und schob die Unterlippe vor. Immer zweifelten ihre Freundinnen an ihren – *ziemlich fantastischen* – Ideen.

Ein bestürztes Schnauben ertönte. »Ich wette, das kann er doch!« Diya unterbrach ihre Arbeit am Seil und stieß sich von ihrem Tisch ab. Die Räder ihres Rollstuhls quietschten laut. Diya hatte braune Haut und seidig glänzende Haare, um die Taille trug sie einen überladenen Werkzeuggürtel, und auf ihrer Wange schimmerte ein verschmierter Ölfleck. Als Kleinkind hatte sie Polio gehabt, eine schwere Krankheit, die ihre Beine gelähmt hatte. Auf ihrem zerknitterten Kleid prangte die Nummer zehn. Jetzt sah sie Cosima mit hochgezogener Augenbraue an.

Cosima seufzte. Beinahe konnte sie die komplexen Berechnungen sehen, die in Diyas gigantischem Gehirn abliefen und unweigerlich dazu führen würden, dass Diya ihren Plan als lückenhaft abtat.

»Wenn wir uns deine früheren Streiche anschauen«, führte Diya aus und drehte ihren Lieblingsschraubenschlüssel zwischen den Fingern, »dann liegt die Erfolgswahrscheinlichkeit dieses speziellen Coups bei null Komma drei Prozent. Weißt du noch, wie wir uns mitten in der Nacht in Miss Makels Schlafzimmer geschlichen haben, weil du dachtest, sie sei ein blutsaugender Dämon, der sich nur gut tarnen kann?«

Cosima verschränkte die Arme. »Ich hatte gute Gründe für diese Theorie!«

Am Tisch neben Diya unterdrückte Pearl ein seltenes Kichern. Behutsam zeichnete sie sich einen großen Schillerfalter aufs Handgelenk. Er gesellte sich zu den Libellen, Motten und Bienen aus Tinte, mit denen sie ihre Arme bereits verziert hatte. Auch auf ihrer Uniform hatte sie herumgekritzelt, sodass die gestickte Zahl – die Dreizehn – kaum noch zu erkennen war. Pearl war, genau wie Cosima, ein medizinisches Mysterium. Ärzte bezeichneten ihr Verhalten als auffällig, doch Cosima fand, dieser Begriff wurde Pearls Großartigkeit nicht gerecht. Pearl war am liebsten allein, sprach nicht gern mit neuen Menschen und lächelte äußerst selten. Was jedes Grinsen, das Cosima ihr entlocken konnte, nur umso wertvoller machte.

»Oder …« Diya nahm sich kaum Zeit, Luft zu holen. »… als du dachtest, es sei eine gute Idee, wegzulaufen und Piratinnen zu werden. Miss Makel hat uns erwischt, noch bevor wir es durch die Haustür geschafft haben. Und wir hatten nicht mal ein Schiff!«

»Von dem Plan bin ich immer noch überzeugt«, murmelte Cosima.

»Und vom Wahrsager-Debakel will ich gar nicht erst anfangen!«

»Konzentrieren wir uns lieber auf den aktuellen Plan«, meinte Cosima hastig. »Pearl, wie läuft es mit deinen Fälschungen?«

Beim Klang ihres Namens sprang Pearl vom Tisch auf und steckte sich den Pinsel hinters Ohr. »Erstaunlich gut, wenn man bedenkt, dass ich das letzte Mal vor drei Jahren, vier Monaten, zwei Wochen, vier Tagen und ungefähr zwölf Stunden Kuchen gegessen habe.« Als sie die Tischplatte aufstemmte, kam ein ganzer Berg an feinstem Gebäck zum Vorschein.

Cosima entfuhr ein kurzes »Oh!«. Beim Anblick der Kirschtörtchen zog sich ihr Magen knurrend zusammen. Die Makels gaben ihnen kaum genug Haferschleim, um einen ganzen Tag zu überstehen, und diese Leckereien sahen einfach zum Anbeißen aus. Die Glasur funkelte im staubigen Dämmerlicht des Klassenzimmers, als Cosima einen Finger ausstreckte, um in das Törtchen zu piken. Es fühlte sich rau und fest an, wie ... Seil. Denn daraus bestand es ja auch. Diese falschen Kuchen waren das Schlüsselelement in Cosimas Plan, und Pearl hatte ihre Idee (wie immer) brillant umgesetzt.

»Ich glaube, das könnten deine besten Fälschungen bisher sein. Diese vornehmen Damen werden den Unterschied erst merken, wenn sie reinbeißen.«

Pearls Mundwinkel zuckten, und sofort wurde Cosima ganz warm ums Herz, wie am ersten sonnigen Frühlingstag nach einem harten Winter.

Pearl war eine wahrhaftige Künstlerin. Aus den riesigen Taurollen, die Mr. Makel auf dem Boden im Klassenzimmer stapelte, konnte sie die beeindruckendsten Kunstwerke erschaffen, und das nur mit etwas Farbe und einem Pinsel. Cosimas Aufgabe war es, alle benötigten Materialien zu beschaffen: Pearls Malutensilien, Kleinigkeiten für Diyas Erfindungen und jegliche andere Schmuggelware, die ihre Freundinnen brauchten. Darum hatte sie sich extra mit dem Sohn des Kaufmanns angefreundet. Sie sagte ihm, wann Miss Makel nicht zu Hause war und er seine Ware ohne das übliche Gezeter der Heimleiterin abliefern konnte, und dafür brachte er ihr Gegenstände aus der Außenwelt mit. Inzwischen war Cosima auch eine Meisterin darin, Sachen zu stibitzen, an denen die Makels das Interesse verloren hatten. Für die Mädchen ließen sie sich nämlich prima umfunktionieren. Mithilfe der Farbe hatte Pearl nun zum Beispiel die schnöden braunen Seile in ein farbenfrohes Wunderwerk verwandelt.

Cosima drehte sich zu Mary um. »Hast du die möglichen Schwachpunkte herausgearbeitet?«

Mary zuckte nervös zusammen. Laut Miss Makel hatte sie eine »ausgeprägte, kaum erträgliche hysterische Neurose«, doch in Cosimas Augen war sie eine aufmerksame Freundin, die sich bloß darum sorgte, auch ja alles richtig zu machen. Deshalb plante Mary bei allem, was die Mädchen taten, so gern für jede mögliche (und manchmal unmögliche) Situation vor.

Jetzt holte Mary aus ihrer großen abgegriffenen Umhängetasche ein altes Papier, dessen Ränder sich schon wellten, strich es glatt und legte es auf ihr von Diya gefertigtes Klemmbrett. Auf diesem Papier hatte sie alle erdenklichen Probleme aufgelistet, die ihnen auf ihrem Ausflug in die Küche begegnen könnten.

»Unsere Haupthürde wird Mr. Makel sein. In letzter Zeit dreht er seine Runde durch die Flure noch öfter als sonst.« Mary zitterte beim Sprechen.

Cosima stieß einen Pfiff aus und deutete auf den Punkt *FALLS BEIM KUCHENRAUB EIN TORNADO AUSBRICHT.* »Meinst du wirklich, das könnte passieren, Mary?«

Mary zog eine Augenbraue hoch. »Man kann nie vorsichtig genug sein. Wir müssen uns auf *jede* Möglichkeit vorbereiten.«

Cosima klopfte ihr sanft auf den Rücken. »Du hast uns sogar auf die unmöglichen Möglichkeiten vorbereitet. Mit diesem Plan *können* wir gar nicht scheitern.«

Mary grinste selbstbewusst und packte das Klemmbrett und Pearls Kuchenfälschungen in ihre Tasche, die sie sich dann über die Schulter warf.

Cosima schlich auf Diya zu, die sie noch immer mit hochgezogenen Brauen und verschränkten Armen ansah. Cosima musste jetzt einfach alles geben, um sie von ihrem Plan zu überzeugen. »Wie läuft's mit deiner neuesten Erfindung?«

Diyas Augen leuchteten auf wie Edisons Glühbirnen. Sie rollte ein Stück vor und zog eine brandneue Vorrichtung unter ihrem Tisch hervor. Als stünde sie auf einer großen Bühne, präsentierte sie den anderen mit einer schwungvollen Geste ihre Erfindung.

Auf den ersten Blick wirkte sie wie eine normale, wenn auch recht kurze Holzleiter – klein genug, um sie sich unter den Arm zu klemmen. Doch als Cosima genauer hinsah, entdeckte sie an der vorletzten Sprosse einen Griff. Jetzt sah sie auch, was Diya alles verarbeitet hatte: Ketten (von einem gescheiterten Zweirad-Unternehmen, in das die Makels investiert hatten), alte Blasebälge (mit denen man Menschen früher das Atmen erleichtert hatte) und eine

Handkurbel (aussortiert von Miss Makel, nachdem ihr Grammofon kaputtgegangen war).

Stolz stellte Diya die Leiter senkrecht auf den Boden, und Pearl half ihr, sie zu halten. Dann drehte Diya an der Kurbel. Mit jeder Drehung wurde die Leiter länger und kam den spinnennetzbedeckten Deckenbalken immer näher. Selbst die Mädchen, die Cosima bisher ignoriert und sich weiter mit ihren Seilen beschäftigt hatten, hielten inne und bestaunten Diyas Erfindung.

Begeistert klatschte Cosima in die Hände. »Genial! Genau das brauchen wir jetzt.«

Ehrgeiz flackerte in Diyas braunen Augen auf, und ein Lächeln huschte ihr über die Lippen. »Ich schätze, es wäre schon toll, die Kurbeltastische Leiter in Aktion zu sehen. Um zu testen, ob sie auch richtig funktioniert.« Doch dann zögerte sie plötzlich und sah Cosima mit zusammengekniffenen Augen an. »Aber kannst du versprechen, dass Miss Makel uns nicht erwischt? Ich möchte nicht riskieren, dass Mas Besuch schon wieder gestrichen wird.«

Die Makels verboten zur Strafe gern die Familienbesuche, und als Diya das jetzt erwähnte, passierten drei Dinge gleichzeitig:

Marys Gesicht nahm eine gräuliche Farbe an, die Cosima an den morgendlichen Haferschleim erinnerte. Im letzten Brief ihres Großvaters hatte sie erfahren, dass man im Arbeitshaus fand, er sei zum Arbeiten noch fit genug. Eine ganze Woche lang hatte sie sich schreckliche Sorgen um seine Gesundheit gemacht.

Pearl umarmte sich selbst und verwischte dabei die Tintentiere auf ihren hellen Armen zu dunklen Wirbeln. Cosima wusste, wie dringend sie sehen wollte, ob ihre kleine Schwester seit dem letzten Besuch noch mehr gewachsen war.

Diya schluckte ihren Kummer hinunter. Ihr Vater war auf hoher See, und sie hatte seit Monaten nichts von ihm gehört.

Cosima überlief ein trauriger Schauer. Ein Raunen ging durchs Klassenzimmer, und die anderen Mädchen mieden ihren Blick. Im Gegensatz zu ihren Freundinnen hatte Cosima keine Familie. Seit sie denken konnte, war sie in diesem Heim, und niemand hatte sie jemals besucht. Sie hatte mitbekommen, wie ältere Mädchen ab einem bestimmten Alter weggeschickt worden waren, um sich entweder kaputtzuarbeiten oder in Heimen für Erwachsene weiterzuleben. Cosima blieben nur noch ein oder zwei Jahre, um die Wahrheit über ihre Vergangenheit herauszufinden und sich ein echtes Zuhause zu suchen. Ganz hinten in ihrem Kopf schlummerte die verschwommene Erinnerung an ein Lächeln, allerdings konnte Cosima es nicht zuordnen. *Noch nicht.* Doch in jeder Flucht aus dem Klassenzimmer oder dem Schlafsaal sah sie die Chance, neue Informationsschnipsel zu finden, die sie vielleicht zu ihren Verwandten führen könnten.

Diya Nayak.

Mary Turner.

Pearl Wilson.

Cosima … Beklagenswert.

Alle anderen gehörten zu einer Familie, auch wenn sie im Moment von ihr getrennt waren. Nur Cosima nicht. Bei den seltenen Anlässen, zu denen die Behörden dem Heim einen Besuch abstatteten, wurde die nachnamenlose Cosima immer als »Cosima Beklagenswert« angesprochen – was sich anfühlte wie eine Ohrfeige.

Schnell schüttelte Cosima ihre Trauer ab und konzentrierte sich wieder auf den Plan. Und sobald sie das tat, verflog ihre Hoffnungslosigkeit augenblicklich.

»Es wird funktionieren, das *verspreche* ich. Und wir bringen Kuchen für alle mit.« Freude huschte über die hungerverzerrten Gesichter der Mädchen. Manche nickten Cosima dankbar zu, ein paar hochgezogene Schultern entspannten sich, und aufgeregtes Gemurmel erhob sich im Klassenzimmer.

Die Mädchen umringten Cosima.

»Passt auf, hier ist der Plan …«

KAPITEL ZWEI

Diya trommelte ungeduldig mit den Fingern auf der Armlehne ihres Rollstuhls, während Cosima konzentriert durchs Schlüsselloch spähte. Sie wischte sich die Schweißperlen von der Stirn und rüttelte weiter an dem alten Nagel im Schlitz, mit dem sie darin herumstocherte. Schlösserknacken war nicht gerade ihre Stärke. Inzwischen hatte sich das aufgeregte Gemurmel der Mädchen in Seufzen verwandelt.

»Cos!« Marys Blick huschte aufgeregt zwischen der tickenden Uhr an der Klassenzimmerwand und ihrem Klemmbrett hin und her. »Nur noch zwei Minuten bis zu Mr. Makels nächster Runde. Wenn wir uns nicht beeilen, muss ich unseren Notfallplan *FALLS WIR BEI DER FLUCHT AUS DEM KLASSENZIMMER ERWISCHT WERDEN* einleiten.«

»Wir sollten aufgeben.« Diya seufzte. »Das dauert doch jetzt schon ewig, und wir haben es noch nicht mal aus dem Zimmer geschafft.«

Doch Cosima versuchte weiterhin verbissen, das Schloss zu öffnen. Dann endlich machte es klick, und mit einem Knarzen schwang die Tür auf. Der Flur dahinter lag mitten im Erdgeschoss und erstreckte sich von der Eingangshalle bis zum Klassenzimmer der Mädchen, von wo aus er nach rechts abbog und zum Privatbereich der Makels führte. Er war vollgestopft mit dem seltsamsten Gerümpel: Cremes, die ewige Jugend versprachen, Kristallkugeln und anderer unnützer Kram, der verlassen herumstand und in den Tiefen des Hauses Staub ansetzte. Ständig investierten die Makels in Produkte, von denen sie sich schnellen Reichtum erhofften. Wurde diese Hoffnung wieder mal enttäuscht, landeten all diese Dinge achtlos im Flur, was ihn zu einer wahren Schatzkammer für Diya machte, die Teile daraus in ihrem Erfindespind weiterverarbeitete, einem alten Schrank ganz hinten im Schlafsaal, den sie zum Lagerbereich umfunktioniert hatte.

Dank des Schneesturms wirkte das *Heim für beklagenswerte Mädchen* noch unheimlicher als sonst. Er tauchte es in Dunkelheit und ließ einen erbarmungslosen Wind durch die Ritzen in den hauchdünnen Wänden pfeifen. Obwohl Cosima sich riesige Mühe gab, leise zu sein, dröhnte ihr Gehstock bei jedem Schritt wie ein Donnerschlag in ihren Ohren.

Sie schlich aus dem Klassenzimmer und mied dabei ein paar morsche Bodendielen. Je weiter sie kam, desto wagemutiger fühlte sie sich. Und die Aussicht, den Makels eins auszuwischen und ein paar Köstlichkeiten zu stehlen, bei deren Vorstellung ihr das Wasser im Mund zusammenlief, war ein toller Ansporn. Wann hatte sie das letzte Mal etwas gegessen, was nicht grau, kalt und matschig war?

Auf halbem Weg durch den Flur zerrte Mary plötzlich fest an Cosimas Ärmel. Ihre Oberlippe zitterte. »Mr. Makel kommt in einer Minute.«

Ticktack.

Diya schaute drein, als hätte sie geahnt, dass das passieren würde.

Ticktack.

Pearl zuckte allein beim Gedanken an die Hiebe von Miss Makel zusammen, die ihnen blühten, wenn ihre Flucht entdeckt würde.

Ticktack.

Cosima entfuhr ein Wort, das sie in ganz schöne Schwierigkeiten gebracht hätte, wenn Erwachsene es gehört hätten. Doch ihnen lief die Zeit davon, also versuchte sie ruhig zu atmen. Und das Klassenzimmer war schon zu weit weg, um jetzt noch umzukehren. Leider war Cosima mit ihrem schwachen Knie langsamer als die anderen. Sie würde es niemals schaffen.

»Denkt nach«, flüsterte sie hastig. Hoffentlich hörte niemand die Panik in ihrer Stimme. »Was können wir tun?«

»Pscht.« Mary war ein paar Schritte hinter Cosima und umklammerte mit zitternden Händen ihr Klemmbrett. »Auf meiner Liste steht unter ›*FALLS WIR IM FLUR ERWISCHT WERDEN*‹, dass wir uns da verstecken können.« Mit dem Kopf deutete sie nach links, zu einer unscheinbaren Besenkammer.

Cosima ignorierte den stechenden Schmerz in ihren Knöcheln. Sie nickte, steuerte auf die Tür zu und stemmte sie für die anderen auf. Mary eilte als Erste hinein. Auf der Suche nach Pearl drehte sie sich um.

Doch Pearl war schnell wie der Wind den Flur zurückgerannt – zur verschlossenen Klassenzimmertür.

Sie schnappte sich ihren Pinsel und fischte ein kleines Töpfchen aus der vollgestopften Schürze, in der sie all ihre wichtigsten Malutensilien aufbewahrte. Mit den Zähnen zog sie den Deckel vom Töpfchen und verteilte dann mit dem Pinsel eine klebrige Substanz auf den Rändern rund um das Guckloch.

Verwirrt sah Cosima zu. »Was machst du da?«

»Die Klappe vom Guckloch zukleben«, antwortete Pearl nüchtern und steckte sich den Pinsel wieder hinters Ohr. Dann zog sie eine schmierige Masse aus der Schürze und stopfte sie in das Türschloss, sodass nicht mal mehr Licht hindurchkam. »Und das Schloss blockieren. Damit Mr. Makel nicht bemerkt, dass wir fehlen.«

Cosima nickte gerade, als das Geräusch ertönte, das sie am meisten fürchtete: Schritte, die in der Ferne von den Wänden hallten und mit jeder Sekunde näher und näher kamen.

Stampf, stampf, stampf, stampf.

Wieder konnte sie einen Fluch nicht unterdrücken. Sie mussten sich verstecken, und zwar schnell.

»Ähm, wir haben *noch* ein Problem«, verkündete Diya kleinlaut.

Cosima wirbelte zu Mary herum, die verzweifelt (und vergeblich) versuchte, Diyas Rollstuhl in die Besenkammer zu quetschen, die sowieso schon aus allen Nähten platzte. Mit einem lauten Bums rumste der Stuhl gegen den Türrahmen, und die Räder quietschten.

Sie machten viel zu viel Lärm. Selbst wenn man so unaufmerksam war wie Mr. Makel, waren die Geräusche des Rollstuhls nicht zu überhören. Da kam Cosima eine Idee. »Pearl«, zischte sie hastig. »Sag den anderen, sie sollen singen.«

Pearl nickte, flitzte noch mal zurück und raunte den Kameradinnen durch die verschlossene Tür etwas zu.

Schon ein paar Sekunden später schallte lautes und schiefes Trällern aus dem Klassenzimmer.

»Das ist die einzige Möglichkeit, auf die ich nicht vorbereitet war«, krächzte Mary.

Während Pearl von der zugeklebten Klassenzimmertür auf sie zustürmte, zog Cosima die Brauen zusammen. Eine Lösung musste her, und zwar sofort.

Sie trat näher an die Besenkammer und sah, wo die Räder von Diyas Rollstuhl im Türrahmen feststeckten. Was sollte sie tun?

Die Idee traf sie wie ein Blitzschlag.

»Mary«, flüsterte Cosima, »schaff so viel Platz in der Kammer, wie du kannst, und sei dabei so leise wie möglich.«

Mary nickte und räumte sofort zerbrochene Besen, Putzmittel und Eimer in die äußersten Ecken der Kammer. Zum Glück übertönten die Mädchen, die sich im Klassenzimmer die Seele aus dem Leib sangen, den Radau.

Als Nächstes wandte Cosima sich an Pearl. »Hast du irgendwas Schmieriges in deiner Schürze?« Pearl nickte und zauberte eine kleine Ampulle mit transparentem Inhalt hervor. »Prima. Schmier damit die Stellen ein, wo der Stuhl klemmt.«

Pearl kniete sich hin und verteilte die Substanz auf beiden Rädern.

»Ahh«, machte Diya atemlos. »Mit dem Fett flutscht der Stuhl besser. Ganz schön pfiffig!«

Als Pearl fertig war, packten sie gemeinsam die Griffe von Diyas Rollstuhl und drückten ihn nach vorne. Cosima biss die Zähne zusammen und schob, so fest sie konnte. Hoffentlich renkte sie sich dabei nichts aus. Doch so sehr sie es auch versuchten, der Rollstuhl blieb stur stecken.

»Halt!«, rief Diya plötzlich und runzelte die Stirn.

Diesen Blick kannte Cosima. Im ratternden Hirn ihrer Freundin entstand eine neue Idee. Während Diya nachdachte, wurden die Schritte immer lauter und ertönten jetzt im gleichen Takt, in dem Cosimas panisches Herz schlug. Sie mussten sich wirklich beeilen.

»Damit dein Plan funktioniert, brauchen wir mehr Kraft …« Diya schnalzte mit der Zunge. »Ah, ich weiß – ihr müsst Anlauf nehmen!«

Sorge machte sich in Cosima breit. Normalerweise rannte sie nicht – dabei wurde der Schmerz in ihren Gelenken viel schlimmer, und die Gefahr wuchs, sich etwas auszukugeln. Trotzdem schluckte sie jetzt ihre Angst hinunter und lief mit Pearl zur anderen Flurseite.

Cosima holte tief Luft, nahm all ihren Mut zusammen und nickte Pearl zu. »Drei, zwei, eins – LOS!«

Gleichzeitig sprinteten sie vorwärts und rammten die Schultern gegen Diyas Stuhl.

Plopp! Der Stuhl schoss in die Besenkammer und stieß gegen all den Plunder, den Mary nicht zur Seite hatte räumen können. Mary selbst hüpfte kreischend aus dem Weg. Mr. Makel und seine schweißfleckige Anzugjacke kamen um die Ecke, und das Lied im Klassenzimmer schwoll noch einmal an.

»Lasst das Gejaule sein«, grummelte Mr. Makel. Sofort verstummten die Mädchen.

Pearl und Cosima schlüpften schnell hinter den anderen in die Kammer und zogen sanft die Tür hinter sich zu. Schlagartig waren sie von Dunkelheit umgeben. Einen Moment lang sah Cosima die Hand vor Augen nicht, bis eine von Diyas nützlichsten Erfindungen aufflammte. Die Flackerfunzel hatte Diya nach einem besonders grässlichen Monat erfunden, in dem Mr. Makel sich geweigert hatte, ihnen Streichhölzer für die Kerzen zu kaufen, »um Geld zu sparen«. Aus einem Glasgefäß, ein paar Drähten und einem geklauten Kohlestück hatte Diya eine Lampe gebaut, die über einen kleinen Schalter ansprang.

Cosima blinzelte, als ihre Augen sich an die Umgebung gewöhnten.

Die Schritte hielten abrupt inne.

Cosima seufzte vor Erleichterung, weil Mr. Makel sie nicht entdeckt hatte, wurde aber von seinem ärgerlichen Schnauben übertönt.

»Verflixte Klappe.«

Cosima grinste Pearl an, die – völlig zu Recht – selbstzufrieden lächelte.

Ein metallenes Klirren ertönte, als Mr. Makel seinen Schlüssel ins Schloss rammte. Sein Knurren verriet, dass auch Pearls zweite Idee funktionierte. Sie hatten ihn aus dem Klassenzimmer ausgesperrt. Erzürnt hämmerte er gegen die Tür, und Cosima hörte die gedämpften, aber erschrockenen Aufschreie der Mädchen, die sie zurückgelassen hatten. Wütend presste sie die Lippen aufeinander.

Die Makels verwandelten jeden Augenblick im *Heim für beklagenswerte Mädchen* in einen wahren Albtraum. Schuldgefühle krochen Cosima den Rücken hinauf – immerhin war der Kuchenraub ihre Idee gewesen. Sie biss sich auf die Unterlippe. Waren ein paar Kuchenstücke es wirklich wert, dass Mr. Makel vor Wut beinahe die Tür einschlug und ihren Freundinnen Angst einjagte? Sie musste etwas tun.

Schnell drehte Cosima sich um und begutachtete die alten Wäscheleinen, Putzlappen und löchrigen Eimer, die hier in der Kammer lagen.

»Was heckst du aus?«, fragte Diya.

»Wovor fürchtet Mr. Makel sich auf dieser Welt am meisten?« In Cosimas Kopf formte sich ein Plan.

»Vorm Baden«, flüsterte Pearl und hielt sich die Nase zu.

»Vor Spinnen und Insekten«, sagten die anderen im Chor.

Schon beim bloßen Anblick von kleinen Krabbeltierchen kreischte Mr. Makel regelmäßig laut auf.

Cosima trat einen Schritt vor und hob einen mit Spinnweben bedeckten Putzlappen auf. »Pearl, daraus kannst du doch bestimmt eine Spinne zaubern, oder?«

Sofort ergriff Pearl den Lappen und fing an, ihn zu zerreißen.

Dann schnappte Cosima sich ein Wäscheleinenknäuel. »Irgendwie müssen wir Pearls Spinne in Mr. Makels Nähe bekommen, ohne die Kammer zu verlassen.«

»Ich kümmere mich drum!« Diya stellte die Flackerfunzel auf den Boden und zog eine Pinzette aus ihrem Werkzeuggürtel. Dann nahm sie Cosima die Wäscheleine ab und machte sich an die Arbeit.

Cosima drehte sich zu Mary um. »Berechnest du für mich die Flugbahn?«

Mary nickte zitternd. »Da darf kein Fehler passieren. Sowohl Gewicht als auch Schwung müssen stimmen.«

»*Voilà!*« Die Spinne, die Pearl Cosima reichte, war so riesig, dass sie selbst fast Gänsehaut bekam.

Zusammen halfen sie Diya, die Wäscheleine zu entwirren, während Mary ein grobes Schaubild skizzierte. Zum Schluss banden sie die Spinne an das eine Ende der jetzt knotenfreien Leine.

»Bereit?«, fragte Cosima, als die falsche Spinne wie eine Marionette am Faden auf und ab hüpfte.

Mary seufzte nervös, nickte dann aber.

Cosima öffnete die Tür einen Spaltbreit und sah durch den Schlitz hinaus. Inzwischen rüttelte Mr. Makel am Türgriff, und die Sohlen seiner Schuhe quietschten auf dem Boden. Vorsichtig schob Cosima die Spinne in den Flur und reichte Mary das Ende der Leine. Cosima, Pearl und Diya lehnten sich zur Tür, damit ihnen das Spektakel nicht entging.

Marys Blick zuckte vom Zettel mit ihrem Schaubild zu der Spinne und weiter zu Mr. Makels ausgeprägtem Hinterkopf. Dann warf sie die angeleinte Spinne mit einer geschickten Handbewegung in die Höhe.

Cosima hielt den Atem an. Die Spinne segelte durch die Luft und landete wenige Meter hinter Mr. Makel. Enttäuschung überwältigte sie, doch das durfte sie Mary nicht zeigen. »Das war nur der erste Versuch. Ich bin sicher, beim nächsten Mal triffst du«, flüsterte sie.

Mary zog die Spinne an der Leine zurück und versuchte es erneut. Dieses Mal landete sie sogar noch weiter von Mr. Makel weg, der jetzt wieder mit seinen schwieligen Fäusten gegen den Türrahmen hämmerte. Mary sackte ein bisschen in sich zusammen.

Cosima drückte ihre freie Hand. »Du schaffst das. Wir glauben an dich.«

Mary schluckte schwer und holte die Spinne wieder zurück. Dann warf sie sie ein drittes Mal durch den Flur, und dieses Mal landete sie direkt auf Mr. Makels Schulter. Mary ruckte leicht an der Wäscheleine, damit die Spinne ihn am Hals kitzelte.

Mitten im nächsten Fausthammerschlag erstarrte er, drehte ganz langsam den Kopf und stieß einen so schrillen Schrei aus, dass Cosima die Ohren schmerzten. Dann, ohne eine weitere Sekunde zu zögern, nahm er Reißaus.

Cosima fiel ein kleiner Stein vom Herzen. Sie stieß die Kammertür auf, und die vier Mädchen traten in den Flur hinaus. Sofort schlug Mary die Richtung zur Eingangshalle ein. Bei jedem Schritt – oder in Diyas Fall jeder Raddrehung – ächzte der Boden unter ihnen wie ein Geist, der das Spuken leid war. Cosima versuchte mit den anderen mitzuhalten, doch ihr Knie pochte, und Furcht fraß sich ihr durch den Magen. Sie würde sich bestimmt bald etwas auskugeln. Kurz machte sie Pause und lehnte sich auf ihren Gehstock.

Als sie Diyas besorgten Blick bemerkte, schob sie ihre Angst schnell beiseite. Diya spürte immer, wenn es ein schlechter Tag für Cosimas Gelenke war. Doch heute wollte Cosima ihren Schmerz für sich behalten. Damit ihre Freundinnen sich keine Sorgen machten. Ändern konnten sie ja sowieso nichts.

Endlich erreichten sie das Ende des Flurs und spähten gemeinsam in die Eingangshalle des *Heims für beklagenswerte Mädchen*. Normalerweise erwarteten sie hier bloß alte, verstaubte Möbel und schmuddelige Wände, von denen sich schon die Farbe abschälte. Aber da die wohlhabenden Damen kommen sollten, hatten die Makels eins der kräftigeren Mädchen gezwungen, die Räumlichkeiten auf Vordermann zu bringen. Allerdings wollten die Vase mit den welken Blumen und ein paar gerade gerückte Bilderrahmen den baufälligen Zustand des Hauses nicht so recht verschleiern. Aus dem Briefkasten quollen ungeöffnete Briefe und schrien einem förmlich Worte zu wie *LETZTE MAHNUNG* oder *RECHNUNG*. Ein schiefes Banner mit der gestickten Aufschrift *WILLKOMMEN, VEREHRTE DAMEN* war quer durch den Raum gespannt worden. Cosima unterdrückte den Drang, die Augen zu verdrehen. Die Makels empfingen diese langweiligen reichen Damen doch nur zum Nachmittagstee im Heim, weil sich so die leeren Taschen wieder mit Geld füllen ließen. Als Cosima zu Boden sah, starrte ihr ein bleiches Gesicht mit schlammfarbenen Wuschelhaaren entgegen, so sorgfältig hatte eins der Mädchen ihn gebohnert.

In der Mitte der Eingangshalle führte eine knarzende Treppe hinauf in den ersten Stock des Hauses, wo die Mädchen ihre Nächte in einem spärlichen Schlafsaal verbrachten. Cosima hasste diese Stufen abgrundtief. Bei jedem Erklimmen wurden ihre Schmerzen größer. Für die Mädchen in Rollstühlen war es sogar noch schlimmer. Sie mussten sich hochtragen lassen und wurden oben unsanft wieder in ihre Stühle gesetzt. Auf der anderen Seite der Eingangshalle wartete eine verschlossene Tür. Die Küchentür. Direkt daneben, viel zu hoch, um von Kindern erreicht zu werden, gab es eine Art Durchreiche. Dort wurden zur Essenszeit Teller auf den schmalen Sims gestellt, um dann ins Esszimmer gebracht zu werden. Diese Öffnung war, das wusste Cosima sicher, ihr einziger Weg in die Küche, wenn sie Miss Makels Schlüssel nicht stehlen wollten. Und die trug sie immer um den Hals.

Neben der verschlossenen Küchentür lag Miss Makels Büro, der furchterregendste Ort im ganzen Heim. Dort vollstreckte die Heimleiterin die grausamsten Strafen: ihnen die Haare eins nach dem anderen vom Kopf zu reißen oder ein brennendes Streichholz unter die nackten Fußsohlen zu halten. Die Tür zum Büro stand einen Spalt offen. Cosima unterdrückte einen Schauer, als Stimmen aus dem Inneren herausdrangen. Eine von ihnen war schrecklich vertraut: Bei Miss Makels schriller Krächzstimme bekam Cosima direkt Kopfschmerzen. Die andere Stimme war jedoch neu, ein dröhnender Bariton. Cosima wusste sofort, dass sie jemandem von Bedeutung gehörte. Bedeutenden Menschen verbot nie jemand das Wort. Cosima dagegen bekam mindestens fünfmal am Tag zu hören, dass sie leise zu sein hatte.

»Ich habe Ihnen die Bücher mitgebracht, die Sie so gern haben wollten. Außerdem, meine liebe Miss Makel, ist die nächste Rate Ihrer Investition überfällig. Eine kleine Unannehmlichkeit, aber ich bin sicher, dass wir zu einer Einigung kommen, die uns beiden gefällt«, sagte der Mann.

Cosima grinste. Miss Makel war wunderbar abgelenkt. Mit einem Finger bedeutete sie den anderen Mädchen, dass sie mit dem Plan fortfahren konnten, und eine Mischung aus Angst und Aufregung wirbelte ihr durch den Magen.

KAPITEL DREI

Der Plan war kinderleicht. Pearl war die Stärkste von ihnen, deshalb sollte sie die Leiter in die Eingangshalle tragen und Diya helfen, sie auszufahren. Mary war die Kleinste, also würde sie sich mit den falschen Kuchen durch die Öffnung in die Küche quetschen. Mit ein bisschen Glück würden die Fälschungen aus Seil die Erwachsenen so lange an der Nase herumführen, bis alle Beweise verspeist waren.

Mit der Leiter unter dem Arm steuerte Pearl die Durchreiche an. Die Tintenkleckse auf ihrer Haut sahen inzwischen aus wie Gewitterwolken. Diya war direkt hinter ihr. Cosima blieb im Hintergrund, behielt die Bürotür im Auge und betete im Stillen, dass sie nicht plötzlich aufflog. Gemeinsam platzierten Diya und Pearl die Leiter auf dem Boden und lehnten sie an die Wand. Die oberste Sprosse reichte Diya kaum bis zum Schoß. Cosima holte tief Luft, um sich zu beruhigen, dann drehte sie sich zu Mary und formte mit den Lippen: »Los!«

Mit Pearls Kuchenfälschungen in der Tasche und vor Aufregung bebenden Schultern schlich Mary auf die Durchreiche zu.

Die war auf einer guten Höhe – für Erwachsene. Sie konnten die Mahlzeiten problemlos entgegennehmen, während sie für Cosima und ihre Freundinnen außer Reichweite blieben. Vermutlich war das Absicht, damit auch ja niemand nur ein Fitzelchen mehr bekam als die klägliche Portion Haferschleim, die ihnen zustand.

Diya drehte an der Kurbel ihrer Erfindung, und schon wuchs die Leiter. Bei jedem Kurbelquietschen zuckte Cosima zusammen. Hoffentlich hörte Miss Makel nichts. Dann endlich war die Leiter weit genug ausgefahren und lehnte am Sims unter der Durchreiche.

Im Kopf ging Cosima die nächsten Schritte durch: Mary sollte die Sprossen hinaufklettern, sich durch die kleine Öffnung quetschen, die Kuchen finden und sie durch die Fälschungen ersetzen. Aber würde sie das auch schaffen? Ihre Oberlippe zitterte, und sie holte zaghaft Luft.

Neben Mary stand Pearl und musterte sie unsicher.

»Alles in Ordnung?«, fragte sie sanft, doch Mary antwortete nicht.

Cosima wusste genau, was auf diese Anzeichen üblicherweise folgte: ein Panikbeben. Hastig verließ sie ihren Beobachtungsposten vor dem Büro und lief durch die Eingangshalle, so schnell ihre schmerzenden Beine sie trugen.

Mit festem Griff packte sie die Hände ihrer Freundin, die vor Nervosität schon ganz feucht waren. »Lass uns zusammen bis zehn zählen, Mary«, flüsterte sie. »Und denk dich an einen ruhigen Ort.«

Mary klammerte sich an Cosima und kniff fest die Augen zu. Sie schnaufte wie ein verstopfter Fabrikschornstein. Zum Glück übertönte die Unterhaltung zwischen Miss Makel und dem Fremden Marys Stoßatmung, und die anderen konnten ihr im Flüsterton gut zureden. »Eins, zwei, drei«, zählte Cosima mit ihrer beruhigendsten Stimme.

»Vier«, stieß Mary zwischen zusammengebissenen Zähnen hervor. Sie öffnete die Augen, und Tränen liefen ihr über die Wangen. »Fünf, sechs.«

»Sieben.« Diya nickte aufmunternd. Sie kam näher und legte ihr eine Hand auf die Schulter.

»Acht.« Pearl hielt den Blick fest auf den Boden gerichtet, stimmte aber mit ein.

»Neun«, machte Cosima weiter.

Mary wischte sich die Tränen aus dem Gesicht und lächelte ihre Freundinnen an. »Zehn«, seufzte sie schließlich. »Tut mir leid, Cos. Ich glaube, ich kann das nicht.«

Cosima grinste. »Schon gut. Ich mache es!« Sie straffte die Schultern und warf sich in Pose, als wäre sie die Heldin aus einem Buch. Sie war die Einzige, die sonst noch infrage kam: Diya schaffte es in ihrem Stuhl auf keinen Fall die Leiter hinauf, und Pearl mochte keine engen Räume, konnte sich also nicht durch die Öffnung quetschen. Cosima ignorierte das Ziehen in ihrem Magen.

Sie streckte ihren Gehstock aus. Mit einem schwachen Lächeln nahm Mary ihn ihr ab und reichte ihr stattdessen die Tasche mit den falschen Kuchen.

Cosima schüttelte sich den wuschligen Pony aus den Augen. Jetzt wurde es ernst. Dann rollte sie die Schultern (zum Glück blieben alle

Gelenke, wo sie hingehörten) und reckte die Arme, als wäre sie eine Boxerin kurz vor dem Kampf. Sie hängte sich die Tasche um und stieg auf die erste Sprosse.

Mit jedem Schritt hinauf schoss ihr neuer Schmerz durch die Beine. Ihre Knochen fühlten sich an, als würden sie jede Sekunde zerbrechen wie Glas. Sprosse für Sprosse tastete sie sich hinauf, bis sie endlich oben ankam.

Als sie über die Schulter zurückblickte, erschien ihr der Boden ganz schön weit weg. Cosima grinste breit. Theoretisch hätte das unmöglich sein sollen. Eine Welle der Aufregung erfasste sie, und sie ignorierte ihre schweißnasse Haut, das pochende Herz und die schmerzenden Glieder. Seit sie klein war, hatten Ärztinnen und Ärzte ihr prophezeit, dass sie wegen ihrer schwachen Gelenke eines Tages gelähmt sein und nicht mehr laufen können würde. Und an manchen Tagen stimmte das auch. Doch von Abenteuern ließ Cosima sich trotzdem nicht abhalten.

Miss Makel und der Fremde unterhielten sich noch immer lautstark. Cosima biss die Zähne zusammen und schob sich durch die enge Durchreiche. Alles andere als elegant purzelte sie auf die Arbeitsplatte in der Küche. Hoffentlich hatte Miss Makel das nicht gehört. Eine, vielleicht zwei Sekunden lang hielt Cosima den Atem an, doch die Stimmen verstummten nicht.

Also rutschte sie vorsichtig von der Arbeitsplatte herunter. Die kunstvoll verzierten Kuchen standen auf einem Holztisch mitten im Raum. Cosima eilte auf den Tisch voller Köstlichkeiten zu. Ihr Magen knurrte gierig, und sie konnte gerade noch dem Drang widerstehen, sich gleich hier und jetzt ein Stück Gebäck in den Mund zu stopfen.

Stattdessen zog sie Pearls Kunstwerke aus der Tasche, platzierte sie auf dem Tisch und schnappte sich so viele der echten Kuchen, wie in die Tasche passten.

Ein paar Köstlichkeiten schwerer als auf dem Hinweg, eilte Cosima zurück zum Loch in der Wand und kletterte auf die Arbeitsplatte.

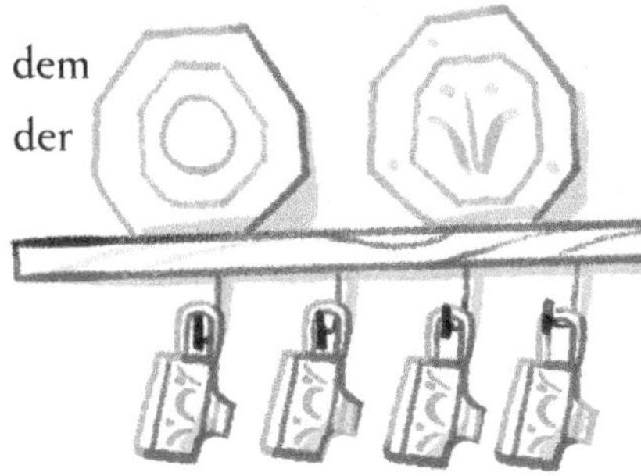

»Beeil dich«, flüsterte Diya von draußen. »Mary meint, die Unterhaltung sei gleich zu Ende.«

Mit pochendem Herzen holte Cosima tief Luft und wollte sich wieder durch die Öffnung schieben. Doch genau in diesem Moment sprang ihr etwas ins Auge.

Dort auf der Arbeitsplatte lag aufgeschlagen das schwere, abgegriffene Bestandsbuch von Miss Makel. Cosimas Herz machte einen Satz. In diesem kostbaren Buch dokumentierte die Heimleiterin sorgfältig alle Informationen über die Mädchen (wann sie ins Heim gekommen waren, wer sie abgeliefert hatte, ihre Behinderungen). Normalerweise hielt sie es sicher in ihrem Büro unter Verschluss. Direkt neben dem Buch entdeckte Cosima einen Teller voller Kuchenkrümel und die heutige Ausgabe des *Anzeigers*. Anscheinend hatte Miss Makel Kuchen futternd an der Buchhaltung gesessen, als plötzlich der Fremde aufgetaucht war.

Cosimas Füße bewegten sich, ehe ihr Hirn die Entscheidung getroffen hatte. Sie hüpfte wieder von der Arbeitsplatte, und ein unerträglicher Schmerz schoss ihr durch die Knie. Schnell biss sie sich auf die Lippe, um nicht laut aufzuschreien. Tränen stiegen ihr in die Augen, doch sie wischte sie weg und blätterte durch die Seiten.

Das Buch war voller Tabellen mit Informationen über jedes der Mädchen. In der ersten Spalte standen jeweils die Nummern der Kinder. Manche Einträge waren durchgestrichen, weil die Mädchen das Heim wegen ihres Alters oder aus sonstigen Gründen verlassen hatten. Cosima stöberte durch die Seiten, entdeckte die Fünfzehn (Mary), die Dreizehn (Pearl) und die Zehn (Diya). Doch als sie zur ersten Seite kam, runzelte sie die Stirn. Da war der Eintrag für die Nummer zwei (Clementine, eingetroffen 1891, blind), doch ihren eigenen Eintrag konnte Cosima kaum lesen, so verschmiert war die Tinte. Sie untersuchte das fast vollständig ruinierte Blatt genauer: Das Papier war knittrig und verfärbt, als wäre etwas Ekelhaftes darauf verschüttet worden. Als sie daran schnupperte, waberte ihr der unverkennbare Geruch von Miss Makels Lieblingstrunk entgegen.

Die Aufregung, die Cosima vorhin gepackt hatte, ebbte wieder ab. Sie starrte auf die schmuddelige Seite und kämpfte gegen die Tränen an, die ihr aus den Augen zu kullern drohten. Entschlossen schniefte sie. Auf keinen Fall würde sie ihre Zeit hier mit Heulen verschwenden. Stattdessen begutachtete sie die Spalte ganz rechts genauer, lehnte sich so nah an die verschmierten Buchstaben, dass ihre Wimpern über das Papier strichen. Sie formte die Worte beim Lesen mit dem Mund: *Bei Ankunft in Besitz eines Stofftaschentuchs.*

Cosimas Hirn fing an zu rattern. Die Spalte trug die Überschrift *Zusätzliche Anmerkungen*, und bei Nummer zwei hatte Miss Makel *Heulsuse* notiert. So schwer ihr das Herz vorhin geworden war, so schnell schlug es ihr jetzt wieder bis zum Hals. Ein Stofftaschentuch. Sie hatte immer gedacht, sie sei ohne irgendetwas im Heim angekommen. Wie ein Heißluftballon flogen ihre Gedanken zu der alten Apfelkiste im Schlafsaal, in der die Mädchen ihre persönlichen Sachen und Kleinkram aufbewahrten, zum Beispiel Pearls Malutensilien, Diyas Ersatzteile und Cosimas Sammlung an geklauten Zeitungen. Dort auf dem Boden der Kiste, da war sie ganz sicher, lag ein mottenzerfressenes, staubiges Stoffstück. Auch wenn es schon seit Jahren kein Tageslicht mehr erblickt hatte, wusste Cosima, dass es da war. Konnte es das Stofftaschentuch sein, das hier erwähnt wurde? Vorsichtig fuhr Cosima mit den Fingern über die ausgeblichene Tinte. Das war ein Hinweis, ein Brotkrumen auf einer Schnitzeljagd.

Aus Miss Makels Büro ertönte ein lautes »Ha, ha, ha!«. Cosima schreckte auf und blätterte hastig zu der ursprünglichen Seite zurück. Dabei fiel ihr die Überschrift des *Anzeigers* ins Auge: »DAS DIADEM MIT DEM STERNDIAMANTEN«. Darunter war die Schwarz-Weiß-Abbildung eines luxuriösen Diadems zu sehen, mit einem funkelnden Diamanten in der Mitte.

Ohne darüber nachzudenken, steckte Cosima sich die Zeitung in die Schürzentasche. Schon seit sie Lesen gelernt hatte, stahl sie jede Zeitung, die sie in die Finger bekam. Von den aufregenden Veranstaltungen in der Außenwelt zu lesen, machte ihr trostloses Leben im Heim ein wenig erträglicher.

Sie zog sich auf die Arbeitsplatte, zwängte sich wieder durch die Öffnung und tastete mit den Füßen nach den Sprossen der Leiter. Sie hatte es fast geschafft!

Gerade als ihr Fuß die erste Sprosse fand, dröhnte Miss Makels Stimme durch den Flur.

»Ich … Ich verstehe nicht. Sie wollen *alle* Mädchen adoptieren? Aber was hat das mit meinen Schulden zu tun?«

Cosima erstarrte. Ihre Gedanken rasten. Adoption? Die Mädchen aus diesem Heim wurden nicht adoptiert! Sie waren doch nur in der Obhut der Makels, weil die Behörden es so angeordnet hatten. Viele von ihnen hatten Familien, die sie verzweifelt vermissten. Hastig kletterte Cosima die restlichen Sprossen hinunter, während die Stimme des Fremden eine Antwort donnerte.

Miss Makel klang verunsichert, und das löste ein nervöses Ziepen in Cosima aus. Miss Makel war nie unsicher – von ihr hieß es immer nur: »So und nicht anders!«

Pearl fuhr die Leiter wieder ein, und die anderen schlichen auf leisen Sohlen (oder in Diyas Fall Reifen) zurück in den Flur, der zum Klassenzimmer führte. Doch Cosima zögerte – sie musste herausfinden, wer der seltsame Mann war und warum er sie adoptieren wollte.

Die anderen marschierten voran, gut gelaunt, weil der Kuchenraub ohne Probleme verlaufen war.

Cosima blieb stehen und traf eine Entscheidung. »Geht schon mal ohne mich zurück«, flüsterte sie. »Ich komme gleich nach.«

»Was hast du vor?«, zischte Diya.

Mary war wie vom Donner gerührt. »Das gehört nicht zum Plan.«

»Komm schon, Cos«, flehte Pearl.

Doch sie schüttelte den Kopf und schlüpfte hinter einen Garderobenständer. Sie zupfte so lange an Miss Makels Pelzen und Stolen, bis sie völlig dahinter verschwand und ungesehen durch den Türspalt ins Büro spähen konnte.

Miss Makel saß kerzengerade an ihrem Schreibtisch, mit geschürzten Lippen und hochgezogenen Augenbrauen, und starrte auf etwas auf dem Handgelenk des Fremden, das Cosima nicht richtig sehen konnte. Hinter ihr an der Wand hingen all ihre liebsten Folterinstrumente: ein Rohrstock, der schon viele rote Striemen auf Cosimas Oberschenkeln hinterlassen hatte, eine rasiermesserscharfe Schere (um die Haare von ungezogenen Mädchen abzuschneiden) und ein steifer Lederriemen. Und eingeschlossen in der obersten Schublade, das wusste Cosima genau, befand sich Miss Makels Lieblingsgetränk: Brummschädelbräu.

Die Stimme des Fremden war aalglatt, und er sprach so schnell, dass Cosima kaum ein Wort verstand. Er war groß und dünn, so viel konnte sie aus ihrem Versteck heraus erkennen. Sein Gesicht zierte ein modischer Zwirbelbart, in der Brusttasche seiner rubinroten Weste steckte ein Monokel. Cosima lief ein Schauer über den Rücken, als ihr klar wurde, dass etwas an diesem Mann ihr vertraut vorkam. Hatte sie vielleicht in einer stibitzten Zeitung von ihm gelesen?

An ihrer spitzen Nase vorbei musterte Miss Makel noch immer das Handgelenk des Fremden. Was auch immer sie dort entdeckte, es ließ sie zusammenzucken. Miss Makel fürchtete sich! Cosima runzelte die Stirn. Doch selbst wenn sie sich ganz weit zur Seite lehnte, konnte sie das Handgelenk einfach nicht sehen.

Und sobald der Mann den Arm sinken ließ, rutschte auch schon die Manschette seines Hemdes hinunter, und die goldenen Manschettenknöpfe funkelten. Er räusperte sich und sprach langsamer, sodass Cosima ihn verstand. »Wie Sie schon sagten, Sie haben all ihr hart verdientes Geld in mein aufregendes neues Projekt investiert. Wenn ich beweise, dass es funktioniert, werden Sie reich! Wen kümmern da schon ein paar Heimkinder?«

Miss Makels kreidebleiche Wangen liefen puterrot an. »Aber, Lord Fitzroy, Sie sind doch sicher viel zu beschäftigt, um sich um zwanzig Mädchen zu kümmern. Es stand sogar in der Zeitung: Die Ausstellung eröffnet diese Woche. Warum warten wir nicht noch eine Weile?«

In ihrem Versteck strich Cosima mit den Fingern über die Seiten ihrer gestohlenen Zeitung. War in einer der Schlagzeilen nicht auch die Rede von einer Ausstellung?

Lord Fitzroy schlug so plötzlich mit den flachen Händen auf den Tisch, dass Miss Makel vor Schreck zusammenfuhr. »Eben wegen der Ausstellung muss es genau jetzt sein.« Spucke flog über die vor ihm kauernde Miss Makel hinweg, und Cosima verzog das Gesicht. Das alles war doch höchst … *seltsam*. »Während die Zeitungen sich auf die Ausstellung stürzen, kann ich mein Projekt auf den Markt bringen, ganz ohne die neugierigen Blicke und gefühlsduseligen Einwände all der Weltverbesserer, die den Fortschritt der Wissenschaft mit aller Macht aufhalten wollen. Dafür brauche ich einfach ein paar Kinder. Und zwar beeinträchtigte Kinder.«

Zwischen den Pelzen wurde Cosima der Mund so trocken wie altes Seil, und ihr Magen grummelte, dieses Mal allerdings nicht vor Hunger, sondern vor Angst und Wut. Sie und ihre Freundinnen waren nicht beeinträchtigt, sie hatten bloß Behinderungen.

»Aber diese Kinder stehen ja nicht zum Verkauf!«, sprudelte es aus Miss Makel heraus. »Das hier ist kein Waisenhaus. Wir beherbergen Mädchen, die wegen ihrer Einschränkungen nicht in die feine Gesellschaft passen. Die meisten haben noch Familien.«

Da stürmte Lord Fitzroy auf einmal aus dem Büro heraus und auf den Garderobenständer zu. Cosima hielt die Luft an, als wäre sie dadurch weniger sichtbar. Hoffentlich hörte er das wilde Pochen ihres Herzens nicht! Er kam näher, und endlich erhaschte Cosima einen Blick auf sein Handgelenk. Dort war ein mit Tinte gestochener knorriger Baum zu sehen. Und direkt darunter Worte in einer merkwürdigen Sprache. Cosima kniff die Augen zusammen und versuchte sie zu lesen, formte die Worte mit dem Mund, um sie sich einzuprägen: *Non quantitas sed qualitas*.

Schnell lehnte sie sich zurück in den Schutz der Pelze. Was bedeuteten dieser Baum und die fremden Worte? Und warum jagten sie Miss Makel Angst ein?

Lord Fitzroy nahm seinen Mantel von der Garderobe und legte

ihn sich über die Schultern. »Wie ich sehe, sind Sie den Zielen des Instituts nicht so wohlgesonnen, wie Sie sein sollten.« Sein Zwirbelbart zuckte vor Verachtung. »Deshalb werde ich unverzüglich Schritte einleiten, um Ihre Mitgliedschaft aufzuheben. All das Geld, das Sie investiert haben, kann selbstverständlich nicht zurückgezahlt werden. Natürlich geht damit ebenfalls einher, dass gewisse Kenntnisse meinerseits an die Öffentlichkeit gelangen.«

Cosima runzelte die Stirn. Wer oder was war das »Institut«? Der mysteriöse Name schien Absicht zu sein. Aber was hatten dieser Lord und Miss Makel damit zu tun?

»Nein, nein, Eure Lordschaft, ich bin dem Institut durchaus wohlgesonnen.«

Still wie eine Statue stand Cosima hinter den Mänteln, während Miss Makel ihren Stuhl mit einem Quietschen nach hinten schob und mit klackenden Stiefelabsätzen Lord Fitzroy hinterherlief. »Aber was soll ich den Eltern sagen? Was soll ich erzählen, wenn all ihre Töchter auf einmal verschwinden?«

Hinter den Pelzen konnte Cosima einen erschrockenen Aufschrei gerade noch unterdrücken. Doch selbst als der erste Schock nachließ, blieb ein tückisches Stechen der Eifersucht in ihrem Magen zurück. Wenn sie verschwand, würde Miss Makel niemanden informieren müssen. Die Erinnerung an Cosima würde einfach verblassen, wie ein Geist.

Kurz flackerte Verärgerung in Lord Fitzroys Gesicht auf, doch er überspielte sie sofort mit einem wächsernen Lächeln. »Ich bin sicher, Ihnen fällt eine kreative Ausrede ein. Sie wirken wie eine intelligente Frau. Immerhin haben Sie den Weg in meinen Verein gefunden.«

Miss Makels Miene hellte sich auf, und ein wölfisches Grinsen breitete sich darauf aus. »Na schön. Wenn Sie unsere Investition bestehen lassen und uns, sagen wir, fünfzig Pfund mehr auszahlen, kommen wir ins Geschäft.« Sie wirbelte auf dem Absatz herum und stapfte zurück in ihr Büro. »Ich kann die Familien eine Weile hinhalten, aber ein paar Tage zur Vorbereitung werde ich schon brauchen. Wir wollen ja nicht, dass die Behörden herumschnüffeln.«

Lord Fitzroys Lächeln erreichte seine Augen nicht. »Natürlich, meine liebe Miss Makel.« Jetzt war er wieder zuckersüß, schließlich hatte er bekommen, was er wollte. Er folgte ihr und schloss die Bürotür ganz sanft hinter sich.

Sorge überwältigte Cosima. Sie musste auf der Stelle hier verschwinden und in Ruhe überlegen, was das Ganze zu bedeuten hatte. Doch als sie hinter der Garderobe hervortrat, schoss ihr ein stechender Schmerz durchs Knie, und die Kniescheibe sprang heraus. Einen Moment lang hing Cosima in der Luft, dann stürzte sie zu Boden und riss die Garderobe mit sich. Hüte, Mäntel und Schirme schlitterten über den Dielenboden, und Cosima wurde fast ohnmächtig vor Schmerz.

Sie verzog das Gesicht und wimmerte gequält, während sie die Kniescheibe wieder zurückdrückte. Die geklaute Zeitung war ihr aus der Schürze gesegelt. Hastig ließ sie sie unter dem Taillenband ihres Kleides verschwinden. Ihre Freundinnen waren anscheinend noch nicht zurück im Klassenzimmer, denn sie kamen auf einmal wieder in die Eingangshalle und eilten auf sie zu.

Stampf, stampf, stampf, stampf.

Erneut kam Miss Makel aus dem Büro gestürmt, ihr stechender Blick huschte von Cosima über die krümelige Tasche zu ihren Freundinnen. Pearl hielt sich die Ohren zu und wiegte mit zugekniffenen

Augen vor und zurück. Als Miss Makel näher kam, zuckte sie zusammen. Lord Fitzroy folgte der Heimleiterin und beäugte die Mädchen durch sein Monokel, als stünde er im Zoo.

Miss Makel beugte sich vor und knirschte zornig mit den Zähnen. »Mach die Tasche leer.«

Cosima rutschte das Herz in die Hose. Ganz langsam und mit pochendem Knie rappelte sie sich in eine sitzende Position auf. Widerwillig reichte sie Miss Makel die gestohlenen Kuchen. Der huschte ganz flüchtig ein Grinsen über das Gesicht, dann ließ sie die Kuchen fallen und zertrampelte sie mit dem Absatz ihres Stiefels. Cosimas Magen zog sich vor Hunger und Bedauern zusammen.

»Lord Fitzroy, ich möchte Ihnen gerne ein paar der Kinder vorstellen, die Sie adoptieren werden«, rief Miss Makel fröhlich. Und da Cosima ihr am nächsten war, packte sie sie am Kragen ihrer Uniform und riss sie auf die Füße.

Cosima kreischte laut auf.

»Das hier ist Nummer eins. Unsere ärgste Unruhestifterin und viel zu neugierig. Wegen ihrer schwachen Gelenke ist sie im Haushalt allerdings nicht zu gebrauchen.« Sobald sie sie losließ, landete Cosima ein weiteres Mal auf dem Boden.

Dann packte Miss Makel Diyas Rollstuhl und schob sie Lord Fitzroy direkt vor die Nase. »Diese entsetzliche Rotzgöre hier ist Nummer zehn. Ihre Eltern kommen aus Übersee, und sie hat einen sehr ungewöhnlichen Namen.«

Lord Fitzroy zog eine Augenbraue hoch. »Wie sonderbar. Wissen wir, woher genau ihre Eltern stammen?«

Miss Makel zuckte mit den Schultern und stieß Diya in die Seite, damit sie antwortete.

Ganz langsam streckte Diya den Rücken durch und hob das Kinn. Ihr Mut beeindruckte Cosima. »Meine Mutter kommt aus Stepney, Sir. Und mein Vater ist ein Laskar, aus Indien. Und in Indien ist mein Name *nicht* ungewöhnlich.«

Lord Fitzroy schien sich zu schade zu sein, um mit Diya direkt zu sprechen. Stattdessen schnaubte er nur und fragte Miss Makel: »Was ist ein Laskar?« Die zuckte wieder nur die Schultern.

Diya sog scharf die Luft ein. Ihre Hände ballten sich zu Fäusten. »Ein Laskar ist ein Seemann, normalerweise aus Asien. Mein Vater kam mit seinem Schiff nach Großbritannien.«

Lord Fitzroy gähnte, als würde ihn diese Erklärung fürchterlich langweilen. »Erzählen Sie weiter, Miss Makel.«

»Sie ist als Baby an Polio erkrankt und sitzt seitdem in diesem Stuhl. Geschickte Hände, weiß allerdings gelegentlich nicht, wann sie besser still zu sein hat.« Sobald sie frei war, rollte Diya zu Cosima hinüber, um ihr aufzuhelfen.

Miss Makel wandte sich zu der zitternden Mary um und fauchte ihr förmlich ins Gesicht: »Nummer fünfzehn leidet an einer schrecklichen Neurose. Kaum zu irgendwas zu gebrauchen, zittert immer, fällt ständig in Ohnmacht und neigt zur Melodramatik. Und schließlich Nummer dreizehn.« Mit einem spitzen Finger zeigte sie auf Pearl, die entschlossen zu Boden starrte und alles um sich herum zu ignorieren schien. »Ein sehr eigenartiges Exemplar. Spricht kaum, hat entsetzliche Manieren und ist vollkommen nutzlos.«

Obwohl die Schmerzen Cosima am Boden hielten, entging ihr Fitzroys besonderes Interesse an Pearl nicht. Er ging auf sie zu und beugte sich so weit vor, bis sein Zwirbelbart ihr fast über die Stirn strich. Cosima wünschte, sie könnte ihre Freundin aus seiner erdrückenden Nähe retten. Pearls Lippen zitterten unter seinem eindringlichen Blick, und sie lehnte sich mit dem ganzen Körper von ihm weg.

»Ich sehe, was Sie meinen«, sagte Fitzroy langsam und schnipste Pearl laut ins Ohr. »Fast keine Reaktion. Wie außergewöhnlich.«

»Taugen diese Kinder für Ihre Zwecke?«, fragte Miss Makel.

Cosima gefror das Blut in den Adern. Vor Wut und Sorge dröhnte ihr der Schädel. Das durfte doch nicht wahr sein.

Einen Moment lang sagte Lord Fitzroy nichts. Stattdessen musterte er die Mädchen nur mit abschätzigen Blicken. Er tippte sich ans Kinn und begutachtete sie noch genauer, starrte ihnen in die Gesichter, beurteilte den Zustand ihrer Kleider. Vor Pearl hielt er inne und nickte. »Das wird gehen. Ist der Rest dieser mitleiderregenden Gruppe ähnlich?«, fragte er, als wären die Mädchen das neueste modische Accessoire.

Das Dröhnen in Cosimas Kopf klang langsam ab. »Wir sind Menschen«, platzte es aus ihr heraus. »Genau wie Sie.«

Ein boshaftes Funkeln von Miss Makel brachte sie zum Schweigen. Lord Fitzroy blinzelte, doch seine Augen waren kalt und leer, als hätte er wissenschaftliche Forschungsobjekte vor sich.

»Welche anderen haben Sie noch?«, fragte er Miss Makel über die Köpfe der Mädchen hinweg. Cosima ignorierte er völlig.

In Miss Makels Augen konnte man förmlich Münzen aufblitzen sehen. »Alles, was Sie sich vorstellen können: Ein paar sind blind oder taub, einige können nicht sprechen, und so weiter. Zwanzig Mädchen insgesamt, alle zwischen vier und zwölf Jahren, alle auf die eine oder andere Art – wie haben Sie es ausgedrückt? Mitleiderregend.«

Lord Fitzroy grummelte zufrieden. »Ich hole sie ab, wenn die Formalitäten abgeschlossen sind. Aber ich will sie *alle*.«

»Sobald wir die volle Summe erhalten haben, gehören sie ganz Ihnen.«

Lord Fitzroy stieß ein kurzes, scharfes Bellen aus, das offenbar sein Lachen war. »Sie verhandeln ausgesprochen hart.«

Miss Makel machte eine siegessichere Miene. »Also sind wir uns einig?«

»Natürlich. Allerdings …«, Fitzroy packte Pearl mit eisernem Griff am Handgelenk, »nehme ich die hier mit, als … *Anzahlung*.«

Ein schauriges Kreischen entfuhr Cosima. Nein, nein, nein, das durfte nicht passieren. Sie hatte das Gefühl, als würde ihr jemand das Herz aus der Brust reißen.

Lord Fitzroy zerrte Pearl durch die Eingangshalle. Sie strampelte und schrie, Cosima humpelte trotz ihrer Schmerzen hinter ihrer Freundin her, und auch Diya und Mary folgten ihr. Cosima erwischte Pearl an den Fingern und hielt sie fest. Diya und Mary packten sie an der Taille und rissen sie zurück. Gemeinsam befreiten sie Pearl aus Lord Fitzroys Griff und landeten in einem verworrenen Haufen auf dem Boden. Fitzroy stieß ein zorniges Knurren aus.

Miss Makel schlich zu ihm, scheu wie eine Ratte auf der Flucht. »Eure Lordschaft«, trällerte sie ganz Makel-untypisch. »Vielleicht wäre es besser, wenn Sie alle Mädchen am Freitag holen. Dann kann ich mich in Ruhe um die Formalitäten kümmern. Wir wollen ja nicht, dass die Behörden Fragen stellen. Nicht wenn Ihr Projekt so kurz vor der Verwirklichung steht.«

Lord Fitzroy schürzte die Lippen, seine Augen traten hervor und waren auf einmal ganz blutunterlaufen. Vermutlich hatte noch nie jemand »Nein« zu ihm gesagt. Cosima keuchte nervös und wartete auf seinen Protest. Dass er darauf bestand, Pearl jetzt schon mitzunehmen.

Mit einem plötzlichen Poltern kam Mr. Makel in die Eingangshalle gestürmt, die Schlüssel in der speckigen Faust. Cosima schmeckte das Salz ihrer Tränen auf der Zunge, als sie erleichtert aufatmete. *Eine Ablenkung.*

»Miss Makel«, donnerte er. »Vier Mädchen sind verschwun… Was is'n hier los?« Sein verwirrter Blick zuckte von den zermatschten Kuchen zum griesgrämigen Lord Fitzroy und dem Mädchenknäuel auf dem Boden.

Mit einem Fauchen zog Miss Makel Pearl an der Schürze auf die Füße. »Lord Fitzroy hat uns ein einmaliges Angebot gemacht. Am Freitag werden wir reicher sein, als wir es uns je hätten erträumen können.«

Cosima dachte an all die ungeöffneten Rechnungen und die vielen gescheiterten Versuche, zu Reichtum zu kommen. Die Makels brauchten wirklich dringend Geld, sonst würden sie noch im Arbeitshaus landen. Mit Wohlstand ließen sich nun mal alle Probleme lösen. Und für Geld taten die Menschen alles, so schrecklich es auch sein mochte. Eine halb gare Idee kam ihr in den Sinn. Konnten sie und ihre Freundinnen diese Geldgier nicht vielleicht zu ihrem Vorteil nutzen?

»Ohhhh.« Mr. Makel lächelte und lockerte die Fäuste. »Das sind gute Neuigkeiten.«

Lord Fitzroy erwiderte das Lächeln, auch wenn es auf Cosima eher wie eine verzerrte Grimasse wirkte. Als er seine Weste abklopfte, fiel eine alte Schwarz-Weiß-Fotografie aus der Tasche. Er selbst bemerkte es gar nicht, Cosima allerdings schon. Schnell schob sie sie in ihre Schürze, direkt hinter die stibitzte Zeitung.

Fitzroy nickte den Geschwistern Makel zu, seine Wut hinter einer Maske der Höflichkeit versteckt. »Ich muss sagen, Sie haben da wirklich eine ansehnliche Sammlung … *beklagenswerter* Mädchen.« Und damit verschwand er durch die Tür nach draußen.

KAPITEL VIER

Selbst als Cosima später ellbogentief im Seifenwasser steckte, war ihr Hirn immer noch ganz vernebelt. Sie hockte auf einem wackeligen Stuhl und lehnte sich zurück. Wasser tropfte ihr von den Armen auf den Boden.

»Keine Trödelei«, knurrte Mr. Makel im Schatten des Türrahmens. »Ihr habt nich ewig Zeit.«

Cosima tauchte die Hände wieder ins Spülbecken und versuchte den Dunst aus ihrem Kopf zu vertreiben. Sie mühte sich, einen klaren Gedanken zu fassen, doch sie alle verpufften wie Atemwolken an einem kalten Wintermorgen. Mit dieser Benommenheit hatte Cosima nach jedem Auskugeln zu kämpfen. Dann wollte sie nichts lieber tun, als zu schlafen und erst wieder aufzuwachen, wenn der stechende Schmerz abgeklungen war.

Doch stattdessen hatte Miss Makel, sobald Lord Fitzroy verschwunden war, Cosima und ihre Freundinnen in die Spülküche abgeführt und ließ sie jetzt das Porzellan schrubben, bis es glänzte. Und Mr. Makel war dazu abkommandiert worden, jede ihrer Bewegungen zu überwachen. Dann war die Heimleiterin in die Stadt davongeeilt, um neuen Kuchen für die wohlhabenden Damen zu besorgen. Immer wenn Miss Makel weg war, ließ die Anspannung im *Heim für beklagenswerte Mädchen* etwas nach. Selbst das Haus schien vor Erleichterung aufzuseufzen.

Pearl kauerte zögerlich hinter Cosima, während Diya und Mary das Porzellan abtrockneten. Zinntöpfe und Schüsseln hingen an Metallhaken von den weiß gekachelten Wänden, und der kleine Raum füllte sich allmählich mit Dampf.

Klatsch.

Cosima wirbelte auf ihrem Stuhl herum und verteilte dabei einen Schwall Wasser auf dem Boden der Spülküche. Mr. Makel war weiter in den Raum gestürmt, hatte sich ein Geschirrtuch geschnappt und es Pearl um die Ohren geschlagen. Jetzt wich sie zitternd vor ihm zurück. Wut kochte in Cosima hoch, und sie ballte die Hände zu Fäusten. Sie hasste die Makels. Sie hasste ihre Grausamkeit und ihre Gier und ihre grundlosen Gemeinheiten. Doch am meisten hasste sie, dass sie nicht die Macht hatte, sie aufzuhalten.

»Keine Trödelei, hab ich gesagt«, zischte er durch zusammengebissene Zähne.

Widerstrebend trottete Pearl zum Waschbecken und verzog das Gesicht, bevor sie die Hände ins Wasser tauchte. Cosima machte einen schmerzhaften Schritt nach vorn, bereit, sich mit tosendem Zorn auf Mr. Makel zu stürzen, doch Diya packte sie am Schürzenzipfel.

»*Das ist es nicht wert*«, sagte sie beinahe lautlos. »*Und helfen wird es Pearl auch nicht.*«

Also schluckte Cosima ihren Zorn hinunter.

Mr. Makel kehrte schnaubend zu seinem Platz an der Tür zurück. »Schon besser. Jetzt könnt ihr no…«

»Mr. Makel?« Eine aufdringliche Stimme schnitt ihm das Wort ab. Miss Makel war zurück. »Hierher, sofort!«

Grummelnd fuchtelte Mr. Makel mit seinem Wurstfinger herum. »Macht ja nix Dummes, wenn ich weg bin.«

Er schlug die Tür zu und stampfte davon, und zum ersten Mal seit dem gescheiterten Kuchenraub waren die Mädchen allein.

»Was ist passiert?«, fragte Mary, als Mr. Makels Schritte verklungen waren.

Diya ließ ihr Geschirrtuch fallen und verschränkte die Arme. »Was immer passiert. Cosima hat sich nicht an den Plan gehalten.«

Cosima stand das schlechte Gewissen ins Gesicht geschrieben. »Tut mir leid … Ich wollte nur wissen, wer dieser Besucher ist.«

»Tja, dieser fürchterliche Kerl hat fast Pearl mitgenommen. Und er kommt zurück, um uns zu holen und …« Diya holte tief Luft und drehte sich mit bebenden Schultern zu den anderen um. Sie schniefte und sah Cosima direkt an. »Und wir wissen nicht mal, warum.«

Irgendwo zwischen all der Trauer und der Schuld und der Wut in ihrem Magen hatte auch Cosima sich diese Frage schon gestellt. Was wollte Lord Fitzroy mit zwanzig behinderten Mädchen?

Entschlossen hob sie das Kinn. »Wir werden ihn und die Makels aufhalten, versprochen.«

»Wie?«, fragte Diya. Dieses Mal klang sie weniger verwirrt, dafür aber ziemlich erzürnt. »Wir haben keine Ahnung, wer dieser Lord

Fitzroy überhaupt ist, aber wenn er uns zu sich holt, werden wir verschwinden und unsere Familien nie wiedersehen.«

Mary schluchzte auf. »Ich muss unbedingt bald meinen Großpapa sehen, Cos. Er ist so schwach. Ich habe solche Angst, dass … dass … es ihm noch schlechter geht, seit er im Arbeitshaus ist. Er muss dort auch Taue zupfen. Dafür ist er doch viel zu krank.«

Cosima versuchte den Anflug von Neid abzuschütteln, der sich ungefragt in ihrer Kehle breitmachte. Wenigstens hatte Mary eine Familie.

Diya erschauderte. »Tauwerk zupfen muss man in jedem Arbeitshaus. Ich vermute, daher haben die Makels auch die Idee.«

Ein unbehagliches Schweigen legte sich über die Spülküche. Ausnahmsweise wusste selbst Cosima nichts zu sagen. Ihre Stimmung war so düster wie das trübe Licht der Gaslaternen, die draußen die Straße säumten. Als sie die zittrigen Hände in die Schürzentasche stopfte, knisterte es plötzlich. Die gestohlene Zeitung!

Schnell trocknete sie sich die Hände am Geschirrtuch ab und zog die Zeitung aus der Tasche. »Aha! Lord Fitzroy hat beim Gespräch mit Miss Makel eine ›Ausstellung‹ erwähnt. Ich wusste doch, ich hab das Wort schon mal irgendwo gesehen. In diesem Artikel aus dem heutigen *Anzeiger*!«

»Was steht da?« Pearls Stimme war kaum mehr als ein Flüstern. Sie wischte sich die Hände an der Schürze ab, denn sie hasste das Gefühl von heißem Wasser oder spröden Geschirrtüchern auf der Haut. Cosima wusste genau, wie angespannt sie war, weil Mr. Makel sie zum Abwaschen zwang.

Cosima blätterte bis zu dem Artikel, vorbei an einem anderen über eine wagemutige Reporterin, der sie normalerweise brennend interessiert hätte, und die anderen rückten näher um sie herum. Sie räusperte sich:

»Londons Empire-Ausstellung öffnet endlich ihre Pforten. In Kensington stellt man sich auf hohe Besucherzahlen ein, denn sämtliche Gelehrte, Wohlhabende und Adlige wollen es sich nicht nehmen lassen, einen Blick auf die gewaltigen Errungenschaften des Britischen Weltreiches zu werfen. Doch auch die breite Öffentlichkeit kommt im Anschluss in den Genuss, die Wunder und Kuriositäten des Empires Ihrer Majestät zu bestaunen. Solch prächtige Artefakte hat man in der Hauptstadt seit der Großen Ausstellung von 1851 nicht mehr gesehen.
Zu verdanken haben wir dieses Spektakel dem genialen Einfall des herausragenden Forschers Lord Francis Fitzroy, der nach zehnjähriger Abwesenheit nun triumphierend nach England zurückgekehrt ist. Auf seinen Reisen durch die ganze Welt sammelte und kuratierte Lord Fitzroy seltene Kunstwerke, Fossilien, Geschöpfe, Erfindungen und vor allem eindrucksvolle Edelsteine. Nun können diese kostbaren Stücke aus allen Ecken des Empires in seiner Ausstellung bewundert werden. Lord Fitzroy barg diese Juwelen aus den Kolonien und brachte sie heim ins Mutterland, wo sie nun endlich die gebührende Fürsorge erhalten.«

Diya verzog das Gesicht. »›Bergen‹ ist doch nur ein schicker Ausdruck für ›Klauen‹. Ich verstehe das Britische Empire nicht. Was finden die Leute so toll daran, andere Länder zu besetzen, die sich genauso gut selbst regieren können?«

Mary stieß einen zittrigen Seufzer aus. »Das geht mir genauso.«

Sie stupste Cosima an und wischte sich die letzten Tränen aus den Augen. »Steht da noch mehr?«

Cosima las weiter:

> *»Die Hauptattraktion dieser grandiosen Veranstaltung ist das goldene Diadem mit dem Sterndiamanten. Dieses unbezahlbare Schmuckstück wurde anlässlich Lord Fitzroys Entdeckung des Sterndiamanten angefertigt und gilt als wertvollstes Diadem der Welt.«*

»Bestimmt will er uns was Schreckliches antun. Uns zwingen, in unterirdischen Tunneln nach Gold zu graben oder in gefährlichen Fabriken zu schuften.« Mary sprach so rasend schnell wie eine Dampflok, ihre Augen waren groß wie Gaslaternen. Immer brausten ihre Gedanken sofort zu den schlimmstmöglichen Folgen.

Cosima spähte auf die winzigen gedruckten Worte. »Hier steht, dass Lord Fitzroy ein ›herausragender Forscher‹ ist.« Aus irgendeinem Grund löste das ein unbehagliches Gefühl in ihr aus. Und wieder fragte sie sich, was ein Forscher mit zwanzig behinderten Kindern vorhatte.

In Cosimas Hirn hatten sich die Gedanken verknotet. Schnell faltete sie die Zeitung und klemmte sie sich unter den Arm.

Pearl zuckte mit den Schultern und meinte arglos: »Vielleicht will er uns nur adoptieren, damit wir aus dem Heim herauskommen. Schlimmer als bei den Makels kann es kaum werden.«

Bei ihren Worten hüpfte und schmerzte Cosimas Herz gleichermaßen. Pearl sah die Welt durch eine rosarote Brille, und Cosima liebte ihre Freundin dafür, doch es bereitete ihr auch große Sorgen.

Auch in der Außenwelt gab es Menschen, die so grausam und herzlos waren wie Mr. und Miss Makel, und Lord Fitzroy war bestimmt einer von ihnen.

Da Pearl Berührungen nicht ausstehen konnte, schlang Cosima sich die Arme um den eigenen Körper. »Diese Umarmung ist für dich, Pearly.« Als Antwort hoben sich Pearls Mundwinkel leicht. »Aber ich glaube nicht, dass Lord Fitzroy ein guter Mensch ist oder gute Absichten hat. Wirklich, er ist mir überhaupt nicht geheuer.«

Mary und Diya nickten zustimmend.

»Außerdem«, Cosima überlief ein neuer Schauer, »scheinen die Makels ihn zu kennen. Ihr hättet die Tätowierung an seinem Handgelenk sehen sollen. Miss Makel hatte beinahe … *Angst* davor. Und dann stand da noch dieser seltsame Spruch drunter.«

»Hmm.« Diya schob ihre Brille die Nase hoch. »Miss Makel und *Angst*? Das ist merkwürdig. Was stand denn da?«

Cosima zuckte mit den Schultern. »Es war eine andere Sprache, aber ich glaub, ich weiß es noch.« Sie kniff die Augen zusammen, um sich die Worte ins Gedächtnis zu rufen. »*Non*, ähm. *Non quantitas*?« Dann schnalzte sie mit der Zunge. »Ah ja! Ich denke, es war: *Non quantitas sed qualitas*.«

Diya blinzelte. »Das klingt wie Latein! Erfinder benutzen diese Sprache ständig. Das kann ich bestimmt übersetzen. Aber warum hat Miss Makel Angst vor einer Tätowierung? Und warum hat ein Lord überhaupt eine Tätowierung? Wie sah sie aus?«

»Es war ein Baum.«

Wortlos wühlte Pearl in ihrer Schürze und zauberte einen winzigen Farbtopf hervor. Sie zog ihren Lieblingspinsel vom Ohr und tunkte ihn in die Farbe, um dann ein Stück freie Haut zum Malen zu suchen. Als sie einen Platz auf dem Oberarm gefunden hatte, fing sie an zu zeichnen.

Sie skizzierte einen üppigen Baum voller Blätter und Äste, die sich in die Breite streckten.

Cosima runzelte die Stirn. »Das ist wunderschön. Aber Fitzroys Baum sah eher … tot aus. Die Äste waren vertrocknet, als hätten sie schon seit Jahren kein Wasser und keine Sonne mehr gesehen.«

Mit einem Nicken verwischte Pearl ihr Bild wieder und suchte eine andere freie Hautstelle in ihrer Armbeuge. Dieses Mal zeichnete sie einen Baum, der direkt aus einem Albtraum entsprungen sein könnte: schwarz und dürr wie ein Skelett, mit Ästen, die sich Cosima wie Krallen entgegenreckten.

»Genau so!«, rief sie. »Das ist perfekt!«

»A-aber, was bedeutet es?« Marys Stimme bebte.

Cosima tippte sich ans Kinn. »Das ist die Frage. *Irgendwas* bedeutet es für Lord Fitzroy und die Makels auf jeden Fall. Wir müssen herausfinden, was. Das ist der Schlüssel, um unsere Adoption zu verhindern.«

Ganz automatisch drehte Cosima sich zu Mary. Sie war die Beste, wenn es darum ging, sich Schritt-für-Schritt-Pläne auszudenken.

Mary lächelte nervös. »Tja, das Wichtigste zuerst: Wir müssen verhindern, dass Lord Fitzroy uns adoptiert. Und um das zu schaffen, müssen wir in Erfahrung bringen, *warum* er uns adoptieren will. Vielleicht liefert die Ausstellung einen Hinweis.« Mary machte eine dramatische Pause, ihre Augen funkelten vor Aufregung. »Und um das herauszufinden, müssen wir die Ausstellung besuchen.«

Ein ehrfurchtsvolles Schweigen legte sich über den Raum, das nur durch Diyas Schnauben unterbrochen wurde. Die Makels ließen die Mädchen nur aus dem Haus, wenn sie zu schmerzhaften und beängstigenden Terminen ins Krankenhaus mussten. Cosima hatte das Heim seit Jahren nicht verlassen.

Ein plötzliches *Stampf, stampf, stampf* von draußen durchbrach die Stille. Ohne ein weiteres Wort ließ Cosima die Zeitung wieder in ihrer Schürze verschwinden, drehte sich auf ihrem Stuhl um und tauchte die Arme zurück ins Seifenwasser. Widerwillig hielt Pearl zumindest einen einzelnen Finger ins Waschbecken, Diya raste mit quietschenden Reifen zum Trockengestell, und Mary versteckte ihr entsetztes Gesicht hinter einem Geschirrtuch.

Mit einem Krachen flog die Tür auf. »Die Damen sind jeden Augenblick da. Ihr sollt den Kuchen servieren«, murrte Mr. Makel. So schnell er gekommen war, stapfte er wieder davon.

Die Mädchen stöhnten auf. Die reichen Damen zu bedienen, war fürchterlich und vor allem für Diya und Cosima nur sehr schwer umzusetzen. Mit einem Rollstuhl oder einem Gehstock ein Tablett voll Tee zu balancieren, war wirklich schwierig. Und so kurz, nachdem Cosima sich die Kniescheibe wieder eingerenkt hatte, würde es sogar noch schwieriger sein.

»Zur Ausstellung gehen, Lord Fitzroys Motive herausfinden, die Adoption verhindern«, flüsterte Mary leise.

Cosimas Kehle wurde trocken. Zu Londons wichtigster Veranstaltung zu gelangen, war nicht nur unmöglich – es war unvorstellbar.

Diya seufzte und bestätigte damit Cosimas unausgesprochenen

Sorgen. »Ich fürchte, es wird viel komplizierter, Fitzroy aufzuhalten, als du denkst, Cos. Vergiss nicht, dass wir bloß Kinder sind. Mehr noch, wir sind die *Beklagenswerten*.«

Cosima straffte die Schultern. Wie kompliziert es auch werden würde, Aufgeben kam nicht infrage. »Und genau deshalb unterschätzen die Erwachsenen uns. Ich weiß, dass der Kuchenraub nicht richtig funktioniert hat, aber denkt doch mal an all die anderen Missionen, die wir geschafft haben!«

»Meine liebste war der Große Miederhosenschwund von 98.« Pearl kicherte.

»Miss Makel musste mitten im Winter einen Monat lang ohne Höschen rumlaufen. Das geschah ihr ganz recht, nachdem sie den Familienbesuch zum hundertsten Mal abgesagt hatte. Und Pearly hat aus den stibitzten Stoffen ein paar wunderschöne Puppen für unsere Kleinsten gemacht.« Cosima grinste ihre Freundinnen an.

»Ich fand es am besten, als wir ihren Gin durch Regenwasser ersetzt haben.« Ein Lächeln stahl sich auf Marys Gesicht. »Danach war sie zwar wochenlang schlecht gelaunt, aber das war es wert.«

Diya schnaubte, um ein Grinsen zu überspielen. »Ja, das war gut. Aber der Tag, als Pearl Mr. Makel in der Wäschekammer eingesperrt und die Tür zugeklebt hat, war noch besser. Wisst ihr noch? Miss Makel musste sogar einen Handwerker kommen lassen.«

Bei der Erinnerung daran, wie Mr. Makel mit den Fäusten auf die Tür eingehämmert hatte, prustete Cosima los. »Ganz genau! Das beweist, wie gut wir Unfug anstellen können.«

»Diesmal geht es aber um mehr als Unfug, Cos«, sagte Diya. Ihre Stimme bebte. »Wir sind nur ein paar Kinder mit Behinderungen. Und Lord Fitzroy ist gefährlich und reich und mächtig.«

Cosima nickte. An dieser Tatsache ließ sich nicht rütteln – zumindest, wenn sie sich an das Gesetz hielten. Also holte sie die Zeitung wieder aus der Tasche und starrte die Zeichnung des Diadems an. Da kam ihr auf einmal eine Idee. »Wenn wir nur halb so reich wären wie er, dann würde er es nicht wagen, uns zu sich zu holen.«

Diya wollte noch eine Frage stellen, doch bevor sie dazu kam, ertönte die Türglocke in der Eingangshalle. Die feinen Damen waren eingetroffen.

KAPITEL FÜNF

»Ich möchte mich noch mal *ausdrücklich* für den Kuchenmangel entschuldigen«, sagte Miss Makel zum (wenn Cosima richtig mitgezählt hatte) zwanzigsten Mal seit der Ankunft der Damen. Beim Sprechen starrte sie Cosima an. Die Bäckerei war ausverkauft gewesen, deshalb war ihre Suche nach Kuchenersatz erfolglos geblieben.

Jetzt waren sie alle im Speisesaal, wo schlaffe Blumensträuße zwei der runden Tische zierten. Dieselben verschrumpelten Damen, die jedem einzelnen Nachmittagstee beigewohnt hatten, so lange Cosima sich erinnern konnte, scharten sich auch heute um einen Tisch und plauderten und gackerten miteinander. Bei all diesen Veranstaltungen, bei denen Cosima und ihre Freundinnen anwesend gewesen waren, hatte nicht eine der Damen je ein Wort zu ihnen gesagt. Stattdessen begafften sie die Mädchen immer bloß wie Tiere im Zoo. Sowieso kamen sie doch nur hierher, um nach außen sozial engagiert zu wirken.

Cosima wurde in den Speisesaal geführt, Miss Makels spitze Nägel gruben sich ihr in die Schulter. »Wehe, du benimmst dich nicht …«, zischte sie mit zusammengebissenen Zähnen. »Und kein Wort über Lord Fitzroy zu den anderen.«

Die Mädchen, die sie im Klassenzimmer zurückgelassen hatten, waren auch schon da, sahen Cosima jedoch nicht in die Augen. Ihre Wangen wurden heiß vor Scham. Sie hatte ihnen Kuchen versprochen und ihr Versprechen nicht gehalten. Schlimmer noch, ihre Mission hatte sie alle in Gefahr gebracht. Schnell beschäftigte sie sich mit dem kochend heißen Tee und Kaffee und versuchte, ihre nagenden Schuldgefühle beiseitezuschieben.

Mr. Makel stand wieder mit verschränkten Armen im Türrahmen Wache. Miss Makel schwirrte wie eine Wespe auf der Suche nach Zuckerwasser durch den Raum, und wann immer sie sich näherte, zuckten die Kinder zusammen. Als sie sich räusperte, verstummte das leise Gemurmel sofort.

Miss Makels Lächeln war aalglatt und falsch. »Meine Mädchen sind ganz aufgeregt, weil sie Sie heute bedienen dürfen, und bald …«

Irgendwo vor dem Speisesaal klirrte etwas und unterbrach ihre kleine Ansprache. Mürrisch verzog sie das Gesicht und stieß mit einem Zeigefinger in die Richtung ihres Bruders, der sofort aus dem Raum eilte. Einen Augenblick später kam er zurück, die Faust um den Oberarm einer jungen Frau geschlungen, die, obwohl sie wie eine Verbrecherin hereingezerrt wurde, eine königliche Anmut ausstrahlte. Cosima war augenblicklich beeindruckt von dieser Aufsässigkeit.

»Habse beim Schnüffeln im Büro erwischt«, knurrte Mr. Makel und schüttelte seine Gefangene unwirsch. »Hat dein Brummschädelbräu zerstört.«

Cosima erschauderte. Nur einen einzigen Tropfen Alkohol zu verschütten, kam in Miss Makels Augen einem Mord gleich. Die Heimleiterin brodelte vor Zorn, und eine Ader pulsierte ihr am Hals, als sie den Neuzugang anstarrte. Der Frau schien diese feindselige Begrüßung allerdings nichts auszumachen. Cosima musterte sie genauer: Ihre Fingerspitzen waren dunkel verfärbt, und als Mr. Makel sie grob schüttelte, fielen kleine Zahnrädchen aus ihrer Rocktasche und laut scheppernd zu Boden. Mit einer Hand umklammerte sie einen offenen Lederbeutel, aus dem ein abgewetzter Buchrücken herauslugte.

»Entschuldigen Sie«, sagte die Frau, obwohl sie nicht klang, als würde es ihr leidtun. Sie riss sich aus Mr. Makels Klammergriff los. »Ich bin zum Nachmittagstee mit den Damen hier, doch ich muss mich wohl in Ihrer prachtvollen Residenz verlaufen haben.«

Miss Makel knirschte mit den Zähnen und dachte angestrengt nach. Die Fremde log, das spürte Cosima. Sie wirkte nicht, als würde sie sich je verlaufen. Miss Makel war offenbar der gleichen Meinung, so abschätzig wie sie die modische Kleidung der Frau musterte, die so gar nicht zu den Rädchen, den schwarzen Fingern und dem verschlissenen Beutel passen wollte.

Diya stieß Cosima den Ellbogen in die Rippen. »Guck mal, das Buch«, zischte sie aufgeregt. Auf dem Buchrücken stand: *Lehrbuch für angehende Ingenieurinnen*. »Sie ist eine Ingenieurin, und das als Frau. Eine *echte* Ingenieurin!« Diya packte Cosimas Hand. In ihren Augen war das ebenso spektakulär, als wäre sie eine Erfinderin.

»Ich erinnere mich nicht, jemand Neues eingeladen zu haben«, murmelte Miss Makel mit schmalen Lippen.

»Ich bin auf Lord Fitzroys Empfehlung hier«, antwortete die Frau leichthin.

Miss Makel zuckte, ihre Miene unergründlich. Doch Cosima war ebenfalls verwirrt. Diese seltsame Frau kannte Lord Fitzroy? Miss Makel schluckte ihren Ärger hinunter, setzte ein gekünsteltes Lächeln auf und bedeutete der Dame, sich zu setzen.

Alles andere als damenhaft ließ sie sich auf einen Stuhl an einem leeren Tisch plumpsen und warf ihren Beutel neben sich. Die anderen Damen beobachteten sie abschätzig.

Cosima spähte auf das Blatt Papier, das neben dem Buch im Beutel der Frau steckte. Ein paar Worte konnte sie entziffern: »Lord Francis Fitzroy, WELTBERÜHMTER FORSCHER, präsentiert mit Stolz die EMPIRE-AUSSTELLUNG.«

»Darf ich fragen, wer Sie sind?«, kam es von Miss Makel. »In dieser Einrichtung sind nur Damen mit Format willkommen. Ist Ihre Familie im *Burke's Peerage* gelistet?« Normalerweise war sie zu den Damen deutlich höflicher. Cosima wusste auch genau, warum. Sie brauchte ihr Geld nicht mehr, denn auf ihrem Tisch lag schon das Angebot von Lord Fitzroy.

»Ich bin Agatha Ohnnam, Ingenieurin, und nein, Sie werden die Ohnnams nicht im Adelslexikon finden. Ich präsentiere meine neueste Vorrichtung, einen Hubkolbenmotor, auf der Ausstellung.«

Eine Welle der Aufregung überrollte die Mädchen. Das war sie – ihre Chance herauszufinden, warum Lord Fitzroy sie adoptieren wollte. Diya drückte ihr die Hand. Doch irgendwie war Cosima mulmig zumute.

Sie ließ diese seltsame Miss Ohnnam nicht aus den Augen, damit ihr auch ja nichts entging. Abgesehen von den verfärbten Fingern (die vermutlich von der stundenlangen Arbeit mit Dreck und Öl herrührten) sah sie aus wie eine völlig anständige Dame. Sie trug die Haare nach der neuesten Mode, was Miss Makel zum Beispiel nie recht gelingen wollte. Ihr Kleid war elegant, aber schlicht, und unter ihrem intelligenten und eindringlichen Blick fühlte Cosima sich fast ein wenig … *entblößt*. Als könnte diese Miss Ohnnam ihr direkt in die Seele schauen.

»Haben Sie von der Empire-Ausstellung gehört?« Miss Ohnnam zog ein winziges Notizbuch und einen Federhalter aus ihrem kleinen Lederbeutel.

Miss Makel schürzte die Lippen. »Natürlich. Sie ist in aller Munde, was Sie als Ausstellerin sicher wissen.«

»Selbstredend«, antwortete Miss Ohnnam und kritzelte etwas in ihr Notizbuch. »Und kennen Sie Lord Fitzroy *persönlich*?«

Cosima sah Miss Makels verblüfftes Gesicht und zog eine Augenbraue hoch. Für eine Ingenieurin stellte diese Miss Ohnnam ziemlich viele bohrende Fragen. Etwas in Cosimas Magen kribbelte. Miss Ohnnam war wirklich äußerst sonderbar.

»Natürlich nicht«, antwortete Miss Makel spitz. Ihr ganzer Körper schien sich bei der Lüge zu versteifen. Cosima warf Diya einen besorgten Blick zu. »Er ist ein wichtiger, sehr beschäftigter Mann. Selbstverständlich hat er nichts mit einem *Heim für beklagenswerte Mädchen* am Hut.« Sie klatschte in die Hände. »Genug geplaudert. Kinder, der Tee.«

Porzelangeklapper und Wassergeplätscher erfüllte den Speisesaal, während einige Mädchen die heißen Getränke vorbereiteten. Die übrigen tummelten sich um Cosima und ihre Freundinnen und löcherten sie mit Fragen.

Wir haben den Aufruhr mitbekommen, gebärdete eine.

»Was ist passiert?«, fragte eine andere.

»Konntet ihr die Kuchen klauen?«, kam es von einem Mädchen, und ihr Magen knurrte laut.

Cosima rang sich ein zuversichtliches Lächeln ab. »Alles ist in Ordnung. Aber Kuchen gibt es leider nicht.«

»Weniger quatschen, mehr Tee vorbereiten«, fauchte Miss Makel sie wütend an, ohne dass die Damen es mitbekamen. Die Mädchen stoben auseinander und huschten zu den Teewagen.

Mary, Diya, Pearl und Cosima steckten die Köpfe zusammen.

»Wenn wir Miss Ohnnam dazu bringen, uns zu mögen, ist das unsere Eintrittskarte zur Ausstellung«, flüsterte Mary und löffelte Zuckerwürfel in eine Schüssel.

»Und sie ist so eine moderne Frau«, schwärmte Diya ganz ungewohnt.

Cosima runzelte die Stirn und goss Tee in eine Tasse. »Hmm.«

»Komm schon.« Pearl stupste Cosima an. »Wie sollen wir da sonst hinkommen? Uns bleibt keine andere Möglichkeit. Das ist eine einmalige Chance, Lord Fitzroy aufzuhalten.«

Doch das Ziehen in ihrem Magen sagte Cosima: Das hier war zu gut, um wahr zu sein. Seufzend balancierte sie das Tablett mit einer Teetasse, einer Untertasse und einer dampfenden Teekanne auf einer Hand. Sie humpelte vorwärts und stützte sich auf ihren Gehstock. Das Tablett wackelte gefährlich.

»Brauchst du Hilfe?« Mary klang besorgt.

Cosima schüttelte den Kopf und biss die Zähne zusammen. Sie

lief auf den Tisch zu, an dem Miss Ohnnam saß und hektisch in ihr Notizbuch schrieb. Es fehlten nur noch zwei Schritte, doch dann zuckte ein stechender Schmerz durch Cosimas Knie. Das Tablett entglitt ihr und landete scheppernd auf dem Boden.

Porzellansplitter stoben durch den Speisesaal, Tee spritzte in alle Ecken. Miss Makel explodierte und *stampf-stampf-stampfte* auf Cosima zu.

»DU TRAMPELTIER!«, keifte sie, und kleine Spucketropfen flogen Cosima ins Gesicht. »Räum das sofort wieder auf.«

Miss Ohnnam schob ihren Stuhl zurück und stand auf, um sich dann zu bücken und die Scherben vom Boden aufzusammeln. »Nein, nein, nein, das ist doch halb so wild, Miss Makel. Lassen Sie mich helfen.«

Miss Makel verzog die Lippen zu einer wölfischen Grimasse.

Die Damen am anderen Tisch kicherten, Miss Makel schluckte ihren Zorn hinunter und wandte sich von dem Chaos ab.

Cosima verlagerte das Gewicht auf ihren Gehstock und versuchte Miss Ohnnam beim Aufheben der übrigen Scherben zu helfen. Diya eilte durch den Speisesaal herbei und hob das Tablett auf. Mary und Pearl holten ein paar Stofflappen und wischten die Teepfützen auf.

»Es tut mir so leid.« Cosima wollte die Tränen wegblinzeln, die ihr aus den Augen zu kullern drohten.

Miss Ohnnam zwinkerte ihr zu. »Ein bisschen Unordnung hat noch niemandem geschadet. Und nenn mich Aggie. Ich hasse Förmlichkeiten.«

Cosima konnte nicht anders, als sie anzugrinsen. Es war nett, zur Abwechslung mal von einer Erwachsenen wie ein echter Mensch behandelt zu werden, und nicht wie ein Problem.

»Ähem«, machte Miss Makel und drehte sich wieder zu Cosima und Aggie um. »Zurück an die Arbeit.«

Doch Cosima ignorierte sie. Sie schob ihre Zweifel beiseite und setzte ihr breitestes Lächeln auf. Die anderen hatten recht. Aggie war vermutlich ihre beste Eintrittskarte zur Ausstellung. Sie musste sie nur überzeugen. »Aggie, kannst du mir mehr über die Empire-Ausstellung erzählen? Das klingt wirklich *sehr* spannend.«

KAPITEL SECHS

Miss Makel stampfte auf Cosima zu, packte sie am Ellbogen und schüttelte sie kräftig durch. Cosima kniff die Augen zusammen. Hoffentlich blieben ihre Gelenke, wo sie waren. »Miss Ohnnam, ich entschuldige mich ausdrücklich für das unverschämte Verhalten dieses Mädchens. Seien Sie sicher, dass Nummer eins angemessen bestraft wird.«

Aggie ließ die Hände auf den Tisch knallen. »Nicht doch, Miss Makel. Ich befürworte die Neugier Ihres Schützlings. Neugier ist für junge Damen unerlässlich.«

Miss Makel ließ Cosima zwar los, knirschte vor Wut jedoch mit den Zähnen. Cosima stand mit offenem Mund da. Sie konnte sich nicht erinnern, wann sich Erwachsene jemals für sie eingesetzt hätten.

Aggie schielte durch ihre Brille zu ihr. »Wie war noch mal dein Name?«

»Nummer eins«, bellte Miss Makel schnell.

Aggie runzelte die Stirn. »Aber … das ist doch nicht ihr richtiger Name.«

Miss Makel stieß einen entnervten Seufzer aus. »Nun, nein, aber aus Gründen der …«

»Cosima«, beeilte Cosima sich zu sagen. »Kurz Cos.«

»Ein wunderschöner Name. Wusstest du, dass er vom griechischen Wort ›Kosmos‹ stammt? Das bedeutet ›Universum‹. Und das Universum umfasst alles – die Erde, das Meer, den Himmel und die Sterne.«

»Oh.« Cosima stieg eine prickelnde Hitze in die Wangen. »Das wusste ich nicht.«

Aggie lächelte. »Tut mir leid, Cosima, ich habe deine Frage vergessen.«

»SiehatgefragtobSieunsmehrüberdieAusstellungerzählenkönnen!«, rief Mary, ohne Luft zu holen, und stellte sich neben Cosima. »Gibt es da auch Tiere?«

Bei der Frage schien sich Besorgnis auf Aggies Miene zu schleichen. »Ähm, ich glaube nicht.« Sie sah auf das Flugblatt in ihrem Beutel hinab. »Aber es werden Tierpräparate zu sehen sein.«

Mary zog die Brauen zusammen. »Präparate?«

Diya schaltete sich ein: »Ein Präparat ist ein Objekt, das für wissenschaftliche Zwecke genutzt wird.«

»Da hast du vollkommen recht!« Aggie strahlte Diya an. »Erkenne ich da eine angehende Wissenschaftlerin?«

Irgendwo hinter sich hörte Cosima Miss Makel prusten.

Vor Stolz lief Diya rot an. »Ich bin eine Erfinderin.«

»Beeindruckend! Und was ist mit dir?« Aggie wandte sich zu Pearl, die an den Ärmeln ihres Kleides zupfte und entschieden zu Boden starrte.

»Pearly ist eine geniale Künstlerin. Sie kann fast alles in Kunst verwandeln.« Diya lächelte Pearl ermutigend zu.

»Wie wundervoll, dass ihr alle so talentiert seid.« Aggie schob sich eine verirrte Locke hinters Ohr und seufzte. »Ihr erinnert mich ein bisschen an mich selbst, als ich noch jünger war. Da war ich auch so wissbegierig. Also, wo habt ihr von der Ausstellung gehört?«

Auch die anderen Mädchen stürzten sich jetzt auf die junge Lady, doch Cosima machte ganz automatisch einen Schritt zurück und verschmolz mit der Gruppe. Selbst die Mädchen, die den Kuchenraub verpasst hatten, hingen der Ingenieurin nun an den Lippen, so sehr sehnten sich alle nach der Aufmerksamkeit einer netten Erwachsenen. Die anderen Damen tuschelten und blickten düster drein. Die Makels brodelten schweigend vor sich hin.

»Was geht in deinem Kopf vor?« Diya schob ihre Hand in die von Cosima. Das aufgeregte Geschnatter der Mädchen übertönte ihre Unterhaltung. »Wieso tischst du Aggie nicht längst eine wilde Geschichte auf, warum wir unbedingt zur Ausstellung müssen?«

Einen Moment lang dachte Cosima nach, dann zog sie die Stirn kraus. »Ich bin nicht sicher. Miss Ohnnam … Aggie … ist ziemlich sonderbar, oder nicht?«

Diya schnaubte. »Klar ist sie sonderbar! Sie ist eine Ingenieurin. Wahrscheinlich musste sie im Laufe ihrer Karriere schon jede Menge Hindernisse überwinden. Dazu *muss* man doch sonderbar sein. Außerdem ist sie unsere einzige Chance, mehr über Fitzroy zu erfahren.«

»Das ist es ja gerade«, antwortete Cosima und beobachtete, wie

Aggie die Mädchen mit einer Frage nach der anderen löcherte. »Ist doch ein seltsamer Zufall, oder? Warum ist sie so an uns und Lord Fitzroys Beziehung zum Heim interessiert?«

Wieder schnaubte Diya und ließ Cosimas Hand los. »Komm schon, wir verlassen uns auf dich.«

Die Last dieser Erwartungen nahm Cosima die Luft zum Atmen. Wenn sie keinen Ausweg aus dieser Fitzroy-Katastrophe fand, würde sie nicht nur ihre Freundinnen in Gefahr bringen und sie ihren Familien entreißen, sie würde auch (und darüber wagte sie kaum nachzudenken) die Chance verspielen, mehr über ihre eigene Herkunft zu erfahren. Und zwar endgültig.

Bei dieser schrecklichen Aussicht gab sie sich einen Ruck und trat wieder vor. Sie musste es bloß so anstellen, dass Aggie es für ihre eigene Idee hielt, die Kinder mit zur Ausstellung zu nehmen. Cosima räusperte sich absichtlich laut, und sofort verstummten die anderen Mädchen.

»Wir alle sind sehr wissbegierig, und die Makels sorgen auch dafür, dass wir unterrichtet werden. Doch leider verlassen wir fast nie das Haus.« Sie seufzte dramatisch. »Was würden wir nicht für einen Tagesausflug geben.« Ihre Worte hingen schwer in der Luft.

Ein merkwürdiger Ausdruck huschte über Aggies Miene, doch sie antwortete nicht. Mit dem Daumen fuhr sie über die Worte auf dem Flugblatt: *Bestaunen Sie die Wunder dieser Welt.* »Ja, ich kann mir vorstellen, dass ihr gerne dann und wann mal hier rauskommen würdet.«

»Aufgrund unserer finanziellen Lage und der vielfältigen Behinderungen der Mädchen kommen Ausflüge leider nicht infrage.« Miss Makel legte Cosima warnend eine Hand auf den Rücken.

Aggie sah verärgert aus. »Niemals?«

Miss Makel verzog den Mund. »Niemals«, bestätigte sie zischend. »Anscheinend wissen Sie nicht, wie unangebracht für diese Kinder der Kontakt mit … mit …« Auf der Suche nach Worten geriet sie ins Stocken. »… *normalen* Menschen ist. Man sollte sie weder sehen noch hören.«

Die runzeligen Damen am anderen Tisch nickten zwischen ihren Teeschlürfern zustimmend. Cosima erschauderte. Klang, als wäre es Miss Makel am liebsten, ihre Schützlinge mitsamt ihren Behinderungen würden gar nicht existieren.

Doch Aggie beachtete den Einwand der Heimleiterin nicht. Ihr Blick war fest auf die Mädchen gerichtet, und Cosima konnte die Rädchen in ihrem Kopf beinahe rattern sehen. Die Ingenieurin schmiedete einen Plan. »Ich halte das ganz und gar nicht für unangebracht.« Sie wandte sich zu den finster dreinblickenden Damen und Miss Makel um, auf deren Gesicht sich deutliches Unbehagen abzeichnete. »Zwanzig Mädchen, die in einem Gebäude voller wertvoller Gegenstände herumrennen? Das würde viel zu viel Aufsehen erregen. Allein die Vorstellung. Geradezu grotesk!«

Aggie verschränkte die Arme vor der Brust. »Im Gegenteil, ich halte es sogar für eine ausgezeichnete Idee. Ich werde morgen früh auf dem Ausstellungsgelände sein, um zu prüfen, ob sich auch keine der Schrauben an meinem Motor gelöst hat. Auf dem Weg kann ich die Mädchen abholen und sie dann im Schatzpalast herumführen. Ganz umsonst natürlich.«

Miss Makel öffnete und schloss den Mund, doch es kam kein Laut heraus. Die anderen Damen flüsterten hinter ihren behandschuhten Händen.

»Ein Nein als Antwort akzeptiere ich nicht.« Aggies Augen funkelten entschlossen. »Außerdem können Sie einen freien Tag doch sicher gut gebrauchen.«

Aus Miss Makels Kehle drang ein seltsames Quieken. Sie ließ die Schultern nach unten sacken. »Na gut.«

Ja! Cosima schüttelte sich ein paar Haarsträhnen ins Gesicht, damit niemand ihr Grinsen sehen konnte.

»Perfekt.« Aggie steckte das Notizbuch und den Ingenieurinnenwälzer wieder in den Beutel. »Hier.« Sie drückte Cosima das Flugblatt von der Ausstellung in die Hand. Die Ecken des Papiers waren voller Ölflecken. »Das könnt ihr euch bis morgen durchlesen.«

Cosima hielt sich das Blatt ganz dicht vors Gesicht und erwartete den beißenden Ölgeruch, den sie auch von Diyas Erfindungen kannte. Doch stattdessen stieg ihr etwas anderes in die Nase. Sie war nicht sicher, was es war, aber bestimmt kein Öl. Vermutlich war auch Aggie nicht genau die, die sie zu sein behauptete.

Sonderbar.

Die Strafe der Makels war grausam ausgefallen.

Mit müden Füßen und dem ganzen Gewicht auf ihrem Gehstock schleppte Cosima sich die knarzende Treppe hinauf. Bei jedem Schritt nach oben pochte ihr Knie, und ihr kompletter Körper schmerzte. Nachdem die Damen gegangen waren, hatte Miss Makel sie den Boden des gesamten Hauses schrubben lassen, mit nichts weiter als einem Schwamm und einem Eimer voller eisigem Wasser. Ihre Knöchel waren aufgeschürft und mit Blasen übersät, ihre Beine waren schwer wie Blei, und Schauer schüttelten ihren Körper. Vor dem Fenster des *Heims für beklagenswerte Mädchen* fiel endlich kein Schnee mehr. Dafür kroch nun erbitterter Frost über Londons Pflastersteine.

Cosima bewegte sich so leise, wie sie konnte, vorbei an schiefen Türen und begleitet von einem Schnarchkonzert, das durch die dunklen Flure schallte. Irgendwann erreichte sie den letzten Raum ganz hinten im Haus. Sie stieß die knarzende Tür auf. Der vertraute Anblick der spinnwebenbedeckten Deckenbalken, die abgenutzten Schlafpritschen und die aufgerissenen Augen in den Gesichtern ihrer Freundinnen wärmten ihr das Herz. Die anderen Mädchen waren so erschöpft vom Nachmittagstee, dass sie schon in ihre Decken gekuschelt tief und fest schliefen. Bei dem Gedanken, dass sie ohne den versprochenen Kuchen ins Bett gegangen waren, überkam sie erneut ein Anflug von schlechtem Gewissen. Aber Mary, Pearl und Diya warteten auf sie und begrüßten sie mit leisem Jubel.

»Cos!« Mary zog sie in eine Umarmung. Doch jede Berührung bereitete Cosima solche Schmerzen, dass sie zusammenzuckte. Mary keuchte. »Tut mir leid … Alles in Ordnung?«

Noch bevor Cosima antworten konnte, kam Diya ihr aufgeregt entgegen. »Ich habe die lateinischen Wörter auf Lord Fitzroys Arm übersetzt«, sprudelte es aus ihr heraus, und sie wedelte mit ihren heiligen *Tüftlermagazinen* herum, die Pearl beim Müllrausbringen in den Tonnen der Nachbarn gefunden hatte.

»*Non quantitas sed qualitas* bedeutet ›Nicht Masse, sondern Klasse‹.«

»Hmmm«, machte Cosima etwas enttäuscht. Sie hatte gehofft, dass die Tätowierung ihnen mehr über Lord Fitzroy und seine Pläne verraten würde. Immerhin war Miss Makel ihretwegen so aus der Fassung geraten.

»Klingt für mich nur nach Unsinn.« Pearl zuckte mit den Schultern.

Mary war ganz atemlos. »Vielleicht will er uns alle auf einmal aus dem Weg räumen! Immerhin hat er uns als ›mitleiderregend‹ bezeichnet. ›Klasse‹ sind wir für ihn also ganz sicher nicht.«

Pearl lachte schief. »Ich glaube, du liest da zu viel rein. Vielleicht ist es bloß sein Familienmotto.«

»Egal was es bedeutet, wir finden es raus.« Cosima lief zur Seilrolle und zerrte daran. Eine Tafel schwebte aus dem Gebälk zu ihnen herab.

Die hatten sie aus dem Klassenzimmer gerettet und dank einer von Diyas Konstruktionen zwischen den Deckenbalken im Schlafsaal versteckt, von wo sie sie bei Bedarf herablassen konnten. Sie war perfekt, um darauf Schabernack für größtmöglichen Makel-Missmut zu planen. Cosima schnappte sich einen alten Lappen und wischte die Kuchenzeichnungen weg, dann warf Pearl ihr ein Stück Kreide zu. In ihrer krakeligen Handschrift notierte Cosima: *VIER Tage, bis Lord Fitzroy uns holt!* Dann noch eine Überschrift: *Lord Fitzroys Plan.* Darunter kamen Stichpunkte:

– Das Institut – Non quantitas sed qualitas, das heißt: Nicht Masse, sondern Klasse.

Pearl runzelte die Brauen. »Was hat das mit einem toten Baum zu tun?«

Auch Diyas Miene umwölkte sich. »Das bleibt wohl erst mal noch ein Rätsel.«

Cosima zog eine Grimasse. Ihr Hirn war zu benommen, um dem jetzt auf den Grund zu gehen. Sie reichte Pearl die Kreide, damit sie den gruseligen Skelettbaum an die Tafel zeichnen konnte.

»Sicher, dass bei dir alles in Ordnung ist?«, fragte Mary wieder.

Cosima zuckte mit den Schultern und ließ sich auf ihr Bett sinken.

»Morgen früh ist wieder alles gut«, log sie. »Ich brauche nur ein bisschen Schlaf. Aber ich hab gehört, wie Aggie sich von den Makels verabschiedet hat. Sie will uns gleich morgen früh abholen.«

Pearl schlang die Arme fest um sich selbst. »Dann passiert es also wirklich? Wir gehen zu der Ausstellung? Um rauszukriegen, was Lord Fitzroy mit uns vorhat?«

Diya nickte. »Und wenn wir das erst einmal wissen, finden wir auch einen Weg, die Adoption zu verhindern.«

Cosima sah die Erleichterung auf den Mienen ihrer Freundinnen. Mary drückte Cosimas Hand, und sie lächelten sich an. Mit einem Blick zu den übrigen schlafenden Mädchen zog Cosima das fleckige, zerknitterte Flugblatt von Aggie aus der Schürze.

Dabei segelte noch etwas anderes zu Boden.

»Was ist das?« Pearl ging in die Hocke, um die kleine Schwarz-Weiß-Fotografie aufzuheben.

»Das hatte ich fast vergessen!« Hastig nahm Cosima ihr das Bild ab und betrachtete es genauer. Zwei eingeschüchtert wirkende Kinder starrten ihr entgegen: ein jugendliches Mädchen, das die Hand eines kleineren Jungen hielt. Die Haare des Jungen waren zerzaust, der Blick düster. Die Wangen des Mädchens wirkten eingefallen, und in ihren Haaren steckte eine hübsche Sternspange. Die Kinder befanden sich mitten in einer Wohnstube. An der Wand hinter ihnen konnte Cosima viele Bilderrahmen und einen gut befüllten Kamin erkennen. Der untere Rand des Bildes war ausgefranst – jemand hatte ein Stück abgerissen. Cosima strich mit den Fingern darüber und fragte sich, was wohl auf dem fehlenden Teil zu sehen war. »Lord Fitzroy hat es fallen gelassen, bevor er gegangen ist.«

Die anderen spähten ihr neugierig über die Schultern. Abgesehen von den unscharfen Bildern in den gestohlenen Zeitungen war das hier die erste Fotografie, die sie zu Gesicht bekamen.

»Sie sehen traurig aus«, stellte Pearl fest.

Diya zuckte mit den Achseln. »Ist wahrscheinlich nur ein Bild von Lord Fitzroys Kindern.«

Doch Cosima schüttelte den Kopf. »Es sieht älter aus.« Sie deutete auf die abgegriffenen und geknickten Ecken.

»Stimmt«, meinte Diya verwundert. Sie riss Cosima das Bild aus der Hand und musterte es genauer. »Das ist keine Daguerreotypie und auch kein Kollodiumverfahren – die sind noch zu neu.«

»Daguerreo-*was?*«, fragte Pearl.

»Das ist ein Fotografie-Verfahren«, erklärte Diya. »Das hier ist eine Ferrotypie, auch Blechfotografie genannt.« Mit einem zufriedenen Lächeln gab sie Cosima das Bild zurück.

»Was bedeutet das?« Mary sah verwirrt aus.

Diya seufzte, als wäre es offensichtlich. »Cos hat recht. Diese Fotografie ist alt. Wahrscheinlich um die zwanzig Jahre. Da war dieses Verfahren – Ferrotypie – am verbreitetsten. Das habe ich in einer Ausgabe vom *Tüftlermagazin* gelesen, die Pearl für mich gefunden hat.«

»Na gut«, warf Mary ein, »aber trotzdem muss sie nichts mit seinem Plan zu tun haben. Viele Leute tragen Bilder ihrer Liebsten mit sich herum. Wenn ich eins von meinem Opa hätte, wäre das mein größter Schatz.«

»Ich hätte gern eins von mir und meiner Schwester«, murmelte Pearl.

»Meins wäre von meinem Vater auf dem Bug von seinem Schiff.« Bei der Vorstellung lächelte Diya.

Wieder kochte Eifersucht in Cosima auf und legte ihr wütende, ungerechte Worte auf die Zunge. Sie hatte nie jemanden gehabt, von dem sie ein Bild hätte machen können. Doch sie schluckte die Worte hinunter und flüsterte schnell: »Aber das erklärt nicht, warum es zerrissen ist …«

»Sehen wir all das morgen auf der Ausstellung?«

Mary fischte das Flugblatt aus Cosimas Schoß. Die Unterhaltung über die gefundene Fotografie schien sie zu langweilen. »Was ist das hier?« Sie deutete auf Aggies schmierige Fingerabdrücke.

»Bestimmt Öl«, sagte Diya überzeugt. »Ingenieurinnen haben immer Schmierfett an den Fingern, genau wie Erfinderinnen.«

Bei Diyas Worten riss Cosima den Blick vom Bild. »Das ist kein Öl. Es riecht ganz anders.«

Diya sah verblüfft drein.

»Kann ich mal sehen?«, fragte Pearl vorsichtig.

Mary reichte ihr das Flugblatt. Pearl schielte beinahe, so genau sah sie sich die Flecken an. Und dann, Cosima konnte es kaum fassen, leckte sie daran.

»Das ist Tinte«, erklärte sie entschieden.

»Tinte?«, wiederholte Mary.

»Warum sollte eine Ingenieurin Tinte an den Fingern haben?«, wollte Diya wissen.

Immer mehr Fragen schossen Cosima durch den Kopf, als sie Pearl auch die Fotografie reichte. Sie klebte sie zusammen mit dem Flugblatt an die Tafel, bevor sie sie wieder zwischen die Deckenbalken zog.

»Weiß ich auch nicht«, antwortete sie Diya. »Das müssen wir wohl auch noch herausfinden.«

Als Cosima sich aufs Bett legte und die Beine auf die Matratze schwang, zuckte sie vor Schmerz zusammen. Diya löschte das Licht der Flackerfunzel, und Cosima zog sich die fadenscheinige Decke bis zum Kinn.

Erst als sie sicher war, dass ihre Freundinnen schliefen, holte sie die stibitzte Zeitung aus der Schürze und versteckte sie unter ihrem Kissen. Dann rutschte sie mit dem Po ans Fußende der Matratze und fing an, die alte Apfelkiste zu durchwühlen. Schicht um Schicht grub sie sich durch die Besitztümer der Mädchen – kaputte Hörtrichter, erste Entwürfe von Diyas Erfindungen, Pearls Malutensilien und natürlich *Seile.* Cosima scheuchte ein paar Spinnen auf, die ihr hektisch über die Finger krabbelten, und arbeitete sich bis zum Boden durch, bis sie das Stofftaschentuch ertastete. Sie wusste doch, dass sie es hier hineingeworfen hatte.

Auf den ersten Blick gab es nicht viel zu sehen. In den Jahren auf dem Grund der Apfelkiste hatte es sich grau verfärbt, und ein Wirrwarr aus bunten Fäden schien daran befestigt zu sein. Cosima runzelte die Stirn. Mit Taschentüchern sollte man sich doch die Nase putzen, oder nicht? Am liebsten hätte sie die losen Fäden einfach abgerissen, doch das hier war ihr einziger Hinweis auf ihre Vergangenheit. Bei dem Gedanken köchelte schon wieder Wut in ihrem Bauch hoch. Warum hatte sie nicht früher begriffen, dass dieses Taschentuch wichtig war? Warum hatten ihre Eltern ihr ein so unerklärliches Rätsel hinterlassen? Mit den Fingern blieb sie in den Fäden hängen und seufzte frustriert. Doch als sie das Tuch umdrehte, wich die Frustration erst Verblüffung, dann Verwirrung. Auf der Vorderseite befand sich eine aufwendige Stickerei.

Sie bedeckte fast das gesamte Tuch. Jetzt verstand Cosima auch das Fadengewirr auf der Rückseite. Mit zusammengekniffenen Augen versuchte sie zu erkennen, was das Bild darstellte. Über den Stoff zogen sich viele schwarze Linien fast wie ein Spinnennetz, und dazwischen sah Cosima grüne Quadrate. An bestimmten Stellen gab es kleine gestickte Symbole. Oben rechts in der Ecke war ein leicht schiefes rotes Herz zu sehen. Links daneben ein paar dicke graue Balken und ein Sonnenaufgang, der den Umriss einer stachelig wirkenden Pflanze überschattete. Das Symbol direkt darunter erkannte Cosima sofort: ein verknotetes Seil. Rechts daneben entdeckte sie unter einer schwarzen Linie einen Stern, so knallig gelb, als würde er wirklich leuchten. Ein paar Linien weiter gab es ein Bild von einem offenen Buch. Und dann, im unteren Teil des Taschentuchs, hatte jemand ein großes X in den Stoff gestickt.

Cosima schnappte laut nach Luft. Das hier war eine *Schatzkarte*!

Auf einmal leuchtete die Flackerfunzel wieder auf. Diya schob sich verschlafen ihre Brille verkehrt herum auf die Nase und gähnte ausgiebig. In den Betten neben ihr wurden auch Mary und Pearl langsam wach. Die übrigen Mädchen schliefen weiter und bekamen nichts mit.

»Dieses Geräusch würde ich überall erkennen, Cosima«, flüsterte Diya, doch auch wenn sie eine missmutige Miene aufgesetzt hatte, lag ein freundlicher Schimmer in ihren Augen. »Was ist los?«

Cosima drückte sich das Taschentuch an die Brust. Aus irgendeinem Grund wollte sie diese Hinweise auf ihre Vergangenheit für sich behalten. Damit sie nur ihr allein gehörten. So wie die anderen auch ihre eigenen Familien hatten. Doch beim Blick in die neugierigen Gesichter ihrer Freundinnen erkannte sie, dass sie ihnen die Wahrheit schuldete – nicht nur in diesem Moment, sondern immer.

»Beim Kuchenraub hab ich Miss Makels Bestandsbuch gefunden«, gab sie zu.

Überrascht rissen die anderen die Augen auf. Sie wussten natürlich, dass Miss Makel ihr Bestandsbuch niemals unbeobachtet ließ.

»Und darin stand, dass ich ein Taschentuch bei mir hatte, als ich ins Heim gekommen bin«, erzählte Cosima. »Miss Makel hat immer gesagt, dass meine Eltern mir nichts hinterlassen haben. Aber das war gelogen. Und dann ist mir das Stoffstück eingefallen, das ich vor Jahren in die Apfelkiste geworfen habe. Also hab ich es gesucht. Und guckt mal.« Sie drehte das Taschentuch um und zeigte ihnen die gestickte Karte.

»Es ist umwerfend«, sagte Pearl mit schimmernden Augen. »Ein echtes Kunstwerk.«

»Stimmt.« Doch Cosima hatte das Gefühl, als würde ihr Herz in der Brust Stück für Stück zerbröseln. »Aber was bedeutet es? Ich bin sicher, es ist eine Botschaft von meinen Eltern. Oder von der Person, die mich hier abgegeben hat. Oder vielleicht eine Karte? Aber ich komme nicht dahinter.«

Die anderen musterten das Taschentuch.

»Darf ich es anfassen?«, fragte Mary. Instinktiv wollte Cosima zurückweichen. Denn obwohl es nichts weiter war als ein altes Stück Stoff, barg es womöglich Antworten, nach denen sie sich schon so lange sehnte, und war somit jetzt ihr wertvollster Besitz.

Trotzdem nickte sie zitternd. Mary stand auf und schlich zu ihrem Bett hinüber. Voller Ehrfurcht nahm sie das Taschentuch in die Hände und hielt es dicht an die Flackerfunzel. Nach ein paar Minuten ratloser Stille nickte sie und sagte langsam: »Das ist ganz sicher eine Karte.«

Cosima spähte ihr über die Schulter. Und auf einmal sah sie es ganz deutlich: Die schwarzen Spinnenwebenlinien waren Straßen und Wege, und die grünen Quadrate Parks. Konnte es eine Karte von Kensington sein? Von den Straßen und Gebäuden, die das *Heim für beklagenswerte Mädchen* umgaben?

Cosima deutete auf das Herz, das Buch und den Stern. »Dann sind diese Symbole vielleicht Orte in der Nähe, die für mich und meine Familie wichtig sind. Und das X – könnten da nicht meine Eltern sein?« Ihr Herz machte einen hoffnungsvollen Satz.

Nach einem zustimmenden Nicken von Cosima nahm Diya Mary das Taschentuch ab und richtete ihren scharfsinnigen Blick darauf, studierte die Karte wie eins ihrer komplizierten Erfinderinnenprobleme. »Ingenieure haben früher manchmal Symbole verwendet, um sich mit anderen Ingenieuren über Ideen auszutauschen, auch wenn sie nicht dieselbe Sprache sprechen konnten. Wir müssen nur herausbekommen, was diese hier bedeuten.«

Cosima nickte energisch vom Bett aus. »Das ist genial! Der erste Hinweis auf meine Eltern!«

Mary zupfte nervös an ihren langen blonden Haaren. »Diese Karte ist nur eine Stickerei, die Straßen sind also vielleicht nicht sehr exakt abgebildet. Und selbst wenn doch – du hast die Karte schon, seit du ein Baby warst, dann ist sie über zehn Jahre alt. In der Zeit sind einige Gebäude und Straßen womöglich abgerissen oder neu gebaut worden. Außerdem wissen wir nicht, ob es wirklich eine Karte von London ist oder überhaupt von England! Ich will einfach nicht, dass du dir *zu* große Hoffnungen machst.«

Cosima schluckte. Das konnte schwierig werden. Ihre Hoffnungen *waren* bereits riesengroß. Immerhin war das der erste Hinweis, den sie je gefunden hatte. Wie sollte sie da nicht aufgeregt sein? Vielleicht hatten die Makels sie ihren Eltern mit Gewalt entrissen. Vielleicht hatten ihre Eltern jedes Haus in London nach ihr abgesucht, bis auf dieses hier. Vielleicht warteten sie Nacht für Nacht sehnsüchtig auf ihre Rückkehr.

Pearl krabbelte aus ihrem Bett und hockte sich zwischen Mary und Diya. Im Gegensatz zu den anderen betrachtete sie das Taschentuch von der Rückseite. »Ich glaube, das wurde in Eile bestickt. Da hatte jemand nicht genug Zeit, die Stiche ordentlich zu setzen. Und noch nicht viel Stickerfahrung. Guckt euch mal das schiefe Herz an. Und habt ihr das schon entdeckt?« Sie hielt eine Ecke des Tuchs hoch.

Dort standen in verblasstem Goldgarn die Initialen W. F. Cosima hatte sich so auf die Karte konzentriert, dass sie ihr nicht aufgefallen waren. Noch ein unerklärlicher Hinweis.

Pearl rieb mit dem Daumen über den Stoff. »Dieses Taschentuch ist mal sehr teuer gewesen. Es fühlt sich an wie Seide. Und diese Initialen wurden professionell angefertigt. Nicht von der Person, die den Rest bestickt hat.«

Cosima versuchte die Puzzleteile im Kopf zusammenzusetzen. »Dann hat das Taschentuch mal einer Person gehört, die reich ist und die Initialen W. F. hat. Aber später hat jemand anders die Karte draufgestickt. Und um das X zu finden, müssen wir herausbekommen, was die anderen Symbole bedeuten.«

Alle nickten.

Möglichkeiten überschwemmten Cosimas Gedanken. Sie starrte das Taschentuch so eindringlich an, dass es vor ihren Augen leicht verschwamm. Ihre Stimme klang unsicher: »Dann wurde dieses Taschentuch vermutlich für W. F. gemacht, einen reichen Gentleman. Meinen Vater. Er hat es seiner Liebsten geschenkt, einer armen, aber wunderschönen Schneiderin – meiner Mutter. Und als die Behörden ihr ihr Kind weggenommen haben, weil es eine Behinderung hatte, wollte sie ihm zumindest mitteilen, wo es sie finden würde.«

»Könnte sein«, flüsterte Pearl, klang aber nicht überzeugt.

»Na ja, eine echte Schneiderin hätte ihre Stiche ordentlicher gesetzt.« Diya fuhr mit dem Finger über die wirren Fäden auf der Rückseite.

»Diya hat recht«, meinte Mary. »Es gibt so viele andere Möglichkeiten. Du weißt nicht mit Sicherheit, dass das Taschentuch von deinen Eltern stammt. Es könnte genauso gut von einer Krankenschwester oder Kirchenpflegerin sein. Und selbst wenn wirklich deine Mutter die Karte gestickt hat, könnten die Initialen eine falsche Fährte sein. Vielleicht hat sie das Tuch bloß gefunden. Könnte auch sein, dass die Karte uns nirgendwohin führt. Oder sie ist einfach nur ein hübsches Bild.« Sie zählte ihre Bedenken an den Fingern ab.

»Nein«, meinte Cosima entschieden. Das Taschentuch bedeutete etwas, das spürte sie ganz deutlich. »Ich kann euch nicht erklären, warum. Aber ich bin sicher, dass es uns zu meinen Eltern führen wird.«

»Cos.« Diya schien ihre Worte sehr vorsichtig zu wählen. »Ich weiß, das ist aufregend, und ich weiß, dass du Antworten willst. Aber du hast noch alle Zeit der Welt, um deine Eltern zu finden. Wir müssen uns jetzt auf das Wichtigste konzentrieren: Lord Fitzroy aufzuhalten.«

Cosima versteckte ihren Schmerz hinter einem schwachen Lächeln. »Natürlich!« Doch sie verspürte einen Anflug von Bitterkeit. Diya hatte leicht reden – ihre Mutter besuchte sie regelmäßig, schrieb ihr Briefe und hatte sie lieb. Cosima hatte all das nicht. »Es ist schon spät, und wir haben morgen einen großen Tag vor uns. Lasst uns schlafen.«

Zum zweiten Mal an diesem Abend löschte Diya das Licht der Flackerfunzel, Mary gab Cosima das Taschentuch zurück, und sie und Pearl krabbelten zurück in ihre eigenen Betten.

Cosima legte sich hin, Schmerz pulsierte ihr durch den Körper, und Fragen schossen ihr durch den Kopf. Während sie langsam einschlummerte, hielt sie das Taschentuch fest umklammert. Gerade war sie zu müde, um die Rätsel zu lösen, doch schon bald würde sie herausfinden, wo ihre Eltern waren und warum sie sie verlassen hatten.

KAPITEL SIEBEN

Der Morgen brachte die Art frostklirrende Helligkeit mit sich, die nur nach einem Schneesturm herrscht.

Eisblumen glitzerten innen an den Fensterscheiben des Schlafsaals, die Kinder zitterten unter den dünnen Decken, und in den Gläsern auf den Nachttischen war zum gefühlt hundertsten Mal in Folge das Wasser gefroren.

Cosima lag auf ihrer schmalen Pritsche und umklammerte das Stofftaschentuch. Als die ersten noch nebelverhangenen Splitter des Sonnenlichts durch die Fenster drangen, richtete sie sich mühsam auf, streckte sich und rückte alle Knochen zurecht.

»Guten Morgen.« Mary gähnte und rieb sich die Augen. Verschlafenes Gemurmel waberte durch den Saal, als auch die anderen Mädchen erwachten.

»Heute ist es so weit«, flüsterte Cosima und setzte vorsichtig einen Fuß auf die knarrenden Dielen. Sie verzog das Gesicht in der Hoffnung, dass kein Gelenk aus der Reihe tanzte. Nachdem sie aufgestanden war, atmete sie erleichtert aus. *Nichts ausgerenkt. Puh.*

Als die Schlafsaaltür aufgestoßen wurde, begann Cosimas Herz vor Vorfreude wild zu klopfen. Miss Makel rauschte herein und half den Mädchen mechanisch beim Anziehen oder verfrachtete sie in ihre Rollstühle. Mit verkniffener Miene reichte sie Cosima ihren Stock. Cosima band sich das neu entdeckte Stofftaschentuch um den Hals, wobei sie den Teil mit der Karte im Nacken unter ihren ungezähmten Wuschelhaaren versteckte.

Kurz drauf polterte sie auch schon die knarzende Treppe nach unten, gefolgt von den Mädchen, die ebenfalls selbstständig gehen konnten. Mary hatte das Klemmbrett mit den Plänen für alle Was-wenns sorgfältig in ihrer Umhängetasche verstaut. Nacheinander wurden Diya und all die anderen Mädchen in Rollstühlen von Mr. Makel herausgehoben, die Treppe hinuntergetragen und dann unsanft zurückgesetzt. Ein demütigender und irgendwie beängstigender Vorgang.

Während Cosima am Fuß der Treppe wartete, schnappte sie Fetzen von aufgeregten Gesprächen auf:

Glaubt ihr, sie zeigen Fossilien in der Ausstellung?, fragte eines der Mädchen in Gebärdensprache. *Ich wollte schon immer ein richtiges Dinosaurierskelett anschauen, das kenne ich nur aus Büchern!*

Eine andere rieb sich den leeren Bauch. »Was bekommen wir wohl zu Mittag? Das Essen muss einfach himmlisch sein! Meint ihr, Miss Ohnnam wird uns eine heiße Schokolade spendieren?«

»Ich will die Pepper-Ratten sehen!«, krähte Dolly, eine der jüngsten Bewohnerinnen des Heims.

»Präparate, Dolly«, korrigierte Diya sanft.

Nur Cosima war in Gedanken noch immer beim Fund ihres Taschentuchs. Statt sich am Gespräch der anderen zu beteiligen, ging sie im Kopf eine Liste aller möglichen Namen mit W für ihren lange verschollenen Vater durch.

William.

Walter.

Woodrow.

Warren.

Jedoch schien ihr keiner davon recht zu passen. Sicher würde sie es spüren, wenn sie auf den richtigen Namen stieß, oder?

Auch beim Frühstück (der üblichen schleimig grauen Haferpampe) verstummte das aufgeregte Geplapper nicht, genauso wenig wie beim Anziehen der Mäntel, Hüte und Fäustlinge. Erst als das vertraute Stampfen von Miss Makels Absätzen auf der Treppe erklang, ebbte das Gemurmel ab. Schweigend bildeten die Mädchen eine lange Reihe. Cosima fand sich Schulter an Schulter mit Pearl und Mary wieder, als Miss Makel die letzte Stufe nahm. Pearl nestelte nervös an ihrem Ärmelsaum, um ihre neueste Tintenmalerei zu überdecken, und wich Miss Makels Blick aus.

Die Heimleiterin räusperte sich, zog eine Augenbraue hoch und funkelte Pearl an, die tief Luft holte und mit aller Kraft stillzuhalten versuchte. Jedes der Mädchen bemühte sich, die Makel-Geschwister anzusehen, ohne mit der Wimper zu zucken. Cosimas Taktik war es, sich auf einen Wasserfleck an der gegenüberliegenden Wand zu konzentrieren und alles andere auszublenden.

»Nun …« Miss Makel marschierte beim Sprechen auf und ab, als wäre sie Feldmarschallin bei der Armee. »Wie immer erwarte ich von euch allen, dass ihr heute genauestens darüber nachdenkt, wie euer Verhalten auf mich zurückfallen könnte. Ihr werdet ausschließlich dann reden, wenn ihr dazu aufgefordert werdet, in Miss Ohnnams Sichtweite bleiben und auf gar keinen Fall ein Wort mit Außenstehenden wechseln. Denkt stets daran, was ich euch über die Welt dort draußen eingebläut habe: Sie ist grausam und hat nichts übrig für Menschen wie euch. Sollte ich Wind vom kleinsten Regelverstoß bekommen, mache ich euch das Leben zur Hölle.«

Die Türglocke schellte, und Cosimas Magen zog sich zusammen. Alles hing vom heutigen Tag ab. So schrecklich es im *Heim für beklagenswerte Mädchen* auch war, war es doch alles, was Cosima kannte.

Mr. Makel öffnete die Tür. Ein kalter Lufthauch drang herein und fegte Cosimas Zweifel davon.

Leichtfüßig trat Aggie in die Eingangshalle. Ihr Blick wanderte umher, musterte schier unaufhörlich jede Nische und jeden Winkel. Cosima betrachtete die Hände der Besucherin – sie waren noch immer voller Tintenflecken. »Guten Morgen, Mädchen«, trällerte sie fröhlich.

Cosima schaute verstohlen zu den Makels: Sie brodelten vor stummer Wut, weil Aggie nicht sie begrüßt hatte. Mr. Makel ballte die Hände zu Fäusten, und Miss Makel sah aus wie ein Kessel kurz vorm Überkochen.

Aggie zwinkerte den Mädchen zu. »Sollen wir uns auf den Weg machen? Es ist nicht weit, im Grunde nur die Straße runter.«

Die Welt außerhalb des Heims war so … viel *mehr*, als Cosima sich ausgemalt hatte. In den Zeitungsschnipseln, die sie den Makels hatte abluchsen können, hatte sie von London gelesen. Auch der Sohn des

Kaufmanns hatte ihr aufregende Geschichten erzählt, wenn Miss Makel ihnen mal einen Moment lang nicht im Nacken gesessen hatte. Aber wirklich und wahrhaftig draußen an der frischen Luft zu sein, sandte ihr ein Kribbeln durch den ganzen Körper. Für Pearl war das alles fast unerträglich. Kaum hatte sie die Schwelle überschritten, war sie völlig erstarrt.

Sie hatte nur zwei Worte gemurmelt: »Zu viel.«

»Zu-viel-Attacken« waren so ähnlich wie Marys Panikbeben. Pearl erstarrte zur Salzsäule, wenn ihr zu viel Neues begegnete. Sie benötigte einfach immer ein bisschen mehr Zeit, um sich an Veränderungen zu gewöhnen. Und zum ersten Mal seit Jahren das Haus zu verlassen, war eine Riesenveränderung!

»Was ist los?« Aggies Gesicht verzog sich vor Sorge. »Kann ich irgendwie helfen?«

Mary schüttelte den Kopf. »Sie braucht nur einen kurzen Moment.« Sie wandte sich an die anderen. »Mädchen?«

Wie schon etliche Male zuvor hakten die Heimkinder sich beieinander unter, stellten sich im Kreis um Pearl herum und schirmten sie so von der Straße ab.

Mit Argusaugen überprüfte Mary, dass die Lücken zwischen ihnen nicht zu groß wurden. Ab und an flüsterte sie Pearl einige aufmunternde Worte zu. Wind zerzauste Cosimas Haare, und ihre Zähne begannen zu klappern, während sie wartete.

Nach ein paar Minuten holte Pearl tiiief Luft und blinzelte. Ein schwaches Lächeln huschte ihr übers Gesicht. »Ich glaube, es geht wieder. Wir können losgehen, Aggie.«

Die Straße war voll fremder Menschen, die Cosima alle ganz genau musterte, weil sie sich so sehr wünschte, in einem der vielen

Gesichter etwas Vertrautes zu entdecken – die gleichen blauen Augen oder ein Wangengrübchen, das ihrem ähnelte, aber … nichts. Die Chance war verschwindend gering, und doch konnte sie die Hoffnung nicht aufgeben.

Die kopfsteingepflasterte Straße, in der das *Heim für beklagenswerte Mädchen* stand, war von schmalen Häusern gesäumt, und ihre windschiefen Dächer waren vom Schnee weiß gepudert. Droschken und Pferdeomnibusse zuckelten an den Kindern vorüber. Die Luft war schwer von Ruß, und wenn Cosima zu tief einatmete, konnte sie die bittere Kohle sogar schmecken. Der kalte Wind färbte die Nasen und Wangen der Kinder rot und fuhr ihnen bis in die Knochen. Cosima zog den abgewetzten Mantel enger um sich. In ihren Ohren gellten die Rufe der Zeitungsjungen und Aalhändler, während die Gruppe sich auf dem eisglatten Gehweg an gaffenden Passanten vorbeischlängelte.

Cosima nahm es ihnen nicht übel. Wahrscheinlich boten sie einen außergewöhnlichen Anblick: zwanzig Kinder, alle gleich gekleidet, einige mit Gehhilfen, andere in Rollstühlen. Und Aggie schwirrte wie ein Wirbelwind um sie herum, beruhigte hier ein Mädchen, das von all den Eindrücken überfordert war, unterstützte dort ein anderes dabei, mit dem Rollstuhl im Schneematsch voranzukommen, und half all ihren Schützlingen, sich im Gewimmel und Lärm der Londoner Straßen zurechtzufinden.

Am schwersten hatten es die Mädchen in Rollstühlen, denn auf dem glatten Boden gerieten die Räder immer wieder ins Schleudern.

Diya manövrierte ihren Stuhl über eine besonders rutschige Stelle und schloss zu Cosima, Mary und Pearl auf. »Also, was ist der Plan?«, flüsterte sie.

Cosima lenkte ihre Gedanken weg von verschollenen Elternteilen und geheimen Schatzkarten, hin zu der Gefahr, die Lord Fitzroy darstellte. Verstohlen sah sie sich um, um sicherzugehen, dass keins der anderen Mädchen in Hörweite war. Aber die Sorge war unbegründet, sie alle waren viel zu sehr damit beschäftigt, staunend die Welt um sich herum wahrzunehmen und vor lauter Freude zu jauchzen.

»Falls Aggie auch nur ein kleines bisschen so ist wie die Makels, behält sie uns die ganze Zeit über scharf im Auge. Wenn wir uns also davonstehlen wollen, brauchen wir ein Ablenkungsmanöver«, murmelte Cosima. Ihr Atem bildete beim Sprechen winzige Wölkchen.

»Ein Ablenkungsmanöver?«, flüsterte Mary und rang nervös die Hände.

Cosima nickte und überlegte fieberhaft. »Wenn wir uns zurückfallen lassen, können wir uns vielleicht absetzen, sobald wir außer Sichtweite sind.«

Pearl runzelte die Stirn, und Diya seufzte. Marys bebenden Lippen entschlüpfte ein protestierendes Piepsen.

Na schön, Cosima wusste ja selbst, dass das keine ihrer besten Ideen war. Sie war schlicht daran gewöhnt, Streiche innerhalb der vier Wände des Heims zu planen, wo sie jeden Winkel kannte wie die eigene Westentasche. Die Vorstellung, so etwas an einem völlig neuen und seltsamen Ort durchzuziehen, plagte sie ebenso wie eine dieser garstigen Windböen. Doch Cosima schluckte ihre Angst hinunter. Sie würde es schaffen. Sie musste einfach – für ihre Freundinnen.

Am Ende der Straße bogen die Mädchen ab, und Cosima konnte gerade noch anhalten, bevor sie in eine beträchtliche Menschenansammlung schlitterte. Um sie herum reckten sich imposante Bauten mit rötlichen Steinfassaden in den Himmel und bildeten einen scharfen Gegensatz zu den windschiefen Häuschen in der ärmlichen Gasse, die nun hinter ihnen lag. Cosima stellte sich auf die Zehenspitzen und versuchte über die Leute hinweg zu erkennen, was diesen ganzen Trubel verursachte.

Jenseits der Menge glitzerte ein riesiges Gebäude aus Glas in der Morgensonne und verhieß die erstaunlichsten Wunder im Inneren. Die versammelten Leute tuschelten wild: Welche Geheimnisse dort wohl enthüllt würden? Welche Merkwürdigkeiten und welche neuen Erfindungen mit ratternden Zahnrädern bekäme man zu sehen? Cosima überlief ein aufgeregter Schauer.

»Die Menschen sind so aus dem Häuschen, dass sie schon seit Wochen die Exhibition Road verstopfen. Dabei hat der Schatzpalast noch gar nicht geöffnet«, beschwerte sich Aggie, während sie zwei Arbeitern auswich, die sich grade eine große Segeltuchrolle auf die Schultern hievten. »Und Lord Fitzroy ist sehr darauf bedacht, dass die Ausstellung bis zur offiziellen Eröffnung streng geheim bleibt. Selbst für die Presse ist sie gesperrt.«

So gut es ging, schlängelten die Mädchen sich an den Leuten vorbei, die sich alle extra fein gemacht hatten. Sie wollten hinter die dicken Glaswände spähen, doch eine Reihe von Bäumen schirmte das Gebäude vor ihren neugierigen Augen ab. Ein paar Jungen waren deshalb sogar auf die kahlen Äste geklettert, nur um einen Blick zu erhaschen. Zielstrebig marschierte Aggie auf den Eingang zu, vorbei an Kutschen und der hin und her wogenden Menge. Mit offenen Mündern folgten die Mädchen ihr, und Cosima wurde vom Rest der Gruppe mitgezogen.

Der Schatzpalast schien grob aus drei Teilen zu bestehen: einer großen Eingangshalle und zwei halbrunden Seitenflügeln. Durch die Glaswände konnte Cosima im Inneren Pflanzen erkennen – die Zweige üppiger Ulmen reichten sogar bis ans Dach. Riesige Stahlträger formten das Gerüst des Palastes, und ein silberner Streifen bildete den unteren Rand der Empire-Ausstellung.

»Die Bäume waren schon vor der Ausstellung hier – statt sie zu fällen, hat man einfach um sie herumgebaut«, erklärte Aggie.

Zwischen den Ulmen stand eine Bronzestatue von Britannia. Cosima wusste, dass es Britannia sein sollte, weil Miss Makel die ganze Zeit darüber redete, dass diese Lady das perfekte Symbol britischer Stärke sei – sehr zu Diyas Verärgerung. Britannia trug eine Rüstung und hielt einen Furcht einflößenden Dreizack in der Hand. Die Bronzestatue war viermal so groß wie eine durchschnittliche Erwachsene und reckte den Dreizack nach oben zur gläsernen Decke.

Als Eingang zur Ausstellung diente nicht bloß eine normale Tür, sondern ein riesiges, reich verziertes Tor. Es war zweistöckig, der obere Teil wurde von acht goldgeschmückten Säulen getragen und von einer kupfernen Kuppel gekrönt. Als die Mädchen dichter herankamen, sah Cosima, dass in jede der Säulen Blumenmuster geschnitzt waren. Eine Inschrift verkündete: *Durch Tugend zum Sieg.*

Diya schnappte nach Luft. Ehrfürchtig näherte sie sich einer der Säulen und fuhr mit der Hand darüber. »Ist das aus Indien?«

Aggie antwortete: »Ja, Diya, das ist das Tor von Jaipur. Es wurde von erfahrenen Handwerkern in Indien gebaut und mit dem Schiff hierhergebracht, damit Lord Fitzroy es als Eingang zu seiner Ausstellung nutzen kann.«

Cosima konnte es kaum fassen. Aggie zeigte einem sehr adrett gekleideten Mann ein offiziell wirkendes Schriftstück, und mit einem Nicken ließ er sie hindurchtreten. Zusammen mit dem Rest der Truppe schlüpfte Cosima in die Eingangshalle, in der geschäftiges Treiben herrschte. Hinter ihnen stöhnte die Menge verärgert auf.

»Der Schatzpalast wurde dem Kristallpalast der Weltausstellung von 1851 nachempfunden«, erklärte Aggie, während sie weiter ins Gebäude vordrangen. »Und genau wie sein Vorgänger wird dieser Palast bloß auf Zeit hier stehen. Er wurde in den vergangenen Wochen hier gebaut, und wenn die Ausstellung im nächsten Jahr vorbei ist, wird er wieder abgerissen.«

Cosima bestaunte die beinahe unwirklich große Glaskonstruktion, die im Sonnenlicht mit den fallenden Schneeflocken um die Wette glitzerte. Mit einer Hand am Stock drehte sie sich um die eigene Achse und entfernte sich ein Stück von den anderen.

Auf beiden Seiten der weitläufigen Eingangshalle gingen die Seitenflügel ab. Zu ihrer Rechten sah Cosima unter einem riesigen Banner mit der Aufschrift *Kulturelle Wunderwerke* den ersten von vielen Ausstellungsbereichen – die Galerie der Erfindungen. Diya jauchzte kurz auf, als eine komplexe Maschine mit ratternden Zahnrädchen an ihnen vorbeigeschoben wurde.

»Die Ausstellung besteht aus zwei Hälften«, erklärte Aggie. »Im Flügel der Kulturellen Wunderwerke befinden sich die Galerie der Erfindungen, das Stadion des Lichts und die Juwelengalerie. Dort könnt ihr faszinierende Gerätschaften und kreative Schöpfungen bestaunen.« Dann deutete sie auf den Flügel zu Cosimas Linken, über dem auf einem Banner *Empire-Pavillons* zu lesen war. »Und in den Pavillons dort drüben werden lauter Dinge aus den britischen Kolonien ausgestellt.«

Diya seufzte verärgert. Mary drückte ihr mitfühlend die Schulter.

»Ganz am Ende der Reihe von Pavillons befindet sich der Vorführsaal«, fuhr Aggie fort. »Das ist eine Art Theater, in dem Lord Fitzroy die allerneuesten wissenschaftlichen und technologischen Erfindungen präsentiert.«

Um die kleine Gruppe herum waren lauter Leute damit beschäftigt, wertvolle Stücke aus fernen Ländern vorsichtig in die vielen Pavillons zu transportieren, die Cosima nur teilweise sehen konnte. Große, offene Stoffzelte ragten in der höhlenartigen Glashalle auf, bis zum Bersten gefüllt mit Mitbringseln und Kunstwerken aus den jeweiligen Ländern, die sich auch auf den Verkaufstischen davor stapelten. Männer mit Handschuhen wuselten hierhin und dorthin, packten Holzkisten aus, entstaubten Bilderrahmen und schleppten Artefakte, um die große Eröffnung vorzubereiten und der Ausstellung den letzten Schliff zu verleihen. Hammerschläge hallten durch den Palast, und in der Ferne verrieten Scheppern und Surren, dass brandneue Erfindungen getestet wurden.

Ein Anflug von schlechtem Gewissen überkam Cosima, als ihr einfiel, weshalb sie hier waren. Und zwar nicht, um sich hübsche und spannende Dinge anzuschauen, sondern um zu verstehen, was Lord Fitzroy mit ihnen vorhatte. Sie umfasste ihren Stock fester, richtete sich auf und wandte sich wieder ihren Freundinnen zu.

Doch ihr bot sich ein seltsamer Anblick, und sie runzelte die Stirn: Aggie hockte auf dem Boden, sodass sich ihre ausladenden Röcke um sie herum bauschten, und flüsterte den Mädchen etwas zu. Die schienen gebannt zuzuhören. Cosima trat näher in der Hoffnung aufzuschnappen, worum es ging, aber just in dem Moment stand Aggie auf, strich ihre Kleidung glatt und breitete die Arme aus.

»Willkommen in der Empire-Ausstellung!«, rief sie, und ihre Stimme hallte laut durch den kathedralenartigen Raum. Aufregung und Vorfreude schwangen darin mit.

Doch bevor Cosima sich weiter umsehen konnte, stieß Mary einen spitzen Schrei aus.

KAPITEL ACHT

Cosima wusste sofort, was los war – Mary hatte vor allen anderen eine furchterregende Person entdeckt.

Schritte donnerten durch die Hallen. Zwirbelbart voran marschierte Lord Fitzroy auf sie zu, die buschigen Augenbrauen vor Ärger zusammengezogen. An seinem Gürtel baumelte eine Kette mit einem silbernen Schlüssel. Cosima konnte förmlich spüren, wie ihr das Blut in den Adern gefror. Sie trat neben Mary, deren Schrei gerade verklang, und nahm sie an die Hand.

»Jetzt, Mädchen«, murmelte Aggie, beinahe ohne die Lippen zu bewegen.

Sofort stoben die Kinder in alle erdenklichen Richtungen auseinander. Eins der Mädchen im Rollstuhl wirbelte herum, fuhr in Richtung Eingang und stieß dabei mit einem Mann zusammen, der ein sorgfältig eingewickeltes Paket trug. Er verlor das Gleichgewicht, ließ das Paket fallen, und Cosima vernahm das Klirren von Porzellan. Dolly und ein paar der Heimbewohnerinnen, die gut zu Fuß waren, sprinteten auf die Statue der Britannia zu und begannen daran hochzuklettern. Andere rannten bis in die Gänge der Empire-Pavillons und des Flügels mit den Kulturellen Wunderwerken.

Nur Cosima, Mary, Pearl und Diya waren an Ort und Stelle geblieben. Jetzt standen sie neben Aggie, während Lord Fitzroy auf sie zustapfte. Sie hakten sich beieinander unter, ein Bollwerk *beklagenswerter* Mädchen. Cosima spürte, wie Pearls Hände zitterten.

Fitzroy war aus einer unscheinbaren Tür am anderen Ende der Eingangshalle gekommen. Cosima starrte sie mit zusammengekniffenen Augen an. Ob sich dort wohl der Grund verbarg, aus dem Fitzroy sie haben wollte? In einem Teil der Ausstellung, zu dem nur er selbst Zutritt hatte? Während er und seine Wut bedrohlich näher kamen, hatte sie das Gefühl, mit dem Boden verwachsen zu sein.

»Was ist los?«, flüsterte sie.

Pearl zuckte die Schultern und zappelte mit den Fingern. »Aggie meinte, wir sollten Unruhe stiften«, raunte sie. »Wir könnten tun und lassen, was wir wollten: Durcheinander veranstalten, alles anfassen, sogar Sachen kaputt machen.«

»Das hat sie wirklich gesagt?« Diya runzelte die Stirn. »Ich hätte gedacht, dass eine Ingenieurin wie sie ihren neuen Hubkolbenmotor um jeden Preis beschützen will.«

In der Ferne jubelte Dolly, während sie sich auf Britannias linken Arm schwang.

»Wer sind Sie?«, bellte Fitzroy. »Und was, in drei Teufels Namen, macht diese schnatternde Schar Mädchen in meiner Ausstellung?« Seine Miene verfinsterte sich, als Dolly Aggie von ihrer luftigen

Position aus zuwinkte. »Sind diese Kinder etwa ...« Lord Fitzroy wurde kalkweiß. »... behindert?« Er wandte sich wieder an Aggie. »*Wer* sind Sie?«

»Miss Agatha Ohnnam, Eure Lordschaft.« Aggie machte einen kleinen Knicks und zog ihr Notizbuch aus dem Beutel. Sie schlug es auf und hielt mit der anderen Hand den Stift schreibbereit überm Papier. »Ich bin Ingenieurin und Ausstellerin. Meine Maschine, der Hubkolbenmotor, befindet sich in der Galerie der Erfindungen.«

Fitzroy runzelte die Brauen und legte die Handflächen aneinander. »Hm, ich bin sicher, dass ich mich an ...«

Aggie fiel ihm ins Wort. »Kennen Sie diese Mädchen, Sir?«

Bei dieser Frage zuckte Lord Fitzroy zusammen. Er ließ den Blick über die Freundinnen schweifen. Bei Cosima hielt er inne und sah sie einen Moment zu lang an. Dann schnaubte er. »Natürlich nicht. Einen solchen Umgang pflege ich nicht. Im Übrigen werden diese mitleiderregenden Kinder wohl kaum von der Ausstellung profitieren. Sie haben gar nicht die Lernfähigkeiten, die ...«

Lord Fitzroy begann irgendeinen Unsinn zu schwafeln, und genau wie bei den Makels schaltete Cosima einfach ab. Sie war verwirrt. Warum hatte Aggie den Mädchen aufgetragen, Unruhe zu stiften? Das ergab doch gar keinen Sinn! Allerdings war das jetzt *die* Gelegenheit, das Gebäude nach Gründen dafür zu durchforsten, warum Fitzroy sie adoptieren wollte.

Cosima stupste ihre Freundinnen an. »Na los, wir teilen uns auf«, flüsterte sie. »Pearl und Mary, ihr beide fangt bei den Kulturellen Wunderwerken an. Diya und ich durchsuchen die Empire-Pavillons.«

Pearl und Mary nickten und flitzten davon.

Cosima und Diya steuerten auf den Flügel mit den Pavillons zu.

Sie betraten einen spiralförmigen Gang – er wand und wand sich und war mit Ständen gesäumt, von denen jeder eines der Länder repräsentierte, die zusammen das Britische Empire bildeten. Als Erstes passierten sie den Stand der westafrikanischen Goldküste.

Er war mit leuchtend bunten Stoffen behängt und bot eine unheimliche Fülle an Farben und Gerüchen. Cosima bewunderte den Stoßzahn eines Elefanten und atemberaubende Gemälde von Frauen, die Körbe mit reifen Früchten auf dem Kopf trugen. Kleine kunstfertig geschnitzte Holzfiguren waren neben einem großen Bottich aufgereiht. Ein paar der Mädchen aus dem Heim hatten sich hier versammelt und schlürften etwas aus Bechern.

»Das ist Brukina«, sagte eine von ihnen. Sie grinste und leckte sich über die Lippen. »Es ist köstlich!«

Diya stupste Cosima an, und die beiden wanderten an vielen weiteren Pavillons vorbei, wie dem von Britisch-Malaya und Fidschi. Kanada hatte kunstvoll bemalte Schlitten und Schneeschuhe geschickt, und Australien stellte Felle von Beuteltieren aus.

Die beiden Freundinnen lugten hinter Vorhänge und durchsuchten jeden dunklen Winkel, aber sie fanden keinerlei Hinweis darauf, was Lord Fitzroy mit ihnen vorhaben könnte.

Diya bedachte die Pavillons mit finsteren Blicken, und Cosima verstand auch, warum. Zwar waren die Stände mit Kunstwerken, Essen, Getränken und Kleidung aus den jeweiligen Ländern wunderschön, doch wurden diese Dinge hier nur für die schaulustige britische Öffentlichkeit präsentiert. Die Menschen würden sie begaffen, als wären sie Kuriositäten und Eigentum des Empires.

Als sie den indischen Pavillon erreichten, staunte Cosima trotzdem: Hier standen mit lilafarbenem Samt bezogene Throne und hingen

Teppiche in tausend Farben. Doch Diya brodelte bereits. Sie hatte die Hände zu Fäusten geballt. Für einen Moment von ihrer Suche abgelenkt, rollte sie näher heran. »Das ist nicht Indien«, zischte sie, während sie mit dem Kopf auf die juwelenbunten Tücher deutete, die an den Seiten des ansonsten vergleichsweise spärlich dekorierten Verkaufstisches hingen. »Das ist eine verwässerte, britannisierte Version von Indien.«

Cosimas Kehle war wie zugeschnürt. Sie fand nicht die richtigen Worte, um ihrer Freundin zu erklären, wie leid ihr das tat; vielleicht gab es die richtigen Worte auch gar nicht. Zwar hatten es die Mädchen im Heim alle nicht leicht, aber auf Diya schauten die Leute doppelt herab – weil sie in ihren Augen doppelt anders war. Das war falsch, und es war ungerecht, doch leider die bittere Realität.

Diya riss den Blick vom indischen Pavillon los, stieß sich ab und rollte so schnell wie möglich weiter. Cosima hatte Mühe, mit ihr Schritt zu halten. Als sie zur letzten Windung der Spirale kamen, spürte Cosima einen stechenden Schmerz im Knie. Sie biss die Zähne zusammen und schwang behutsam das Bein vor und zurück, um herauszufinden, ob die Kniescheibe herausgesprungen war. Nachdem sie zu dem Schluss gekommen war, dass alles noch an Ort und Stelle saß, lief sie weiter, um ihre Freundin einzuholen. Diya hatte vor einer Flügeltür angehalten und starrte sie jetzt mit gerunzelter Stirn an. Gleichzeitig rüttelte sie am Knauf. »Sie ist verschlossen.«

Auf der Plakette über der Tür war zu lesen: *Vorführsaal.*

Cosima spähte durchs Schlüsselloch, entdeckte aber nur ein Meer aus Stühlen, die vor einer Bühne mit einem roten Samtvorhang aufgereiht waren.

Diya seufzte. »Sieht aus, als wäre das dieses Theater, von dem

Aggie gesprochen hat. Tja, gucken wir mal, ob Pearl und Mary mehr Glück hatten.«

Sie trafen die anderen beiden unter einer der Ulmen in der Eingangshalle des Schatzpalastes wieder. Weder Pearl noch Mary mussten auch nur ein Wort sagen, ihre verdrießlichen Mienen sprachen Bände. Also hatten auch sie nichts gefunden, was erklären würde, warum Lord Fitzroy die Mädchen adoptieren wollte. Die Freundinnen verfielen in ein unbehagliches Schweigen. Da bemerkte Cosima, dass Mary die Lippen zusammenpresste, als würde sie über eine Idee nachdenken.

»Wetten, dass er irgendwo aufgeschrieben hat, was er plant?«, platzte Mary schließlich heraus. »Aber seine Aufzeichnungen versteckt er wahrscheinlich an einem Ort, wo nur er hinkann. Wo Unbefugte keinen Zutritt haben.«

»Und wo genau sollen diese Unbefugten keinen Zutritt haben?« Da war sie wieder, Diyas fragend hochgezogene Augenbraue.

»Na ja …« Cosima trat ein Stück von der Ulme weg. Ihre Freundinnen folgten ihr. »Fitzroy kam von dort.« Sie zeigte auf die unscheinbare Tür rechts von der Britannia-Statue. »Also ist sein Büro bestimmt irgendwo dahinter.«

Die vier Mädchen schlängelten sich zwischen den umhereilenden Arbeitern hindurch, bis sie vor der Tür standen. Cosima dehnte die Finger, bis sie schmerzhaft knackten. Dann umfasste sie den Griff. Mit dem ganzen Gewicht stemmte sie sich dagegen und knirschte vor Anstrengung mit den Zähnen, aber die Tür blieb verschlossen. Seufzend kramte sie in ihrer Schürzentasche, bis sie ihren Behelfsdietrich – einen rostigen Nagel – gefunden hatte.

Diya stieß sie an und hielt ihr einen gebogenen Draht hin. »Versuch's mal damit. Nach dem Kuchenraub habe ich das hier gebastelt. Ich nenne es den Langfinger-Liebling.«

Cosima nahm Diyas neueste Erfindung entgegen und schob sie ins Schlüsselloch. Ein bisschen Drehen, ein Klicken und *zack* – die Tür sprang auf. Diya lächelte stolz.

Ohne noch einmal zurückzuschauen, schlüpften die Mädchen hindurch und fanden sich in einem düsteren Korridor wieder, der sich scheinbar endlos in beide Richtungen erstreckte.

»Ich wusste, ich hätte die Flackerfunzel mitbringen sollen«, brummte Diya.

Cosima wagte den ersten Schritt ins Dunkel. Unter ihren Sohlen knirschte etwas laut, und plötzlich schoss ein stechender Schmerz durch ihre Schuhsohle. Sie erstarrte. »Was war das?«

Pearl schob sich an ihr vorbei, sank in die Hocke und hob ein messerscharfes Stück Glas auf. »Scherben«, sagte sie. »Stütz dich auf Marys Schulter, ich schau mir deinen Fuß mal an.«

Während sich Cosimas Augen an die Dunkelheit gewöhnten, erkannte sie allmählich, dass die Scherben großflächig im Gang verteilt waren.

So gut es ging, ignorierte sie den scharfen Schmerz, stützte sich auf Mary und hob vorsichtig den Fuß. Behutsam zog Pearl mehrere Splitter aus ihrer Sohle.

»Warum wirft jemand ein Glas runter und lässt dann die Scherben überall im Korridor liegen?«, fragte Cosima.

Hinter ihr schnappte Diya nach Luft. »Pearl, kannst du mir das Stück da geben?« Sie zeigte auf eine der Scherben, die für Cosima nicht anders aussah als die hundert anderen Splitter.

Pearl reichte sie ihr, und Diya begutachtete sie kritisch. Dann schnalzte sie mit der Zunge, wie immer, wenn sie eine Vermutung hatte.

Nach einem letzten prüfenden Blick erklärte Diya: »Das waren keine normalen Gläser – seht ihr, wie sich hier der Rand wölbt? Ich glaube, das waren Reagenzgläser.«

Cosima runzelte die Stirn. »Wie bitte?«

Diya rückte ihre Brille zurecht. »Ein Reagenzglas ist ein schmales Glasröhrchen, das man in wissenschaftlichen Experimenten benutzt.«

Cosimas Stirn blieb gerunzelt.

»Pearl?«, fragte Diya.

In Sekundenschnelle hatte Pearl einen Pinsel und ein verschmiertes Farbtöpfchen hervorgezaubert. Auf einem mit Sommersprossen übersäten Stückchen Haut malte sie damit ein fingerähnliches Glasröhrchen.

»Ah!« Jetzt dämmerte es Cosima. Sie hatte so was schon einmal gesehen – und zwar in dem eselsohrigen Chemiebuch im Klassenzimmer des Heims.

»Aber was hat etwas, das man für Experimente benutzt, hier in diesem Gang zu suchen?« Pearl zog die Brauen zusammen, während sie Pinsel und Farbe verstaute, und erhob sich.

Cosima zuckte die Schultern und war froh, wieder mit beiden Füßen auf dem Boden stehen zu können. »Könnte das von einem der Aussteller sein? Aggie hat doch erwähnt, dass hier viele Erfindungen gezeigt werden. Vielleicht braucht man bei einer davon Reagenzgläser?«

»Hmmmm«, machte Pearl wenig überzeugt.

»Tja, ein paar Scherben werden uns nicht dabei helfen herauszufinden, was Fitzroy vorhat«, meldete sich wieder Diya zu Wort. »Pearl und ich nehmen uns diese Seite vor, du und Mary geht da lang. Passt auf euch auf!« Damit wirbelte Diya herum und machte sich auf den Weg. Auch Pearl winkte und verschwand.

Cosima wandte sich in die entgegengesetzte Richtung und wagte sich mit wackeligen Knien in die Düsternis vor. Mary nahm ihre Hand, was ihr ein bisschen Mut spendete. Jetzt, da sie nur noch zu zweit waren, wirkte der Korridor noch unheimlicher. Die Schatten erstreckten sich schier endlos, und jedes Geräusch barg Gefahr. Langsam arbeiteten sie sich den Gang hinunter und rüttelten an den Türen, an denen sie vorbeikamen. Alle waren verschlossen. Je unwahrscheinlicher es wurde, dass sie noch etwas über Fitzroys Pläne herausfinden würden, desto stärker wurde das mulmige Gefühl in Cosimas Magengrube.

Auch Mary zitterte vor Anspannung und atmete flach. »Ich glaube, ich muss zurück«, quiekte sie.

»Soll ich mitkommen?«

Mary schüttelte den Kopf und wuselte in die Richtung davon, aus der sie gekommen waren. Cosima versuchte ihre eigene Angst im Zaum zu halten, während sie sich in dem dunklen Gang vorantastete. Hoffentlich hatten Diya und Pearl mit der anderen Seite mehr Glück. Gerade als Cosima aufgeben und ebenfalls umkehren wollte, fiel ihr eine Bewegung ins Auge. Eine Tür knarrte, und eine Gestalt schlüpfte in den Korridor.

Cosima kniff die Augen zusammen. Die Gestalt war klein, vielleicht noch ein Kind, aber mehr konnte Cosima im Dämmerlicht nicht ausmachen.

»Hallo?«, rief sie.

Die Gestalt rannte los, und dabei purzelte etwas Glitzerndes zu Boden. Merkwürdig. Cosimas Herz klopfte laut. So schnell ihre schmerzenden Gelenke es zuließen, lief sie auf das zu, was da hinuntergefallen war, und hob es auf.

Sie starrte das Ding in ihrer Hand an. Eine goldene Taschenuhr. Mit dem Finger fuhr sie über die glatte Oberfläche und öffnete den Deckel. Ein hübsches Ziffernblatt kam zum Vorschein. Im Inneren des Deckels war in schwungvollen Lettern *Für Franny, von Herzen – Mina* eingraviert. Darunter klemmte hinter einer kleinen Glasscheibe eine geflochtene kupferrote Haarsträhne mit einer kleinen sternförmigen Spange daran, die selbst in diesem düsteren Korridor funkelte.

Cosima wurde von dem heftigen Wunsch erfasst, sie an sich zu nehmen. Noch nie in ihrem ganzen Leben hatte sie etwas so Glänzendes, so Besonderes besessen. Das Mädchen, dem die Spange gehört hatte, musste ein märchenhaftes Leben geführt haben! Cosima hob das Glasplättchen an und strich vorsichtig über die Spange. Da löste sie sich von dem dünnen Zopf und fiel zu Boden. Schnell hob sie sie auf und versuchte sie wieder festzustecken, aber Miss Makel hatte ihr rein gar nichts über Haare beigebracht – wie sich unschwer an Cosimas zerzauster Wuschelmähne erkennen ließ –, und die Spange wollte einfach nicht halten. Mit einem Mal hatte Cosima das Gefühl, dass sie in jemandes Privatsphäre eingedrungen war – und obendrein hatte sie auch noch Schaden angerichtet. Die Taschenuhr war offensichtlich ein Andenken, das irgendjemand sehr schätzte, vielleicht von einer Geliebten oder einer besten Freundin.

Hastig schloss sie den Deckel, verstaute die Uhr in der einen und die Spange in der anderen Tasche. Sie würde das später in Ordnung bringen. Entschlossen ließ sie die Schultern kreisen, um die Gelenke zu schmieren, umfasste ihren Stock und machte sich daran, die Gestalt zu verfolgen. Cosima lief weiter den Korridor hinunter bis zu einer Tür, die einen Spalt offen stand. Sie schlüpfte hindurch und fand sich auf dem offiziellen Ausstellungsgelände wieder, mitten zwischen den Kulturellen Wunderwerken. Im Augenwinkel nahm sie eine Bewegung wahr. Die mysteriöse Person von eben eilte gerade um eine Kurve weiter ins Innere der Spirale.

Cosima war klar, dass sie sich eigentlich auf ihr Ziel konzentrieren sollte, aber sie konnte nichts gegen das aufgeregte Kribbeln tun, das in ihr aufstieg, als sie zur Galerie der Erfindungen mit all den surrenden Rädchen und ratternden Maschinen gelangte. Diya wäre begeistert! Langsam schob Cosima sich daran vorbei und erreichte das Stadion des Lichts. Die riesige Halle funkelte wie ein Himmel voller Sterne. Jeder Zentimeter war mit blinkenden Glühbirnen bedeckt, die die enorme Wirkmacht der Elektrizität unter Beweis stellten. Hinter den durchsichtigen Wänden des Gebäudes konnte Cosima die hohen Bäume ausmachen, die den Schatzpalast säumten, und dahinter schemenhaft die noch immer große Menschenmenge. Sie setzte weiter einen Fuß vor den anderen, vorbei an Gemälden und Skulpturen, bis sie zu dem geheimnisvollen Bereich im Zentrum der Spirale kam. Laut dem Banner war das hier die Juwelengalerie. Schwere Samtvorhänge schirmten den Inhalt vor neugierigen Blicken ab, aber Cosima bemerkte, dass sie leicht hin und her wogten.

Neugier durchströmte sie. Es knirschte in einem ihrer Knie, doch sie beachtete das nicht weiter, zog mit einem Ruck den Vorhang zur Seite und trat schwungvoll ein. Nur stand da leider jemand im Weg.

Sie stieß gegen die Person, prallte zurück und fiel rücklings zu Boden. Dabei purzelte ihr die Uhr, die sie zuvor eingesteckt hatte, aus der Tasche und schlitterte über den polierten Boden.

Wie immer, wenn sie stürzte, erstarrte sie. Im Geiste ging sie sämtliche Körperteile durch, um zu überprüfen, ob die Gelenke alle noch an Ort und Stelle saßen. Sobald das sichergestellt war, setzte sie sich ruckartig auf. »Was glaubst du, was du da tust?«, zischte sie.

Vor ihr stand ein Junge und streckte ihr die Hand hin, um ihr aufzuhelfen. Cosima konnte ihn jetzt erst richtig erkennen. Er war etwa in ihrem Alter, trug löchrige Hosen und einen zerschlissenen Mantel. Als er sich vorbeugte, klaffte der Mantel auf und enthüllte lauter funkelnde Uhren, Armbänder und andere wertvolle Gegenstände, die an kleinen eingenähten Häkchen hingen.

»Du bist ein Dieb!«

KAPITEL NEUN

»Ich bin kein Dieb«, protestierte der Junge und schlang den Wollmantel fest um sich. Er hatte braune Haut, Locken und einen wachen Blick. »Sondern ein Zauberer.«

Im schummrigen Licht der Juwelengalerie zückte der Junge ein Streichholz, zündete es an und gab es Cosima. Die flackernde Flamme lenkte sie einen Augenblick ab.

Da zog der Junge hinter Cosimas Ohr eine Blume hervor, die unmöglich schon vorher da gewesen sein konnte, und überreichte sie ihr. Blinzelnd nahm sie sie entgegen und gab sich Mühe, ihr Staunen zu verbergen. »Na schön, aber was ist dann mit den ganzen Sachen in deinem Mantel?«

Ein wehmütiger Ausdruck huschte über das Gesicht des Jungen. Er zog einen Stapel abgegriffener Spielkarten aus der Manteltasche und begann sie zu mischen. »Ich mache gerade ein paar nicht so rosige Zeiten durch, das ist alles. Aber ich bin ein anständiger Dieb. Ich nehme nur von denen, die zu viel haben.«

Cosima runzelte die Stirn. *Anständiger Dieb?* Aber bevor sie ihn weiter ausfragen konnte, bewegte sich der Vorhang – jemand kam herein!

Hastig duckte sich der Junge hinter eine der Vitrinen, und Cosima tat instinktiv dasselbe, während sie das Streichholz auspustete und es zusammen mit der Blume auf den Boden fallen ließ. Ihr Knie knackte verdächtig laut in der Stille. Sie betastete es und wurde von einer Welle der Erleichterung erfasst, weil die Kniescheibe noch saß, wo sie hingehörte..

»Hmm«, ertönte ein schroffes Brummen. Dann hörte Cosima ein kratzendes Geräusch und so was wie ein … Winseln?

»Ein Wachmann und sein Hund«, flüsterte der Junge kaum hörbar.

Eisige Kälte durchströmte Cosimas Magen. Gedanklich ging sie in Mary-Manier alle möglichen Pläne durch und entschied sich für einen. »Wir verstecken uns hier, bis er weg ist«, wisperte sie ebenso leise zurück.

Der Junge musterte sie – ihre wacklige Haltung und den improvisierten Gehstock – und verdrehte die Augen. Vor Empörung sträubten sich Cosima die Nackenhärchen. Sie unterdrückte ein wütendes Schnauben. Wie sie es satthatte, dass man sie nur aufgrund ihrer Behinderung ständig unterschätzte oder komplett außer Acht ließ. *Na warte!*

Sie nahm die Hand des Jungen. Immer noch geduckt zog sie ihn vorwärts durch das Labyrinth aus Schaukästen und Vitrinen zur gegenüberliegenden Seite der Juwelengalerie. Dabei achtete sie sorgfältig darauf, dass ihr Stock den Boden nicht berührte, um ja keinen Lärm zu machen.

Am anderen Ende der Galerie dröhnten die behäbigen Schritte des Wachmanns, und sein tierischer Begleiter folgte ihm schnüffelnd. Doch Cosima lief weiter, auch wenn ihre Augen sich mit Tränen füllten und ihr vor Anstrengung der Kopf schmerzte, weil sie sich nicht auf die Unterstützung ihres treuen Stocks verlassen konnte.

Endlich erreichten sie die andere Seite. Trotz der spärlichen Beleuchtung fand Cosima die Stelle, wo sich die Samtvorhänge überlappten, und schob sich und den Jungen hindurch. Dahinter versteckt, lauschten sie angespannt. Laut und deutlich vernahm Cosima das *Du-dumm, Du-dumm, Du-dumm* ihres Herzens.

Die Schritte wurden lauter, und Cosima legte sich einen Finger auf die Lippen, als der Wachmann und sein Hund gefährlich nahe an ihrem Versteck vorübergingen. Einen Moment lang hörte sie neben ihrem wild klopfenden Herzen nur noch das Geräusch der Schritte, und dann – wurden sie leiser und verstummten plötzlich ganz. Vorsichtig spähte Cosima durch die Lücke im Vorhang, gerade als der Wachmann sich bückte, um etwas vom Boden aufzuheben.

Er richtete sich wieder auf, und Cosima erkannte an einem Funkeln, dass er die Taschenuhr in der Hand hielt, die ihr vorhin aus der Tasche gefallen war. Zufrieden glucksend machte der Wachmann kehrt und rauschte davon. Die Sternspange in Cosimas Schürze kam ihr mit einem Mal sehr schwer vor.

»Er ist weg«, raunte sie.

Sie verließen ihr Versteck. Cosima deutete mit dem Kopf auf die Stelle, wo eben noch die Taschenuhr gelegen hatte. Mit hochgezogenen Augenbrauen fragte sie: »Ein anständiger Dieb also?«

Der Junge zuckte mit den Schultern. »Der feine Pinkel wird ein Schmuckstück mehr oder weniger nicht vermissen – guck dir doch nur mal das ganze Zeug hier an.« Er zeigte auf den großen Käfig aus Eisenstangen vor ihnen. Darin stand eine Vitrine mit einem Tresor darunter. »Ich hab vorhin das Schloss zu dem verbotenen Personalbereich geknackt und mir die Uhr geschnappt, als der Lord auf diese Lady zugestürmt ist, um sie anzuschnauzen. Ich wäre auch längst unbemerkt entkommen, wenn du mich nicht aufgehalten hättest.«

Cosima schenkte seiner Beschwerde keine Beachtung, sondern drückte das Gesicht gegen die Gitterstäbe. Der Anblick kam ihr irgendwie bekannt vor. Sie zuckte zusammen, zog sich das Tuch vom Hals, faltete es auf und studierte die Vorderseite.

Der Junge beugte sich über ihre Schulter, und seine Augen weiteten sich. »Donnerlittchen! Ist das eine Schatzkarte?«

»Ich wusste es!«, rief Cosima.

Der anständige Dieb runzelte die Stirn.

»Diese Karte wurde wahrscheinlich von meinen Eltern auf das Taschentuch gestickt. Sie haben es mir hinterlassen«, erklärte Cosima. »Nur damit kann ich sie finden. Und das hier …« Sie deutete auf das Gitter mit der aufgehenden Sonne dahinter. »Ich glaube, das könnte ein Symbol für ein Gefängnis sein. Wenn ich herausfinde, welches Gefängnis gemeint ist, erfahre ich vielleicht, wo sich das X in der wirklichen Welt befindet.«

Der Junge verzog den Mund und schnappte sich das Taschentuch. Sie biss sich auf die Zunge, um nicht zu schreien: »Sei bloß vorsichtig!«

Fast berührte der Junge den Stoff mit seiner schmuddeligen Nase, so dicht hielt er ihn sich vors Gesicht. »Ich glaube, du hast recht«, sagte er endlich und warf ihr das Taschentuch zu, als wäre es Müll. »Das *sind* die Gitterstäbe von einem Gefängnis.«

»Woher weißt du das?«

Der Junge funkelte sie an. Auf seinen Wangen hatten sich rötliche Flecken gebildet. Er deutete auf die gestickten Stäbe. »Diese spezielle Aussicht vergisst man nicht so schnell. Das ist das Wormwood-Scrubs-Gefängnis Ihrer Majestät. Ist nicht mal weit von hier – im Shepherd's Bush Way.« Er schüttelte sich.

Eiskalt überlief Cosima die Erkenntnis: Das Zeichen stand also wirklich für ein Gefängnis. Eins, in dem dieser anständige Dieb hier bereits eingesessen hatte, wie es aussah. Ihr entschlüpfte ein »Oh«.

Der Junge schnalzte verächtlich mit der Zunge. »Die sperren da

Leute schon wegen Kinkerlitzchen ein. Dabei ist es doch fast unmöglich, *nicht* kriminell zu werden, wenn man so arm ist, dass man sich kaum was zu essen leisten kann.«

Vor Scham zog sich Cosimas Magen zusammen. Wenn jemand wusste, wie ungerecht die Welt zu denjenigen war, von denen die Mächtigen wenig hielten, dann sie. Sie schaute dem Jungen in die Augen. »Tut mir leid. Du hast recht. Ich selbst bin ja auch mehr oder weniger eingesperrt, seit ich denken kann, und auch das nur wegen Kinkerlitzchen. Ich verstehe bloß nicht, was diese Gitterstäbe mit meinen Eltern zu tun haben ...«

»Diese Pflanze da, das ist Wermutkraut oder halt *Wormwood*. Jeden Morgen bei Sonnenaufgang sieht man den Schatten der Blätter an den umliegenden Mauern.« Die Stimme des Jungen war kaum mehr als ein Flüstern. »Diesen Anblick von Wermutkraut in der frühen Morgensonne kennt man nur ...«

»... wenn man in diesem Gefängnis gesessen hat!« Cosima wankte. Atmete tief ein. Hieß das, ihre Eltern waren kriminell? Nein, bestimmt nicht. Wahrscheinlich hatte man sie unschuldig eingesperrt, so wie den anständigen Dieb oder sie selbst im Heim. Vielleicht waren sie auch Ausgestoßene gewesen, oder man hatte sie ihrer Liebe wegen verhaftet. Cosima band sich das Tuch wieder um den Hals, wobei sie achtgab, dass die Karte von außen nicht zu sehen war. »Danke.«

Sie wandte sich ab und konzentrierte sich erneut auf die Vitrine vor sich. Auf einem rubinroten Samtkissen thronte ein prächtiges Diadem. In der Mitte war ein Diamant eingelassen, der selbst im Halbdunkel funkelte und strahlte. Um das Diadem herum waren auf eigenen Samtkissen weitere Edelsteine drapiert: Einer war blutrot, ein anderer schimmerte mal grünlich, mal rosa oder lila, noch ein anderer hatte fast das gleiche Grün wie die Augen des mysteriösen Jungen, und der letzte war von einem leuchtenden Blau. Ganz zögerlich keimte eine Idee in Cosima auf, doch sie schob sie beiseite. Das war albern, ja völlig undenkbar. So etwas würden sie nie im Leben schaffen.

»Sie sind von unschätzbarem Wert. So nennen reiche Leute richtig teure Sachen«, raunte der Junge. Und als hätte er ihre Gedanken gelesen, fügte er hinzu: »Aber sie zu stehlen wäre der pure Leichtsinn – die sind unstehlbar.«

Cosimas Blick glitt zurück zu den funkelnden Edelsteinen hinter Glas und Gitterstäben. »Warum sind sie unstehlbar?«

»Tja …« Der Junge tippte sich an die Nase, dann deutete er auf das Schloss an einer Seite des eisernen Käfigs. »Siehst du das? Diese Art Schloss kannst du nicht knacken. Das kriegt man nur mit dem passenden Schlüssel auf. Und wenn der feine Pinkel auch nur einen Funken Grips hat, bewahrt er ihn an einem todsicheren Ort auf.«

Cosima hob eine Augenbraue. Sie trat näher an die Juwelen und betrachtete das Spiegelbild ihres Begleiters in der Glasscheibe.

»Und selbst *wenn* du durch das Gitter kommst, ist da ja immer noch die Vitrine.«

Cosima runzelte die Stirn. »Aber die ist doch bloß aus Glas, oder nicht?«

Der Junge sprudelte seine Erklärung so schnell hervor, dass sie Mühe hatte, ihm zu folgen. »Ist ein offenes Geheimnis in der Londoner Unterwelt, extra für diese Ausstellung angefertigt, das Allerneueste aus dem Bereich der Diebstahlsicherung. Bricht das Glas, fallen die Juwelen in den Tresor darunter. Und *der* ist ganz sicher unknackbar.«

Cosima ließ sich das durch den Kopf gehen. Die meisten Menschen wären wahrscheinlich abgeschreckt von unberührbarem Glas, einem unknackbaren Schloss und einem ebenso unknackbaren Tresor. Aber Cosima erschien es nicht vollkommen unmöglich. Während sie nachdachte, öffnete der Junge den Mund, klappte ihn dann aber wieder zu, als hätte er es sich anders überlegt.

Cosima unterdrückte ein Kichern. »Na los, spuck's aus.«

Er holte tief Luft, als wäre das, was er gleich sagen würde, wirklich sehr ernst. »Entschuldige, dass ich vorhin die Augen verdreht habe, bevor wir überhaupt ein Wort gewechselt hatten. Ich weiß, wie das ist. Wenn man sich wie ein Außenseiter vorkommt.«

Cosima wurde warm ums Herz, und plötzlich stieg ganz neues Selbstvertrauen in ihr auf. Sie und ihre Freundinnen waren zu allem fähig – sie waren klug, erfinderisch und gaben nie auf. Und trotzdem wurden sie ständig unterschätzt.

Der Junge grinste und streckte die Hand aus. »Ich bin übrigens Miles.«

»Cosima.« Sie schüttelte ihm die Hand. Miles passte zu ihm. Sie schielte wieder zu dem golden glitzernden Diadem. »Also, Miles, was, wenn ich dir sage, dass ich einen Weg gefunden habe, wie wir unser beider Leben enorm verbessern können?«

So skeptisch, wie Miles dreinblickte, hatte er große Ähnlichkeit mit Diya, und Cosima musste sich schon wieder bemühen, nicht loszukichern.

»Wie …?«

Da platzte Lord Fitzroy in die Galerie. Instinktiv schlüpfte Miles zurück hinter den Vorhang, während Cosima hinter der Vitrine in Deckung ging. Hoffentlich reichte das als Versteck! Schon wieder stiegen ihr Tränen in die Augen, weil sich die ganze Anstrengung vom vielen Umherschleichen und Stehen bemerkbar machte.

»Wo haben Sie sie gefunden, Haudruff?«, blaffte Fitzroy mit aufgerissenen Augen. Mit einer Hand umklammerte er die Taschenuhr und mit der anderen den silbernen Schlüssel an seinem Gürtel. Die Taschenuhr gehörte also Lord Fitzroy. Ein Anflug von schlechtem Gewissen überkam Cosima, und sie betastete die Sternspange – sie war genauso eine Diebin wie Miles, wenn auch unabsichtlich.

Derselbe Wachmann wie zuvor folgte Lord Fitzroy in die Galerie und zuckte die Achseln. Er hielt seinen Hund straff an der Leine, der vor Aufregung unruhig knurrte, während Fitzroy unter Vitrinen und Vorhangsäume spähte.

»Sie verkennen den Ernst der Lage«, geiferte Fitzroy und fuchtelte mit der Taschenuhr herum. »Ich trage sie jederzeit bei mir, lege sie nie ab. Darin war etwas von unschätzbarem Wert, und jetzt ist es nicht mehr da. Es muss ein Dieb im Palast sein!«

Cosima schluckte, als ihr Blick auf die Beule im Vorhang fiel. Die Herumhockerei wurde ihr zu viel. Sie hielt den Schmerz nicht länger aus und stand auf. Der Boden knarrte verräterisch. Sofort wandte sich Fitzroy in ihre Richtung, und Mr. Haudruffs Hund kläffte und zerrte wie verrückt an der Leine. Angst überkam sie, und für eine Millisekunde wollte sie einfach nach Hause.

Kühl musterte Fitzroy ihren Gehstock und verzog den Mund zu einem spöttischen Lächeln. »Du!«, fauchte er, fast als wäre sie eine altbekannte Erzfeindin. Woher kam nur diese heftige Abneigung? Sie hatte ihn schließlich erst zweimal getroffen und kaum ein Wort mit ihm gewechselt. Und doch schien sein hasserfüllter Blick immer wieder besonders auf ihr zu ruhen. Cosima hatte eine böse Vorahnung. Bestimmt würde Lord Fitzroy sie auf der Stelle einkassieren, und nichts und niemand würde ihn aufhalten.

Rasch bewegte sich Mr. Haudruff auf sie zu. Je näher er kam, desto mehr sank Cosima in sich zusammen. Schon spürte sie eine massige Hand auf der Schulter.

»Sie war das nicht«, zischte Fitzroy mit einem Seitenblick auf die Taschenuhr. »Sie ist bloß eins von diesen bemitleidenswerten Geschöpfen. Hat nicht das Zeug dazu.«

Seine Worte waren wie ein Schlag in die Magengrube. In Cosimas Wangen stieg Hitze auf, und ihr lagen *sehr* viele *sehr* ungezogene Ausdrücke auf der Zunge.

»Cosima! Da bist du ja.« Aggie war in die Juwelengalerie geschlüpft. Beim Anblick ihres freundlichen Gesichts durchflutete Cosima Erleichterung.

Hinter Aggies ausladenden Röcken kamen ein paar der anderen Mädchen zum Vorschein. Mit offenen Mündern und vor Staunen aufgerissenen Augen betraten die ersten die Juwelengalerie.

Aggie hielt den Vorhang auf, damit auch die Mädchen im Rollstuhl hineinkommen konnten. Ganz zum Schluss folgten Mary, Pearl und Diya. Fragend schaute Cosima sie an. Aber alle drei schüttelten die Köpfe, und Cosima seufzte.

Nun richtete sich Fitzroys Wut gegen Aggie. »Halten Sie gefälligst Ihre Blagen im Zaum, Miss, Miss …«

»Ohnnam«, half Aggie ihm auf die Sprünge.

»Bringen Sie Ihre Erfindung auf Vordermann und verlassen Sie dann schleunigst das Gelände. Und nehmen Sie bloß diese unmöglichen Geschöpfe mit«, spie Fitzroy, machte auf dem Absatz kehrt und stürmte davon, gefolgt von Mr. Haudruff und seinem Hund.

Sobald sie außer Hörweite waren, schüttelte Aggie den Kopf. »Was für zwei reizende Gentlemen.«

Cosimas Mundwinkel zuckten. Dann erregte ein neugieriges »Oh!« ihre Aufmerksamkeit.

»Was ist das?« Dolly drückte sich die Nase an den Gitterstäben platt.

»Ha, ich kann euch alles über diese Juwelen erzählen«, trällerte Aggie. »Als Ausstellerin habe ich mich natürlich genauestens über Lord Fitzroys … *Errungenschaften* informiert. Das hier ist der weltberühmte Regenbogenopal. Lord Fitzroy hat ihn in Australien gefunden. Wie ihr sehen könnt, hat er seinen Namen daher, dass er in so vielen verschiedenen Farben schimmert. Ist er nicht schön?« Als Nächstes zeigte sie auf den grün glitzernden Edelstein. Stillschweigend zeichnete Pearl jedes seiner Details auf ihren Arm. »Das ist der Donnersmaragd. Den hat Lord Fitzroy so genannt, weil er ihn während eines Gewitters im Mashonaland entdeckt hat.«

»Miss Ohnnam? Wie heißt dieser hier?«, wollte Dolly wissen. Sie war ganz verzaubert von dem meerblauen Edelstein.

»Ah!«, rief Aggie aus. »Das ist mein persönlicher Favorit: der Ozeansaphir.«

»Weil er aussieht wie das Meer?«

»Genau. Wie die stürmische See an dem Tag, als Lord Fitzroy dieses funkelnde Wunder am Kap der Guten Hoffnung gefunden hat. Doch bei der Rückkehr nach England war das Blau sanfter, wie das helle Blau des Meeres an einem heißen Sommertag. Der Stein kann die Farbe wechseln.«

»Ich mag den da am liebsten.« Diya umklammerte die Gitterstäbe mit beiden Händen. »Den im Diadem. Das ist der Sterndiamant. Er wurde aus Indien entwendet. Da, wo mein Vater herkommt.«

»Diya hat recht. Das ist tatsächlich der indische Sterndiamant«, fuhr Aggie fort. »Lord Fitzroy hat ihn in die Mitte des Diadems einsetzen lassen.« Cosima und Pearl rückten näher an Aggie heran, und Pearl begann sich das Diadem auf den Unterarm zu zeichnen. Die versammelten Mädchen riefen »Oh« und »Ah«, während sie das strahlende Schmuckstück bestaunten.

»Und zu guter Letzt haben wir hier den Mitternachtsrubin aus Ägypten.« Aggie deutete auf den tiefroten Edelstein neben dem Diadem.

Eine Weile betrachteten die Mädchen ihn noch verzückt, doch bald lockten die nächsten Wunder der Ausstellung.

Dolly blitzte der Schalk aus den Augen. »Wettrennen zum Saurierskelett!« Und schon setzte sich ein Großteil der Bande in Bewegung, spurtete, stapfte und schob sich hinter ihr her. Nur Cosima, Diya, Pearl, Mary und Aggie blieben zurück.

Stille trat ein, als der Staub der Stampede sich legte.

»Funktioniert Ihr Motor eigentlich mit Verbrennung?«, fragte Diya. »Und können wir ihn sehen?«

Aggies Züge erstarrten, sie räusperte sich und fing an, umständlich in ihrem Beutel zu kramen. Cosima wurde klar, dass sie nach einer Antwort suchte.

»Manchmal«, murmelte sie schließlich. Hastig setzte sie hinzu: »Entschuldigt mich einen Moment, Mädchen.« Und weg war sie.

Auf Diyas Stirn bildeten sich tiefe Furchen. »Der Motor ist entweder ein Verbrennungsmotor oder nicht. ›*Manchmal*‹ ist technisch unmöglich!«

Cosima nickte. »Hm, ich traue ihr auch noch nicht so ganz über den Weg.«

»Schön und gut, Cos«, meldete sich Mary leise zu Wort, »aber wir sollten unser Hauptaugenmerk gerade nicht auf Aggie richten. Nichts hier hat uns irgendeinen Hinweis darauf gegeben, was Lord Fitzroy mit uns vorhat oder wie wir ihn aufhalten sollen.«

»Keine Bange, ich hab eine Idee!«, antwortete Cosima.

Diya stöhnte auf, und Mary wirkte, als wäre ihr übel.

»Cos, bist du sicher, dass es diesmal auch wirklich eine *gute* Idee ist?«, fragte Mary. »Meistens sind deine Ideen nämlich ziemlich verdreht.«

Cosima versuchte sich die Kritik ihrer Freundin nicht zu Herzen zu nehmen und wandte den Blick zum Vorhang – doch die Miles-förmige Beule war verschwunden. Cosima seufzte und steckte die freie Hand in die Tasche. Da stieß sie mit den Fingerspitzen gegen etwas. Sie zog es heraus. Das war doch eine der Spielkarten, die Miles zuvor gemischt hatte! Sie drehte sie um. In schier unleserlicher Krakelschrift stand ein einziges Wort auf der Rückseite:

MITTERNACHT

KAPITEL ZEHN

Miss Makel hieß die Mädchen mit einem Lächeln willkommen, das beinahe ebenso frostig war wie die Luft im Foyer. Neben ihr machte ein mürrisch dreinblickender Mr. Makel sich nicht mal die Mühe, den Kindern dabei zu helfen, Mäntel und Schals auszuziehen.

Sobald Aggie fort war, verwandelte sich Miss Makels aufgesetztes Lächeln in eine wütende Fratze. »Ab mit euch in den Schlafsaal«, zischte sie. »Und zwar alle. Ihr holt die gesamte Arbeit nach, die ihr heute wegen eures kleinen Ausflugs nicht erledigen konntet. Ich will, dass ihr dieselbe Menge Taue aufdröselt wie sonst auch. Es wird nicht geschlafen, bis ihr das geschafft habt.«

Die Mädchen, die den bisherigen Tag damit verbracht hatten, allerlei Wunderbares zu bestaunen, schauten nun bedröppelt zu Boden. Cosima behielt ein verärgertes Grummeln für sich und wandte sich ab, um mit den anderen die knarzende Treppe hinaufzusteigen.

Gehhilfen klapperten, und Rollstühle quietschten, als die Gruppe sich auf den Weg nach oben machte, vor sich einen langen Abend voll Arbeit.

Nachdem Mr. Makel widerwillig den Mädchen mit Rollstühlen geholfen hatte, schloss er die Schlafsaaltür auf. Die Mädchen zuckelten hinein, und einige ließen sich direkt auf die fadenscheinigen Matratzen sinken. Mit grimmiger Miene schleppte Mr. Makel einen großen Haufen Taue ins Zimmer und zündete ein paar Kerzen an, sodass die Mädchen gerade genug erkennen konnten. Dann dampfte er hinaus, knallte die Tür zu und verriegelte sie wieder.

Diya stupste Cosima an, und die vier drängten sich auf ihren Betten um die Kerze auf Pearls Nachttisch. Wie die anderen Mädchen machten sie sich an die Arbeit.

Ein paar Stunden voller Gegähne und wunder Finger später waren alle anderen Mädchen allmählich auf ihre Kissen gesunken und eingeschlafen. Im Arm hielten sie noch die entwirrten Taue, als wären sie Puppen. Cosima seufzte leise, während sie nachschaute, ob auch alle schliefen. Bei Mr. Makels letzter Inspektion durchs Guckloch hatte er einen enormen Schluckauf gehabt. Sie war sich ziemlich sicher, dass er sich ein paar Gläschen aus dem Schnapsvorrat seiner Schwester gegönnt hatte und jetzt wahrscheinlich laut schnarchend im Bett lag. Nur die vier *Beklagenswerten* waren noch wach.

Mit dem Flaschenzug ließ Cosima die Tafel hinunter. Sie wischte das Wort *VIER* weg und korrigierte: *DREI Tage, bis Lord Fitzroy uns holt!* In die linke obere Ecke schrieb sie in kleineren Buchstaben: *Das Schatzkarten-Taschentuch.* Und darunter: *Gitterstäbe – Wormwood-Scrubs-Gefängnis.*

Diyas Augen weiteten sich. »Woher weißt du das?«

»Das erkläre ich gleich«, versprach Cosima. »Wormwood-Scrubs ist in Shepherd's Bush. Mary, können wir so rausfinden, wo das X ist?«

Mary wand sich unbehaglich. »Das ist ein guter Anfang, wirklich, aber wir müssten ein paar mehr Symbole entschlüsseln, bevor ich das genau sagen kann.«

Vor Enttäuschung wurde Cosima das Herz ganz schwer. Es gab noch vier weitere Symbole, und sie hatte keine Ahnung, was sie bedeuteten. Sie wandte sich zur Tafel, um die neuen Informationen aus der Taschenuhr zu notieren. *Für Franny, von Herzen – Mina* schrieb sie unter die Überschrift *Lord Fitzroy.*

Pearl runzelte die Brauen. »Was soll das heißen?«

»Das ist die Inschrift in einer Taschenuhr von Lord Fitzroy«, erklärte Cosima. »Die habe ich bei der Ausstellung gesehen. Darin waren die Widmung, eine rote Haarsträhne und das hier!«

Cosima zog die Sternspange aus ihrer Schürze. Sie glitzerte im flackernden Licht der Kerze. »Oooh«, machten die anderen drei. Sie war wirklich wunderschön.

»Du hast sie einfach mitgenommen?« In Marys Stimme schwang ein tadelnder Unterton mit.

»Aus Versehen. Sie ist aus der Uhr gefallen, und bevor ich sie zurückstecken konnte, hatte Fitzroy die Uhr schon wieder.«

»Vielleicht hat sie dieser Mina aus der Widmung gehört?«, schlug Diya vor.

Je länger Cosima den mit kleinen glitzernden Steinchen besetzten Stern anstarrte, desto stärker wurde ihr Gefühl, dass dieser winzige, wunderschöne, aber nutzlose Haarschmuck für sie bestimmt war. Hatte Aggie nicht gesagt, dass ihr Name etwas mit dem Kosmos zu tun habe? Dem Universum? Und Sterne waren ein wesentlicher Teil des Universums. Den Bruchteil einer Sekunde zog Cosima in Erwägung, sich mit der Spange den zerzausten Pony aus dem Gesicht zu stecken. Sie war einfach *so* schön! Aber sobald die Makels auch nur einen Blick darauf erhaschten, würden sie die gestohlene Sternspange an sich reißen und verkaufen. Ehrfürchtig legte Cosima das Schmuckstück unter ihr Kopfkissen.

»Wer wohl Mina ist?«, fragte Pearl genau zur selben Zeit, wie Mary laut überlegte: »Meint ihr, *Franny* könnte ein Spitzname für Lord *Francis* Fitzroy sein?«

Das riss Cosima aus ihren Gedanken. Sie zuckte mit den Schultern. »Ich weiß es nicht.«

Einen Moment lang herrschte bedrückte Stille.

Schließlich wollte Diya wissen: »Also, was hast du vor?«

Im Hintergrund war ein Chor aus leisen Schnarchern zu hören, während Cosima im Licht von Diyas Flackerfunzel den anderen ihren Plan unterbreitete.

»Wir stehlen Fitzroys goldenes Diadem aus der Empire-Ausstellung. Es ist richtig wertvoll, wenn wir es verkaufen, könnte es uns retten!«

Die Idee spukte ihr nun schon seit einer ganzen Weile im Kopf herum, und trotzdem hatte sie sie noch nicht in die richtigen Worte verpacken können. Ihre drei Freundinnen schnappten nach Luft. »Es wird genau wie der Kuchenraub«, schob sie hastig hinterher.

Diya runzelte die Stirn. »Du meinst, derselbe Kuchenraub, der furchtbar schiefgelaufen ist? Der uns erstens kein bisschen Kuchen beschert hat und zweitens der Grund ist, weshalb uns Miss Makel dazu gezwungen hat, das gesamte Geschirr in der Spülküche blitzblank zu schrubben?«

»Nein, nicht *der* Teil.« Cosima verhaspelte sich. »Diesmal geht alles glatt.« Sie schenkte ihren besorgten Freundinnen ein aufmunterndes Lächeln und holte unter ihrem Bett die Zeitung hervor, die sie den Makels am Tag zuvor stibitzt hatte. »Wenn wir reich werden, schützt uns das vor Lord Fitzroy.«

Diya wirkte nicht überzeugt. »Ja? Wie?«

Cosima atmete tief durch, um neuen Mut zu schöpfen, und blätterte zum Artikel über die Empire-Ausstellung. »Geld macht Lord Fitzroy so mächtig. Für Geld geben die Makels uns an Fitzroy. Was auch immer der mit uns vorhat, wir können ihn nur aufhalten, wenn wir selbst auch Geld haben. Damit kaufen wir uns von den Makels frei, halten Lord Fitzroy auf und stellen eine neue, nettere Heimleiterin ein.«

Mary sah aus, als hätte Cosima ihr eine Ohrfeige verpasst. »Wir *können* die nicht stehlen! Und abgesehen davon ist Stehlen *falsch*«, wisperte sie so leise, als hätte sie Angst, Fitzroy könnte sie vom Ausstellungsgelände aus hören.

Cosima seufzte. »Aber Mary, denk doch mal nach – auch wenn wir nicht wissen, wozu genau Lord Fitzroy zwanzig Mädchen mit Behinderungen braucht, muss man nicht so schlau sein wie unsere Diya, um zu ahnen, dass er nichts Gutes im Schilde führt. Mit dem Diadem bekommen wir genug Geld, um die Makels *und* Lord Fitzroy loszuwerden. *Soo* falsch kann es doch nicht sein, wenn wir dadurch zwanzig unschuldige Kinder retten.«

Mary schürzte die Lippen. »Unrecht plus Unrecht ergibt noch lange kein Recht, Cos«, widersprach sie flüsternd.

»Lord Fitzroy hat selbst fast jedes Stück in dieser Ausstellung gestohlen, Mary«, wandte Diya leise ein und musterte die Zeitung.

»Von den Juwelen bis zu den Gemälden, diese Gegenstände wurden alle aus ihren Ursprungsländern geraubt. Ländern, die Großbritannien gezwungen hat, Teil des Empires zu werden. Das Diadem zu klauen, ist weit weniger schlimm als alles, was Lord Fitzroy schon verbrochen hat.«

Es folgte Stille, in der die drei anderen Diyas Worte verdauten.

»Mit Aggie stimmt übrigens auch irgendwas nicht«, schob sie hinterher.

»Aber sie ist so nett«, protestierte Mary.

»Ist sie, aber es war wirklich sehr seltsam, dass sie uns allen aufgetragen hat, wild in der Ausstellung herumzurennen, wenn doch ihre eigene Erfindung dort steht. Das passt nicht zu einer verantwortungsbewussten Ingenieurin.«

Cosima tippte sich ans Kinn. »Ganz genau. Und ich habe den Verdacht, dass das alles zusammenhängt – die Tätowierung auf Lord Fitzroys Handgelenk, die Ingenieurin *und* die Empire-Ausstellung.«

»Und die zerbrochenen Reagenzgläser«, fügte Pearl hinzu. »Ich glaube, die hängen auch damit zusammen.«

Cosima ging nicht näher darauf ein. »Die Sache ist die: Das Diamantdiadem zu stehlen ist der einzige Ausweg aus dieser Misere.«

»Hmm«, machte Mary. »Ich bin nicht sicher, ob das die logische Schlussfolgerung ist.«

Cosima wandte sich wieder zur Tafel und notierte: *Aggie* und *Die Empire-Ausstellung*. Dann zeichnete sie einen Pfeil von dort zu dem, was sie über Fitzroy und die Tätowierung geschrieben hatte. Und auch wenn sie etwas kleinere Buchstaben verwendete, schrieb sie *Das Rätsel der zerbrochenen Reagenzgläser* dazu – sehr zu Pearls Freude.

Pearl holte tief Luft und betrachtete ihre Arme. Sie waren mit lauter Dingen bemalt, die sie in der Ausstellung gesehen hatte, darunter auch das Diadem mit dem Sterndiamanten. »Also, *falls* wir das Diadem wirklich stehlen wollen, hätte ich eine Idee: Ich könnte aus Seilresten eine Fälschung anfertigen und sie mit Goldfarbe anmalen. Auf die Art würde erst mal nicht auffallen, dass es fehlt.«

»Pearl, du bist ein Genie!«, rief Cosima. »Niemand würde überhaupt danach suchen – wir könnten es an jeden beliebigen Juwelier verkaufen!«

Diya grübelte vor sich hin. »Aber … hm, wobei … vielleicht … Das Diadem ist ja aus Gold. Wenn ich es schaffe, das einzuschmelzen, könnten wir einen Barren daraus machen. Ich bin mir recht sicher, dass Miss Makel irgendwann eine passende Gussform im Flur abgeladen hat, nachdem ihr Altmetall-in-Gold-verwandeln-Vorhaben gescheitert ist.«

»Barren? Ist das nicht ein Turngerät?«, hakte Cosima nach.

Diya lachte kurz auf. »Nein, so lagert man Gold in Banken. Die bewahren das da in großen Klötzen auf, und die nennt man Goldbarren. Selbst wenn Pearls Fälschung Fitzroy überzeugt, kauft kein Juwelier ein goldenes Diamantdiadem von ein paar Heimkindern. Aber das Einzige, wofür sich dieser Coup auch nur halbwegs lohnen würde, ist Geld.«

»Perfekt. Dann machen wir also einen Barren daraus.« In Cosimas Kopf nahm der Plan langsam richtig Gestalt an.

»Nicht so voreilig«, mahnte Diya. »Dafür müsste ich erst eine Art Schmelzofen bauen. Was extrem schwierig wäre. Und das ist noch nicht alles – wir bräuchten weitere Flackerfunzeln, damit wir uns in der Ausstellung zurechtfinden.«

»Aber *wenn* wir es schaffen …« Cosima wurde vor Aufregung ganz kribbelig. »Dann werden wir mit einem Schlag die Makels los und durchkreuzen Fitzroys Pläne!«

Was sie ihren Freundinnen vorerst verschwieg, war ihre geheime Hoffnung, mithilfe des Geldes irgendwie auch ihre Familie zu finden. Sie trat erneut an die Tafel und schrieb eine neue Überschrift daran:

DER DIAMANTENRAUB.

Sie räusperte sich und erstellte eine Aufgabenliste, während sie sprach. »Also, Pearl, du fertigst das falsche Diadem an, und Diya baut alle Geräte, die wir brauchen könnten. Mary …« Cosima wandte sich an die Vierte im Bunde, die nervös an ihrem Klemmbrett herumnestelte. »Kannst du uns irgendwie in den Schatzpalast schleusen?«

»Du meinst, du willst von mir einen Plan, wie wir uns in ein Gebäude schleichen, das komplett durchsichtig ist? Das ist unmöglich, Cos, selbst für mich!«, quietschte Mary.

Cosima legte ihr eine Hand auf die Schulter. »Es ist nicht unmöglich, nur sehr un*wahrscheinlich*. Aber du sagst doch selbst immer, wie wichtig es ist, für jede Möglichkeit gewappnet zu sein. Ich weiß, dass du einen Weg findest.«

Diya seufzte und schnalzte mit der Zunge. »Ich bin noch nicht so ganz von dieser Diamantenraub-Aktion überzeugt. Meiner Meinung nach sollten wir erst mal herausfinden, warum Lord Fitzroy uns überhaupt haben will und wie wir das vereiteln. Vielleicht können wir irgendwie Nachrichten an unsere Familien schicken?«

Cosima wand sich unbehaglich und berührte das Taschentuch, das sie noch immer um den Hals trug. Sie hatte keine Familie, der sie eine Nachricht hätte schicken können – noch nicht. Wenn sie auch noch Diya, Mary und Pearl verlieren würde, wäre sie völlig auf sich allein gestellt. »Nein!«

Ein paar der schlafenden Mädchen rührten sich, wachten aber nicht auf.

Leiser fuhr Cosima fort: »Selbst wenn ihr es schafft, euren Familien davon zu berichten, werden sie die Behörden einschalten, und ihr wisst doch, wie nutzlos die sind, wenn es um die Makels geht.«

Cosima dachte an die letzte sogenannte Inspektion des Heims zurück. Statt mit den Mädchen zu sprechen und herauszufinden, wie sie dort wirklich lebten, hatten die Inspektoren eine komplette Flasche von Miss Makels Brummschädelbräu getrunken und waren schließlich ganz grün im Gesicht aus dem Haus gewankt. »Aber wenn wir das hier schaffen, dann werden wir reich. Und niemand legt sich mit den Reichen an.« Sie blickte in die Runde in der Hoffnung auf Zustimmung.

Diya seufzte. »Aber Cos, meinst du wirklich, dass vier Kinder mit Behinderung einen so großen Coup durchziehen können?«

Entschlossen nickte Cosima. »Ja.«

Pearl friemelte an dem Stück Tau in ihrer Hand herum und wich Cosimas Blick aus.

Cosimas Herzschlag dröhnte ihr laut in den Ohren, während sie verzweifelt nach Worten suchte, um die Sorgen ihrer Freundinnen zu zerstreuen. Normalerweise konnte sie sie von ihren Plänen überzeugen – davon, dass sie sie gut durchdacht hatte, dass sie ihre Leben verbessern würden und dass das Schlimmste, das ihnen widerfahren konnte, eine von Miss Makels Strafen war. Aber dieses Mal war es anders. Wenn sie versagten, würde Lord Fitzroy sie zu sich holen, und Cosima hatte den Verdacht, dass seine Pläne für sie noch viel schauerlicher waren als das Leben bei den Makels.

Und so brachte sie keinen Ton über die Lippen. Ihre Redegewandtheit hatte sie verlassen. Nur das leise Schnarchen der anderen Mädchen und ihr eigener Herzschlag waren zu hören. Verzweiflung stieg wie bittere Galle in ihr auf. Doch ehe Cosima den Mut aufbringen konnte, ihre Niederlage einzugestehen, wurde die Stille durch ein Geräusch am Fenster unterbrochen.

KAPITEL ELF

Mary sprang erschrocken vom Bett. Auch Diya war die Furcht deutlich anzumerken, denn sie zerrte hastig ihren liebsten Schraubenschlüssel aus dem Werkzeuggürtel. Pearl zog eine Augenbraue hoch. Die Uhr an der Schlafsaalwand begann mit dröhnendem Läuten Mitternacht zu schlagen. Die schlafenden Mädchen waren an das stündliche Geläut gewöhnt und schnarchten einfach weiter.

DONG.

Cosima schob ihren Stuhl zurück und schlich auf Zehenspitzen zum Fenster. Die Nacht war so bitterkalt, dass sich selbst innen an der Scheibe schon Frost gebildet hatte. Sie stellte ihren Gehstock beiseite und drückte die Scheibe hoch. Als sie sich über die Fensterbank lehnte, stieg ihr der Atem in kleinen Wölkchen aus dem Mund, und ein kleines Kieselsteinchen flog über ihre linke Schulter in den Schlafsaal.

DONG.

Vom Gehweg aus winkte ihr eine schemenhafte Gestalt zu. *Miles*. Cosima grinste und verspürte endlich wieder Zuversicht. Als sie sich zu ihren Freundinnen umdrehte, blickte sie allerdings in verwirrte Gesichter.

DONG.

»Pearl, kannst du mir das längste und stabilste Tau holen?«

Sie nickte und machte sich ohne weitere Fragen auf die Suche.

Diyas hochgezogene Augenbrauen verschwanden fast in ihrem Haaransatz. »Cos, was geht hier vor?«

Pearl flitzte mit einem dicken Seil in der Hand zum Fenster. Mary steckte den Kopf hinaus, das blonde Haar flatterte ihr wie ein Heiligenschein um den Kopf. Mit schockiertem Gesichtsausdruck wirbelte sie wieder zu den anderen herum. »Da draußen steht ein *Junge*!«, wisperte sie.

Diya warf Cosima einen misstrauischen Blick zu. »Was hast du gemacht?«

Cosima zuckte bloß mit den Schultern. »Sobald wir ihn reingeholt haben, erkläre ich euch alles, versprochen. Diya, hast du noch dieses Winden-Kran-Flaschenzug-Dingsbums?«

DONG.

Bei der Erwähnung einer ihrer Lieblingserfindungen fingen Diyas Augen an zu leuchten, und sofort sauste sie zum Erfindespind.

DONG.

»Mary, Pearl, könnt ihr einen Weg freiräumen, ohne die anderen zu wecken?«

Ganz vorsichtig, damit sie nicht quietschten, fingen die beiden an, die Betten mit den schlafenden Mädchen zur Seite zu schieben. Ein paar von ihnen wälzten sich herum, wachten jedoch nicht auf.

DONG.

Diya hievte die Winde aus ihrem Spind, rollte damit zur Wand gegenüber dem Fenster und stellte sie auf den Boden.

DONG.

Pearl wickelte sich das Tau wie eine Schlange um die Schultern.

Diya wischte einen unsichtbaren Fleck von ihrer Erfindung. »Die Sensationelle Seilwinde ist bereit. Aber ich verstehe immer noch nicht, warum wir sie bra…«

»Funktioniert sie?«, fragte Cosima schnell.

»Na ja, ähm, ja«, stammelte Diya. »Ich habe sie noch nicht ausreichend getestet, aber ich denke schon.«

DONG.

»Klasse! Pearly, kannst du das Tau auf die Trommel wickeln und fest verknoten? Mary, hängst du bitte das andere Ende aus dem Fenster? Und Diya, mach dich bereit zum Ziehen.«

DONG.

Ganz vorsichtig ließen Cosima und Mary das Seil aus dem Fenster. »Halt dich fest, wir ziehen dich rauf!«, rief Cosima leise. Die kalte Luft tat ihr an den Zähnen weh.

Miles sah aus, als wollte er protestieren, doch dann packte er das Seil, hielt sich daran fest und machte einen Schritt die Wand hinauf.

DONG.

Cosima zog mit aller Kraft, ihre Hände brannten. Miles war viel schwerer als erwartet, und die Anstrengung drohte zu viel zu werden. »Mädels, ich brauche Hilfe!«, zischte sie. Die anderen eilten herbei, und gemeinsam hievten sie Miles hoch.

DONG.

Am anderen Ende des Raums drehte Diya mit aller Kraft an der Kurbel und brachte Miles damit noch näher ans Fenster.

Sie verzog das Gesicht und keuchte. »Das hier ist es hoffentlich wert.«

DONG.

Beim letzten Uhrenschlag tauchten Fingerspitzen auf der Fensterbank auf, und dann purzelte auch schon ein zerlumpter Junge in den Schlafsaal. Weil das Seil plötzlich nachgab, plumpsten Cosima, Pearl und Mary unsanft zu Boden. Ein paar Sekunden erstarrten alle. Cosima lauschte auf Schritte, doch da waren keine, und die Mädchen, die sich kurz im Schlaf gewälzt hatten, atmeten wieder ruhig und gleichmäßig.

Miles rappelte sich auf, klopfte seine abgetragene Kleidung ab und schüttelte sich die Schneeflocken aus den Haaren.

Kurz wirkte er unsicher, aber dann setzte er ein breites Lächeln auf, wirbelte um die eigene Achse, und ein plötzlicher Knall zu seinen Füßen hüllte ihn in eine Rauchwolke. »Ta-da!«

Cosima zuckte zusammen, doch zum Glück schliefen die anderen so tief und fest, dass niemand aufwachte.

Bloß Pearl presste sich die Hände auf die Ohren. Sie hasste unerwartete Geräusche.

»Wie hast du das gemacht?«, fragte Mary, als der meiste Rauch verflogen war.

Miles tippte sich auf die Nase. »Zauberergeheimnis.«

Er sah sich im Schlafsaal um, betrachtete die schlafenden Mädchen und Diyas Sensationelle Seilwinde. Die anderen starrten ihn mit offenen Mündern an. Sie alle hatten keinen Jungen mehr gesehen, seit sie ins Heim gekommen waren. Denn hier waren nur Mädchen erlaubt.

»Hi, ich bin Miles.« Er senkte seine Stimme zu einem Flüstern und wandte sich an Cosima. »Und, wie sieht der Plan aus?«

Schockiert rissen die anderen die Köpfe zu Cosima herum.

Die entstaubte ihre Uniform, und Pearl und Mary halfen ihr vom Boden auf. »Tja, es ist so. Miles ist ein Zauberer. Und ein Dieb. Er knackt Schlösser und führt Zaubertricks vor. Er ist derjenige, der rausgefunden hat, dass mit den Stäben auf meinem Taschentuch das

Wormwood-Scrubs-Gefängnis Ihrer Majestät gemeint ist. Und er ist das fehlende Puzzleteil für unseren Raub!«

»Hm?«, machten Miles und die Mädchen im Chor.

Doch bevor Cosima mehr erklären konnte, erklangen plötzlich donnernde Schritte vor dem Schlafsaal. Sofort brach Panik aus.

»Schnell, in den Schrank«, flüsterte Mary. Sie und Pearl bugsierten Miles auf Diyas Erfindespind zu. »Bitte sei ganz leise.«

Diya löschte das Licht der Flackerfunzel, dann eilten sie und Cosima blitzschnell zu ihren Betten. Diya schob sich aus dem Rollstuhl, Cosima legte sich vorsichtig auf ihre durchgelegene Matratze, zog die Decke hoch und stellte sich schlafend.

Mary schlug dem überraschten Miles die Schranktür sanft vor der Nase zu, dann hetzten auch sie und Pearl zu ihren Betten, gerade rechtzeitig, ehe die Schlafsaaltür aufflog und Mr. Makels gespenstischer Schatten sich über den Saal legte.

Der Schein einer Kerze flackerte ihm übers Gesicht, sodass Cosima durch die Wimpern seinen griesgrämigen Gesichtsausdruck erkennen konnte. Mit aller Kraft versuchte sie ihre zitternden Glieder ruhig zu halten.

»Ihr schlaft hoffentlich alle«, fauchte er in die Dunkelheit. Selbst aus der Entfernung meinte Cosima, den Alkohol in seinem Atem zu riechen.

Niemand reagierte, also knurrte Mr. Makel wütend und trat mit dem Stiefel gegen die Schlafsaaltür. Als er vor Schmerz aufschrie und seinen Fuß umklammerte, wachten die anderen Mädchen schließlich doch auf. Sie gähnten und rieben sich den Schlaf aus den Augen.

»Wusst ich's doch!«, rief Mr. Makel triumphierend und ließ Spucke durch den Raum regnen. »Morgen kein Frühstück, und ihr zupft doppelt so viele Taue wie sonst.«

Die Mädchen stöhnten. Mr. Makel zog die Tür hinter sich zu und torkelte davon. Cosima blieb still, bis die anderen erneut eingeschlafen waren. Dann schlich sie so leise wie möglich über den Dielenboden und machte die Flackerfunzel wieder an.

Miles öffnete die Schranktür einen Spaltbreit und spähte hinaus. »Ist er weg?« Auf Cosimas Nicken hin schlüpfte er aus dem Schrank. »Der ist ja furchtbar.« Er schüttelte sich. Diya, Pearl und Mary setzten sich in ihren Betten auf. »So, kannst du uns jetzt erzählen, was hier los ist?«

»Ja, Cos, spuck's endlich aus.« Diya verschränkte die Arme.

Vier Augenpaare waren auf Cosima gerichtet. Sie straffte die Schultern, dann erklärte sie den Plan.

Miles strich sich übers Kinn und hörte aufmerksam zu. Stille breitete sich im Schlafsaal aus. »Ich glaube, es könnte klappen«, sagte er. »Wir haben sogar einen Vorsprung: Cos und ich wissen schon, wo der Schlüssel zum Juwelenkäfig ist.«

Cosima runzelte die Stirn. »Ach ja?«

Miles verdrehte die Augen, als wäre das sonnenklar. »Na, an Fitzroys Gürtel!«

Cosima entfuhr ein »Oh«, und ein Grinsen breitete sich auf ihrem Gesicht aus. Ihre Wangen wurden ganz warm, doch dann fiel ihr etwas ein. »Also hat er den Schlüssel immer bei sich? Die ganze Zeit?« Es würde wohl doch schwieriger werden als gedacht.

Diya schob ihre Brille hoch. »Na ja, wenn ihr Lord Fitzroy die Schlüssel abluchsen könnt und wir einen Weg finden, ins Gebäude einzubrechen, dann könnte es wirklich klappen. Aber ich finde, wir sollten nicht nur das Diadem stehlen. Sondern auch alle anderen Juwelen.«

Völlig verwirrt sah Cosima zu Diya. »Was? Warum?« War sie bis vor ein paar Minuten nicht noch von allen am wenigsten von ihrem Plan überzeugt gewesen?

Diya bebte vor Aufregung am ganzen Körper. Sie nickte Pearl zu, die ihre Ärmel hochschob. Neben dem Diadem auf ihrem linken Arm waren auch die anderen Juwelen zu sehen. »Weil sie schon gestohlen sind! Sie gehören nicht den Briten. Wir sollten sie ihren rechtmäßigen Besitzern wiedergeben.« Diya blickte entschlossen in die Runde. Offenbar war es ihr ernst.

Cosima wollte schon widersprechen. Immerhin bedeuteten mehr Juwelen auch deutlich mehr Aufwand. Und die arme Pearl müsste noch mehr Fälschungen herstellen. Doch Diya wirkte so entschieden, dass Cosima sich ihre Einwände verkniff.

»Ich hab auch direkt ein paar Ideen für Werkzeuge, die uns helfen werden«, sagte Diya und war schon wieder etwas mehr sie selbst. »Vielleicht kann ich die Flackerfunzel so modifizieren, dass man sie um den Kopf schnallen kann.«

Cosima nickte. Langsam packte auch sie die Begeisterung. Sie würden das *wirklich* machen.

»Und ich weiß, wo wir einen Weg finden können, um uns ins Gebäude zu schleichen«, quiekte Mary. »Ich habe schon an einem Plan gefeilt, der uns in die Bibliothek bringt, damit wir mehr über Fitzroys Vergangenheit erfahren. Und, na ja, in der Bibliothek *sollte* es doch auch Baupläne geben, oder? Vielleicht helfen die uns beim Einbruch.«

»Gerissen!«, murmelte Miles.

»Aber was ist mit dem Schlüssel?«, fragte Mary. »Wie wollt ihr den Lord Fitzroy stehlen, ohne dass er es sofort bemerkt?«

Ein spitzbübisches Grinsen breitete sich auf Miles' Gesicht aus. »Dafür braucht es einen Experten in Fingerfertigkeit. Wir stehlen den Schlüssel nämlich gar nicht wirklich. Wir leihen ihn uns nur kurz aus, damit ich eine Wachskopie davon machen kann.«

Langsam nahm der Plan in Cosimas Kopf Gestalt an. Sie holte tief Luft. »In Ordnung, also ist es Marys Aufgabe, die Gebäudepläne und unseren Weg hinein zu finden. Pearl fertigt die Fälschungen von den Edelsteinen an, damit wir nicht erwischt werden. Diya erfindet ein paar Werkzeuge, die uns beim Raub helfen, und baut einen Schmelzofen. Miles und ich besorgen einen Abdruck des Schlüssels, damit wir den Käfig aufbekommen.« Die anderen nickten. »Und abgesehen davon stehe ich parat, um euch zu helfen und kleine Pannen auszubügeln, und passe auf, dass nichts schiefgeht.«

Als ein Windstoß durchs offene Fenster hereinwehte und einen Schwall Schneeflocken mit sich brachte, fing Miles an zu bibbern.

Cosima nahm ihre Decke und wickelte sie ihm um die Schultern. Mary und Pearl liefen zum Fenster und schoben es zu. »Miles, du kannst bei uns bleiben. Hier im *Heim für beklagenswerte Mädchen* ist es zwar schrecklich, aber immer noch besser als auf der Straße.« Cosima drehte sich zu Diya. »Kann er sich im Erfindespind verstecken?«

»Klar.« Diya sah Cosima durchdringend an. »Aber du hast bei der ganzen Sache was Wichtiges vergessen.«

Cosima zog die Augenbrauen zusammen. »Und was?«

Ein milde verzweifeltes Lächeln huschte Diya übers Gesicht. »Irgendwie müssen wir die Makels und die anderen Mädchen davon überzeugen, dass hier absolut nichts Außergewöhnliches vor sich geht. Und zwar während wir eigentlich einen Jungen im Schlafsaal verstecken, uns ohne Erlaubnis rausschleichen und einen Schmelzofen bauen, der so heiß wird, dass selbst Gold darin flüssig wird.«

Cosima schluckte. Sie hatte noch nicht ganz begriffen, wie gewaltig dieser Plan war. Als sie einen Blick auf die Uhr warf und sah, dass es schon weit nach Mitternacht war, sagte sie mit rauer Stimme: »Außerdem haben wir nur noch zwei Tage, bis Lord Fitzroy uns holen kommt.«

»Genau«, meinte Diya, inzwischen todernst, und zog die Tafel nach oben.

KAPITEL ZWÖLF

Cosima bemühte sich wirklich, den Mädchen am nächsten Morgen nicht ins Gesicht zu gähnen. Erfolgreich war sie dabei nur teilweise.

Ihre Laune war genauso düster und verhangen wie der Himmel. Die ganze Nacht lang hatte sie sich schlaflos im Bett herumgewälzt. Damit der Plan funktionierte, brauchten die Mädchen jede Hilfe, die sie kriegen konnten. Die Makels durften nichts mitbekommen. Und dabei spielten die Mädchen, die nicht Teil des Plans waren, eine sehr wichtige Rolle.

»Könnt ihr alle mal kurz zuhören? Ihr müsst heute die Makels für uns ablenken.«

»Warum?«, fragte eine misstrauisch.

»Das können wir gerade nicht genau erklären. Aber es ist wirklich wichtig, dass sie heute nicht in den Schlafsaal kommen. Ihr müsst sie unten behalten, bis Mr. Makel mit unserem Mittagshaferschleim hochkommt.«

»Ich hab eine Idee!«, rief Dolly laut. Neben Cosima zuckte Mary zusammen. Sie waren absichtlich früher aufgestanden, damit dieses Treffen ungestört ablief. Hoffentlich hatten die Makels Dollys aufgeregten Schrei nicht gehört. »Wir könnten eine Ratte in Miss Makels Büro freilassen. Die kann sie nicht leiden!«

Oder, gebärdete eins der anderen Mädchen, *wir verstecken Mr. Makels Schuhe, wenn er ein Nickerchen hält. Er wird ausrasten.*

»Was, wenn wir ein bisschen von dem tollen Sirup klauen, den Miss Makel sich immer ins Frühstück kippt, und ihn über den Boden schütten?«, schlug eine andere vor. »Dann würden sie beide ausrutschen und durchs ganze Haus schlittern.«

Cosima grinste und verspürte ein aufgeregtes Prickeln. Das war exakt die Art Unsinn, die sie so liebte. Solche Aktionen würden erstens die Makels stinkwütend machen und zweitens beide so sehr auf Trab halten, dass ihnen gar nicht auffallen würde, wenn Mary und Cosima fehlten.

Sie nickte ermutigend, und die Mädchen dachten sich weiter aufwendige Streiche aus, bis das vertraute *Stampf-stampf-stampf* von Miss Makels Absätzen im Flur ertönte. Panisch hasteten alle zurück in ihre Betten. Cosima hatte sich gerade die alte Decke über den Kopf gezogen, als die Tür aufflog.

»Aufgestanden!«, kreischte Miss Makel. »Ihr müsst heute vier Pfund Tauwerk zupfen, sonst gibt es kein Abendessen.« Ihr Bruder lauerte neben ihr und war schon dabei, die Mädchen leise zu zählen.

Sie streckten sich und gähnten, während Miss Makel einigen unwirsch ihre Gehhilfen in die Hände drückte und anderen beim Anziehen half. Cosima nickte Diya, Mary und Pearl zu, und genau wie geplant fingen die vier an, unkontrolliert zu husten.

Miss Makel richtete sich auf und zog die Brauen hoch.

Cosima keuchte sich in die Armbeuge. »Tut mir leid«, versicherte sie so glaubhaft wie möglich. »Ich glaube, wir haben uns erkältet.«

Mr. Makel musterte sie finster und schob dann die nicht hustenden Mädchen aus dem Schlafsaal.

Cosima starrte Miss Makel an. Sie konnte die Rädchen im Kopf der Heimleiterin beinahe rattern hören. Lord Fitzroy erwartete zwanzig Mädchen. Wenn die Makels nicht liefern konnten, würde er womöglich weniger bezahlen.

Miss Makel leckte sich über die Lippen und dachte nach. »Hmm. Tja, wenn das so ist, bleibt ihr vier hier, bis ihr wieder gesund seid. Ich will nicht, dass ihr die anderen ansteckt.«

Ein winziges Lächeln schlich sich auf Cosimas Miene. Das bereute sie sofort, denn Miss Makel knurrte bedrohlich: »Glaub ja nicht, ihr könntet den ganzen Tag faul im Bett liegen.« Sie schnippte mit den Fingern, und schon tauchte ihr Bruder mit einer Taurolle wieder auf, die er auf den Boden warf. »Seht zu, dass ihr bis mittags damit fertig seid.«

Miss Makel bedachte Cosima mit einem bösartigen Lächeln und schloss die Tür hinter sich. Erst als ihre Schritte verklungen waren, kam Miles aus dem Schrank heraus.

»Okay, das war einfach.« Doch beim Anblick der Rolle auf dem Boden ließ Diya die Schultern hängen.

Cosima massierte sich die Schläfen, das half jedoch nicht gegen den tief sitzenden Schmerz. »Um das Seil machen wir uns später Gedanken. Konzentrieren wir uns auf die Vorbereitungen. Was müssen wir heute alles erledigen?«

Pearl schnappte sich ein langes Stück Seil. »Ich kümmere mich um das Diadem und die Juwelen.«

»Und ich fange mit dem Erfinden an.« Diya ließ den Schraubenschlüssel zwischen den Fingern herumwirbeln.

»Miles, Mary und ich gehen in die Bibliothek, stöbern in Lord Fitzroys Vergangenheit und suchen die Baupläne der Empire-Ausstellung.«

»Hier sind eure Verkleidungen.« Pearl reichte Cosima einen Haufen Kleider aus alten Vorhangstoffresten.

»Danke, Pearly.« Cosima drehte sich zu Miles und Mary. »Können wir loslegen?«

Miles nickte begeistert, doch Mary klammerte sich an ihre Tasche und sah aus, als wäre sie den Tränen nahe. Trotzdem schlüpften die drei in Pearls Kostüme und verwandelten sich so in anständige Schulkinder.

»Nicht vergessen«, bemerkte Diya und zog eine nagelneue aufgerollte Strickleiter aus dem Schrank. »Bis zum Mittagessen müsst ihr wieder hier sein. Beim Namensappell ist Mr. Makel besonders pingelig. Er wird ganz sichergehen, ob alle da sind. Wenn ihr fehlt, wissen sie sofort, dass wir was planen. Und das war's dann mit unserem Coup.«

»Ich weiß«, antwortete Cosima, während Miles schon das Fenster öffnete und kühle Luft hereinbrauste. »Wir sind rechtzeitig wieder da, versprochen.« Sie schaute auf die Uhr. Gerade war es zwanzig nach sieben. Die paar Löffel Haferschleim, die ihnen zustanden, gab es immer pünktlich um zwölf. Also hatten sie jetzt ungefähr viereinhalb Stunden Zeit.

Diya und Pearl hievten die Strickleiter über die Fensterbank, und die Sprossen sausten hinunter bis zum Boden. Miles kletterte als Erster hinab, Mary direkt hinterher. Cosima winkte ihren Freundinnen noch einmal zu, dann folgte sie Mary und Miles auf die Londoner Straßen.

Der Wind zerzauste Cosimas Haare noch mehr als ohnehin schon. Ihr Weg führte sie vorbei an zitternden Gestalten in Hauseingängen und Männern mit Schiebermützen, die ihre voll beladenen Schubkarren über die Pflastersteine schoben. Dieses Mal störte Cosima die rußige Luft nicht so sehr, doch der Dunst war einfach überall. Er färbte die Wolken grau und klebte an jedem Haus. Die Stadt war von einem stetigen Grollen erfüllt, einer Mischung aus Geplapper und Gekreische, aus dem Dröhnen der Fabrikschornsteine und dem Klappern des Verkehrs auf den Straßen.

Leider brauchten sie viel zu lange bis zur Bibliothek. Zwar hatte Mary ihre Route im Vorfeld genau geplant und herausgefunden, dass das Gebäude ungefähr einen Fünfzehnminutenweg vom Heim entfernt war. Doch wegen Cosimas Schmerzen ging ihre Reise nur schleppend voran, und je mehr Menschen auf den Straßen waren, desto panischer wurde Mary. Die missbilligenden Blicke der Leute kribbelten Cosima auf der Haut, und der Mut drohte sie zu verlassen.

Miss Makel musste doch falschliegen, sicher hassten nicht alle sie für das, was sie war?

Vor einer besonders überlaufenen Kreuzung voller Omnibusse und Pferdekutschen schluckte Mary schwer. Cosima lächelte ermutigend und beugte sich zu ihr. »Denk dran, nirgendwo soll es so still sein wie in Bibliotheken.« Das schien Mary ein wenig zu beruhigen.

Schon bald bogen sie um eine Ecke und blickten auf eine rote Backsteinfassade. Bogenförmige Fenster zierten das Gebäude, Union-Jack-Flaggen flatterten im Wind, und ein vergoldetes Schild mit der Aufschrift *Kensington-Bibliothek* hing über der hübsch gestrichenen Tür.

Geschäftsmänner in Frack und Zylinder warfen Cosima verächtliche Blicke zu, als sie zum gefühlt tausendsten Mal stehen blieb und vor Schmerz die Augen zukniff.

»Kann ich irgendwie helfen?« Obwohl Miles direkt neben ihr stand und sie stützte, klang seine Stimme dumpf und weit weg.

Sie schüttelte bloß den Kopf. Mary öffnete mit Mühe die schwere Bibliothekstür, damit sie hineinschlüpfen konnten.

In der Eingangshalle herrschte geschäftiges Treiben. Die Männer mit gezwirbelten Schnurrbärten und den Armen voller Bücher sahen furchtbar gebildet aus. Damen in Seide und Rüschen lachten hell und rempelten Cosima im Vorbeigehen an, als wäre sie unsichtbar.

Alles wirkte so riesig. In einer Ecke tickte eine große Standuhr. Cosima wurde unruhig, als sie sah, dass es schon nach acht war. Die Zeit rann ihnen durch die Finger. Über großen Bogentüren waren unterschiedliche Bereiche ausgeschildert: *Damenlesesaal*, *Akten aktiver Gilden & Gesellschaften* und *Bibliothek & Archiv*. Am liebsten wäre Cosima wieder umgekehrt, doch sie schlurfte weiter hinter Mary her auf die *Bibliothek & Archiv*-Tür zu. Miles hielt sie ihnen auf, und mit einem Mal befanden sie sich in einem dämmrigen Raum voller Regale und Bücher. Die Ledereinbände knirschten, so alt waren sie. Irgendwie hatte Cosima das Gefühl, sie müsste flüstern, um auch ja niemanden zu stören. Die schiere Menge an Büchern war überwältigend: Hier gab es dicke Wälzer zu jedem erdenklichen Thema – von Geografie bis Shakespeare und Philosophie. Wo sollten sie bloß anfangen?

»Keine Sorge«, meinte Mary atemlos. Sie blätterte durch ihre Planungsnotizen. Seit sie die heiligen Bücherhallen betreten hatten, schienen ihre Nerven sich beruhigt zu haben. »Ich hab alles unter Kontrolle.« Sie befeuchtete einen Finger und zog zwei Zettel heraus, auf denen die Überschriften *Lord Fitzroys Vergangenheit* und *Die Ausstellungs-Baupläne* prangten.

Einen Zettel reichte sie Miles. »Kannst du nach einem Buch suchen, das *Burke's Peerage* heißt? Das ist eine Liste aller Adeligen, die hier im Land leben. Lord Fitzroys Familie sollte dort aufgeführt sein. Vielleicht finden wir so etwas über ihn heraus.«

Miles zog die Augenbrauen zusammen und formte mit den Lippen immer wieder *Burke's Peerage*. »Eine Ahnung, wie das aussieht?«

»Leider nicht.« Mary verzog das Gesicht. »Ich habe es noch nie in echt gesehen. Die Makels erwähnen es nur immer, wenn sie uns erklären wollen …«, sie stockte, »… dass die Leute im *Burke's Peerage* das Beste vom Besten sind und wir bloß … *nutzlose Heimkinder.*«

»Nicht schlimm, ich fange einfach bei B an. Irgendwo muss es ja sein.« Miles umklammerte seinen Zettel fester und stapfte davon. Ein paar Sekunden später kam er zurückgehastet. »Ihr seid übrigens nicht nutzlos. Das ist völliger Quatsch.« Und schon verschwand er wieder zwischen den Regalen.

Mary stieß einen Seufzer aus. »Okay, dann suchen wir mal nach den Bauplänen.« Sie packte Cosima an der Hand und zog sie in die entgegengesetzte Richtung.

Gemeinsam wanderten sie durch die Gänge, vorbei an Gelehrten, die mit den Nasen tief in dicken Wälzern steckten, und Damen, die über den neuesten Liebesromanen kicherten. Cosima konnte mit der hibbeligen Mary kaum Schritt halten und seufzte erleichtert, als sie endlich aus dem Schatten der Regale heraustraten.

Vor ihnen lag ein kleiner Erker mit ein paar stattlichen Tischen und Stühlen in der Mitte. Antik wirkende Objekte standen auf einem hölzernen Aktenschrank an der Wand. Ein runzeliger Mann mit Buckel durchwühlte die Schubladen des Aktenschrankes, verschwand aber bald zwischen den Regalen.

Cosima sah sich um. »Ist das hier das ...«

»... Archiv«, keuchte Mary und ließ Cosimas Hand los, um ihren Plan zu studieren. »Und laut meinen Nachforschungen sind Archive sehr organisiert.« Sie ließ Cosima stehen und untersuchte die Schilder an den Schubladen genauer. Bei einem hielt sie inne: *Baupläne – Stadtbezirk Kensington.*

Cosima folgte ihr und zog am Griff. Sofort wurden die beiden von einer riesigen Staubwolke eingehüllt. Die Schubladen waren bis zum Rand gefüllt mit knittrigen, vergilbten Dokumenten.

Ganz behutsam zog Mary das erste Blatt an der Ecke heraus. Darauf war die Zeichnung eines gewaltigen Gebäudes zu sehen, und in der Ecke eine winzige Krone.

» Schaut mal! Ich glaube, das ist der Kensington-Palast!«, rief Mary und schob den Plan ehrfürchtig zurück. »Da wurde die Königin geboren.«

Cosima blätterte durch die Dokumente und stöhnte verzweifelt. »Das sind so viele.«

Mary straffte entschlossen die Schultern. »Tja, wenn wir nicht anfangen zu suchen, finden wir ihn nie.« Sie zog einen Schwung heraus und stapfte damit zu einem der Tische. Cosima schnappte sich ebenfalls einen Stapel und folgte ihr. Staub kitzelte sie in der Nase, und sie ließ sich in einen Stuhl plumpsen.

KAPITEL DREIZEHN

Die Zeit schien ihnen davonzurennen. Cosima studierte die alten Baupläne so angestrengt, dass sie schon vor ihren Augen zu verschwimmen begannen. Von vielen Gebäuden hatte sie zwar schon gehört, bisher aber noch nie das Innere gesehen – das naturhistorische Museum, das Rathaus von Kensington. Der Bauplan der Ausstellung war jedoch nicht dabei. Verärgert ließ sie ihre Knöchel knacken, da tauchte Miles zwischen den Bücherregalen auf, unterm Arm einen dicken roten Wälzer mit Goldprägung.

»Ich hab's!!«, rief er stolz.

Mit neuer Motivation räumte sie mit Mary schnell den Tisch frei. Miles legte das Buch in die Mitte, befeuchtete seinen Finger und blätterte durch die Seiten, bis er die richtige gefunden hatte. Gemeinsam drängten sie sich über das Buch und spähten auf den Eintrag, über dem das Wappen eines blühenden Baums prangte:

FITZROY

Lord Francis Fitzroy aus Kensington, London.

Stud. Eton College und King's College, Cambridge (B. A. 1888, M. A. 1890). Präs. des Instituts, MP für Chelsea, Parl. Sek. des Staatsministers, stellv. Leiter der Heilanstalt für Kinder mit Behinderungen. Geb. 23. September 1867 als zweites Kind und erster Sohn von Lord und Lady Fitzroy (Schw. Willamina Fitzroy, gest. 1888). Keine Abkommenschaft. Für weitere Informationen zum berühmten Stammbaum der Fitzroy-Familie ist »Eine chronologische Ahnenforschung der Fitzroys« von H. A. Fitzroy einzusehen.

Beim Anblick des Wappenbaums bekam Cosima eine Gänsehaut. Er sah genau aus wie die Tätowierung auf Lord Fitzroys Handgelenk, der Skelettbaum. Bloß blühte dieser hier.

Mary schnaubte neben ihr. »Das hilft uns nicht wirklich weiter. Er war auf teuren Schulen, ist dicke mit den Regierungsministern und scheint viel mit dem Empire und mit Menschen wie uns zu tun zu haben. Noch mehr Gründe für Diya, ihn zu verachten.«

Die Worte »Menschen wie uns« hallten in Cosimas Kopf nach. Das schien ein wiederkehrendes Motiv in Lord Fitzroys Leben zu sein – aber wieso? Jemand so Reiches und Privilegiertes wie er würde doch niemals in Berührung kommen mit Menschen, die so arm waren, dass sie in Arbeitshäusern landeten, oder mit behinderten Kindern. Das war doch seltsam. Cosima dachte an das alte zerrissene Bild aus Fitzroys Brusttasche. Vielleicht versteckte sich dort noch ein Hinweis.

Sie musterte den Eintrag im Buch genauer. Da war ein kleiner verschmierter Fleck unter *Keine Abkommenschaft*, als hätte jemand mit dem Finger darübergestrichen. Cosima runzelte die Stirn. Das sah aus, als wäre noch jemand anders an Lord Fitzroys Vergangenheit interessiert. Wüsste sie doch nur, was *Keine Abkommenschaft* bedeutete. Wenn sie wieder im Heim waren, musste sie Diya unbedingt danach fragen.

Und dann schon wieder dieser Begriff:

Das *Institut*.

Beim Gespräch mit Miss Makel hatte Lord Fitzroy das Institut auch erwähnt. War es womöglich Teil seines Plans für sie und ihre Freundinnen?

Wie enttäuschend. Sie hatte gehofft, in der Bibliothek Antworten zu finden, doch stattdessen taten sich nur noch mehr Fragen auf. »Was ist mit dem Buch, das da erwähnt wird? Dieses Chrono-Dingsbums?«

»Gib mir eine Sekunde.« Miles huschte zwischen die Regale und tauchte in Windeseile mit einem viel kleineren Buch wieder auf. Es war in Leder gebunden und mit Gold beschlagen. Cosima griff gierig danach.

Beim Aufklappen wehte ihr eine solche Staubwolke entgegen, dass sie husten musste. Ein Zettel fiel aus den Seiten auf den Boden. Cosima ignorierte ihn und blätterte so schnell durchs Buch, wie sie konnte. Doch abgesehen von wunderschön illustrierten Familienstammbäumen und verwirrenden Seiten voll altmodischer Schrift gab das Buch über die Fitzroy-Familie nicht viel her. Tatsächlich wurde der aktuelle Lord Fitzroy darin nicht mal erwähnt.

Frustriert schlug sie das kleine Buch zu und schob es weg. Also wandte sie sich wieder zum *Burke's Peerage* um. Vielleicht hatten sie ja etwas übersehen.

»Cos, könnte das hier wichtig sein?« Mary hatte den Zettel aufgehoben, der zuvor auf den Boden gesegelt war: eine wunderschöne Aquarellzeichnung eines jungen Mannes an einem Tisch. Hinter ihm waren Regale voller dicker Wälzer zu sehen.

»Hm, kommt mir irgendwie bekannt vor.« Miles tippte sich ans Kinn.

»Der Mann?« Er hatte zerzauste Wuschelhaare, die ein blasses, ernstes Gesicht einrahmten, und wirkte, als würde er gerade einen Plan aushecken. Außerdem war er umgeben von wackeligen Bücherstapeln und ausgebreiteten Schriftrollen. Nur seine Kleidung passte nicht ins Bild. Sie war zerlumpt und sah aus, als gehörte der Mann eigentlich ganz woandershin.

»Quatsch. Der Hintergrund. Geh mal einen Schritt zurück.«

Cosima gehorchte, und Mary und Miles taten es ihr nach. Miles streckte den Finger aus, und Cosima klappte die Kinnlade herunter. Sie waren am selben Ort! Alles stimmte überein: der tintenbefleckte und verbeulte Tisch, die Farben der ledernen Wälzer. Cosima stand genau an der Stelle, an der die Zeichnung entstanden war. Wieder bekam sie Gänsehaut.

»Da steht ein Titel untendrunter«, stellte Mary fest, sobald sich die Aufregung wegen ihrer Entdeckung gelegt hatte. »Und eine Signatur.« Sie räusperte sich. »*E. bei der Recherche in der Bibliothek, von M. F.*«

»Das F *muss* für Fitzroy stehen.« Cosima lief zurück zu dem Stammbuch, doch der einzige Fitzroy, dessen Vorname mit M anfing, war vor über hundertfünfzig Jahren gestorben. Geknickt schob sie sich die Zeichnung in die Schürze, als Mary sie ihr zurückgab, und schlug das Buch zu, aus dem schon wieder eine Staubwolke herausstob. Noch ein verwirrender Hinweis! Cosima versuchte wirklich, nicht allzu enttäuscht zu sein.

Auf einmal quietschte Mary aufgeregt. »Moment! Kann ich noch mal dein Taschentuch sehen?«

Cosima löste den Knoten am Hals und reichte es ihr.

»Ich hatte recht!« Sie zeigte auf das Buchsymbol. »Das hier steht bestimmt für eine Bibliothek. Vielleicht sogar für diese hier!«

Cosima stapfte zu Mary hinüber und schaute auf ihre zitternden Finger.

»Guck, das Buch links unter diesem grünen Quadrat. Vielleicht steht das ja für den Kensington-Gardens-Park? Ganz sicher bin ich noch nicht, aber irgendeine Bibliothek ist bestimmt gemeint.«

»Brillant.« Cosima schlang Mary die Arme um den Hals. So schnell war die Enttäuschung rasender Aufregung gewichen. Sie grinste. Zum Glück war Mary so aufmerksam. »Damit haben wir also schon zwei Symbole aufgedeckt. Wir sind dem X dicht der Spur.«

Doch bei all der Hoffnung hatte Cosima den Kopf auch voller Fragen. Was hatten ihre Eltern mit einer Bibliothek zu tun? Gedankenverloren strich sie über einen der Buchrücken. Spielten Bücher vielleicht eine entscheidende Rolle in ihrer Geschichte?

»Ist ja alles sehr aufregend«, murmelte Miles, »aber können wir uns wieder auf den Plan konzentrieren? Wie kommt ihr mit den Bauplänen der Ausstellung voran?«

Seufzend lief Mary wieder zum Aktenschrank und wühlte durch die restlichen Dokumente. »Wir suchen schon seit Ewigkeiten, aber die Empire-Ausstellung können wir einfach nicht finden.«

»Hmmm.« Miles ließ seine Finger über die Schublade wandern und schürzte die Lippen, als müsste er ein kompliziertes Problem lösen. Dann zog er ein Dokument heraus. Cosima staunte nicht schlecht, als sie unten in der Ecke *Empire-Ausstellung* las. »Bingo!« Miles grinste lässig.

Ungeduldig schnappte Mary sich den Plan, doch Cosima musterte Miles. »Wie hast du das gemacht?«

»Als Dieb braucht man halt eine scharfe Beobachtungsgabe«, erklärte er. »Ich gucke mir alles immer ganz genau an. Du meintest doch, die Ausstellung ist noch sehr neu. Also habe ich mir gedacht, dass der Plan nicht so zerknittert sein kann wie all die anderen. Ich hab einfach den genommen, der am neuesten aussieht.« Er drehte sich zu Mary um, die schon ganz vertieft auf den Zettel an ihrem Klemmbrett kritzelte. »Was machst du da?«

»Eine grobe Skizze des Plans. Damit Pearl uns einen besseren zeichnen kann, wenn wir zu Hause sind.«

»Warum nehmen wir den nicht einfach mit?« Miles zuckte mit den Schultern.

»Wir können ihn nicht stehlen. Baupläne sind wichtig – darum ist er hier im Archiv. Er wird gebraucht. Außerdem müssen wir ihn gar nicht stehlen.« Atemlos schob Mary den Plan wieder in die Schublade des Aktenschrankes.

»Perfekt«, meinte Miles. »Dann können wir ja jetzt gehen.« Er zog eine schimmernde Taschenuhr aus seiner Jacke.

Mary warf ihm einen empörten Blick zu.

»Alte Taschendieb-Gewohnheit. Aber ich gebe sie zurück, versprochen. Es ist elf Uhr. Dann haben wir noch genug Zeit, bevor wir losmüssen.«

Vorsichtig packten sie auch die anderen Baupläne wieder in die

Schublade, und Miles brachte *Burke's Peerage* und *Eine chronologische Ahnenforschung der Fitzroys* zurück in die Regale. Doch Cosima wurde das mulmige Gefühl in ihrem Magen einfach nicht los, dass ihnen irgendetwas entging – ein wichtiges Puzzlestück.

Auf dem Weg durch die Regale grübelte sie darüber nach. Miles hielt ihr die Tür auf. Sie war so in Gedanken versunken, dass ihr die vertraut aussehende Frau beinahe nicht auffiel, die an ihnen vorbei in die Abteilung *Akten aktiver Gilden & Gesellschaften* huschte.

Elegante Frisur.

Brille.

Tintenverschmierte Finger.

Aggie.

Überrascht riss Cosima die Augen auf und spürte ein Kribbeln in den Fingerkuppen. *Natürlich.* Aggie war in ihr Leben gestolpert, als sie Miss Makels Büro durchsucht und bohrende Fragen über Lord Fitzroy gestellt hatte. Könnte der Fleck im *Burke's Peerage* von ihren Tintenfingern stammen?

Auf der Standuhr in der Bibliothek tickte die Zeit unaufhaltsam davon. Es wäre nur vernünftig, sich an den Plan zu halten und ihre Erkenntnisse direkt zum Heim zu bringen, bevor Mr. Makel nach den Mädchen sah. Doch etwas tief in ihrem Inneren riet ihr dringend, Aggie hinterherzugehen.

Mary folgte Cosimas Blick. »Nein, Cos, wir können nicht schon wieder vom Plan abweichen. Hast du etwa vergessen, was beim Kuchenraub passiert ist?«

»Aber irgendwas an ihr ist *sonderbar.*« Der Drang in ihr wuchs. »Ich will rausfinden, was.«

»Wenn wir pünktlich wieder im Heim sein wollen, müssen wir in fünfundzwanzig Minuten los«, warnte Miles. »Sonst war alles umsonst.«

Cosima schluckte. »Ich weiß. Es ist leichtsinnig und unüberlegt. Aber ich *muss* es versuchen. Ihr zwei geht zurück. Stopft mein Bett mit Seil aus und sagt, ich sei todkrank und ansteckend. Vielleicht guckt Mr. Makel dann nicht genauer nach.«

»Nein«, entschied Mary. »Wenn wir das schon machen, dann zusammen. Außerdem seh ich doch, wie es deinen Knien heute geht. Ich lass dich nicht alleine.«

Dankbar lächelte Cosima ihre Freundin an. Anschließend sah sie zu Miles. Der seufzte und schaute ein letztes Mal auf seine gestohlene Taschenuhr, dann ging er zur Tür, durch die Aggie verschwunden war, und drückte sie auf. Gemeinsam schlüpften die drei hindurch.

Die Abteilung *Akten aktiver Gilden & Gesellschaften* war ganz anders als die Bibliothek und das Archiv. Statt der aufgereihten Bücherregale war der Bereich mit Holztrennwänden in Waben unterteilt.

Aggie schien jedoch verschwunden zu sein. Cosima spähte an einer Trennwand vorbei, hinter der ein bärtiger Mann an einem Tisch voller Schriftrollen die Nase in einen dicken Lederwälzer steckte. Hinter ihm stand ein Schrank mit Schließfächern. Auch die nächsten Waben waren von Männern besetzt, die allesamt viel zu vertieft in ihre Arbeit waren, um auch nur zu bemerken, dass sie beobachtet wurden. Frustration machte sich in Cosima breit. Sie hatte doch gesehen, dass Aggie hier hineingegangen war.

Sie legte sich einen Finger an die Lippen und bedeutete den anderen, ihr zu folgen. In der nächsten Wabe las noch ein Mann angestrengt in einem Buch, die danach war leer, doch dann …

Cosima unterdrückte ein Keuchen. An einem Schreibtisch blätterte eine zierliche, elegant gekleidete Dame durch eine kleine Akte. Ein ernst dreinblickender Bibliothekar stand neben ihr. Schnell versteckten Cosima, Mary und Miles sich in der leeren Wabe nebenan und drückten sich ganz dicht an die Holztrennwand. Ein paar Sekunden lang hörte Cosima nichts außer dem Rascheln von Papier. Fragen schossen ihr durch den Kopf. Wonach suchte Aggie?

Miles stieß Cosima an und nickte zu den flackernden Kerzen an den Wänden. »Ah, ich besorge mal eben noch schnell ein bisschen Wachs für den Schlüsselabdruck.« Er schlich los.

»Hier ist nur ein einziger Eintrag, und die Informationen lassen ganz schön zu wünschen übrig«, beschwerte sich Aggie. »Das Institut – eine Besserungsgesellschaft. Fitzroy ist offensichtlich der Präsident, und hier steht eine Adresse, aber das war's.«

Mary bebte vor Angst. Cosima war jedoch viel zu fasziniert, um sich zu fürchten. Eine Besserungsgesellschaft? Was, zum Geier, bedeutete das? Und was könnte so eine Gesellschaft mit behinderten Kindern wollen? Wenn Aggie die Institutsadresse doch nur laut vorlesen würde …

»Bitte beruhigen Sie sich, Miss Ohnnam«, wisperte der Bibliothekar. »Das hier ist eine wissenschaftliche Einrichtung. Sie sind ja geradezu … *hysterisch*.«

Aggie prustete. »Hysterie ist bloß eine Erfindung. Damit beschimpfen Männer Frauen, um sie loszuwerden. Und mich werden Sie nicht los, Mr. Wie-auch-immer-Sie-heißen. Diese Akte über das Institut ist bedauerlich unzureichend. Sinn und Zweck der Organisation werden mit keinem Wort erwähnt. Können Sie mir erklären, warum die Aufzeichnungen so dürftig sind?«

Der Bibliothekar geriet ins Stocken. »Darf ich fragen, was Sie das angeht, Miss Ohnnam? Auf ihrem Bibliotheksausweis steht, Sie sind Ingenieurin. Warum schnüffelt eine Ingenieurin in unserer Abteilung für *Akten aktiver Gilden & Gesellschaften* herum?«

»Sorgen Sie sich um meine Qualifikation, Sir?« Aggie klang verärgert, als wäre sie tatsächlich tief getroffen.

»Nun, seit einiger Zeit liest man in der Presse immer wieder von zwielichtigen Gestalten, die es sich zur Aufgabe gemacht haben, andere in Schwierigkeiten zu bringen«, flüsterte er. »Ich meine mich zu erinnern, dass Sie sich in den letzten drei Monaten mit drei verschiedenen Identitäten Zugang zu dieser Bibliothek verschafft haben: als Lady Adele Nonym, eine Dame mit großem Interesse an der Wirkung von Pestiziden, als Mrs. Ignotum auf der Suche nach Informationen über die Arbeitsbedingungen in Streichholzfabriken, und jetzt sind Sie Miss Ohnnam, eine Ingenieurin. Wer sind Sie wirklich?«

»Wer ich bin, tut nichts zur Sache«, blaffte Aggie und stampfte ungeduldig mit dem Fuß auf. »Wichtig ist, wer Lord Fitzroy ist. Er hat Geheimnisse, das können Sie mir glauben. Und was das Institut macht, könnte das größte Geheimnis von allen sein.«

Einen Moment lang herrschte Schweigen, dann seufzte der Bibliothekar. »Na schön. Ich kann nichts versprechen, *Miss Ohnnam*, aber vielleicht finden wir noch mehr Informationen in unserem Bestandsbereich. Folgen Sie mir.«

Cosima und Mary drückten sich an die Trennwand und lauschten den Schritten, während die beiden davoneilten und durch eine ächzende Doppeltür auf der anderen Seite des Raums verschwanden.

Mary zupfte Cosima am Ärmel. »Können wir jetzt gehen?«

»Gleich. Steh mal kurz Schmiere.«

Mit pochendem Herzen flitzte Cosima aus ihrem Versteck und in die Wabe, in der Aggie und der Bibliothekar gewesen waren.

Auf der anderen Seite der Trennwand stöhnte Mary. »Bitte beeil dich. Ich glaube nicht, dass ich das Panikbeben noch lange unterdrücken kann.«

Nach dem Gespräch, das sie gerade belauscht hatten, rechnete Cosima damit, ein einzelnes Blatt vorzufinden. Stattdessen erwartete sie auf dem Tisch ein prall gefüllter Ordner mit der Aufschrift *Kensingtons Gilden & Gesellschaften.*

Ein Fluch kam Cosima über die Lippen. Schnell schlug sie den Ordner auf, und dabei segelten ein paar Seiten auf den Boden. Als sie in die Hocke ging, um sie wieder aufzusammeln, knackte ihr Knie. Sie nahm sich einen Moment, bis der Schmerz nachließ, wischte sich die Tränen weg, stopfte die Seiten zurück an ihren Bestimmungsort und durchblätterte hastig den Ordner.

Cosima hörte das vertraute Schnaufen, das Marys Panikbeben ankündigte. Die Vorstellung, dass ihre Freundin das allein an einem fremden Ort durchleben sollte, tat ihr im Herzen weh, doch sie *musste* die Institutsadresse finden. Unglücklicherweise schien dieser Ordner nicht dem Alphabet zu folgen. Zuerst kamen die Weber, dann die Schuster (da lag sogar eine halbe Sohle zwischen den Seiten) und danach die Hutmacher. Inzwischen brannten die Muskeln in Cosimas Armen selbst beim Blättern, doch sie klammerte sich an die rissigen Seiten und formte die Worte, die sie las, mit den Lippen. Als aus Marys panischen Atemzügen leise Schluchzer wurden, setzte ihr Herz einen Moment aus. Doch noch klang es nicht, als würden Aggie und der Bibliothekar zurückkommen.

Endlich, ein tintiger Fingerabdruck sagte ihr, dass sie auf der richtigen Seite angelangt war. Aggie hatte recht, die Informationen zum Institut waren spärlich, aber da stand die Adresse: Callendar Road Nr. 1, South Kensington, London. Cosima stieß ein leises, triumphierendes »Ja!« aus, dann schlug sie den Ordner zu.

Im selben Moment brach Chaos aus.

Die Doppeltür zur Abteilung *Akten aktiver Gilden & Gesellschaften* flog schwungvoll auf. Ein ersticktes Quietschen von Mary verriet Cosima, dass Aggie und der Bibliothekar auf dem Rückweg waren. Schritte donnerten näher. Hastig sah Cosima sich in der Wabe um, doch es gab nirgends ein Versteck. Bei jedem Schritt musste sie einen Schmerzensschrei unterdrücken. Schweißperlen liefen ihr über die Stirn. Sie würden sie erwischen. Genau wie beim Kuchenraub.

»Herrje!«

Der Schrei riss Cosima aus ihrer Starre. Wagemutig schaute sie an der Trennwand vorbei. Der Bibliothekar lag ausgestreckt auf dem Boden, die Brille baumelte nur noch an einem Ohr. Aggie versuchte ihm aufzuhelfen. Die anderen Besucher, die bis jetzt in ihre Studien vertieft gewesen waren, drängten auf ihn zu, um zu sehen, was der Lärm sollte. Mit ihren Adleraugen erspähte Cosima eine Seilspule auf dem Boden.

Auf dem Weg zurück konnte sie Mary und Miles flüstern hören.

»Ich hätte nicht gedacht, dass man wegen Hysterie im Heim landet.«

»Tja, es gilt als Auffälligkeit. Als sie meinen Großpapa ins Arbeitshaus gesteckt haben, gab es niemanden mehr, der sich um mich gekümmert hat. Ich war zu nervös für die Schule und zu jung zum Arbeiten.«

Als Cosima um die Ecke der Trennwand lief, verkniff sie sich ein überraschtes »Oh«. Miles hatte die Arme um Mary gelegt, die ihr mit feuchten Augen zulächelte. Ihr Gesicht war tränenüberströmt und ganz rot, doch dank Miles hatte das Panikbeben sich gelegt.

»Warst du das mit dem Stolperseil?«, wisperte Cosima.

Mary nickte schniefend, löste sich von Miles und hakte sich bei Cosima unter. »Er hat sich doch nicht verletzt, oder? Das war der einzige Plan, der noch übrig war. Hast du gefunden, was du gesucht hast?«

»Ihm geht's gut«, versicherte Cosima ihr. »Ja, hab ich.«

Miles prüfte, ob die Luft rein war, dann liefen sie zur Tür. »Und ich hab das Wachs für den Schlüssel«, verkündete er. »Keine Sorge, die Taschenuhr ist wieder bei ihrem rechtmäßigen Besitzer.«

Die Erleichterung, es aus dem Raum für *Akten aktiver Gilden & Gesellschaften* herausgeschafft zu haben, hielt nicht lange an, denn da hörte Cosima das leise Ticken der Standuhr. Die Welt um sie herum wurde ganz schwummrig. Keuchend beugte sie sich vor und wischte sich den Schweiß von der Stirn.

»Was ist los?«, fragte Miles.

Cosima nickte zur Uhr. »Wir haben nur noch zehn Minuten, dann kommt Mr. Makel zum Schlafsaal und stellt fest, dass wir nicht da sind. Auf dem Hinweg haben wir deutlich länger gebraucht, und …« Sie stockte. Alles in ihr sträubte sich vor dem Geständnis. »… meinem Knie geht es viel schlimmer als vorher.«

»Das schaffen wir niemals«, meinte Mary niedergeschlagen. »Tut mir leid, ich hätte auf die Zeit achten müssen.«

»Das ist nicht deine Schuld, sondern meine«, erwiderte Cosima. Ihr Herz schlug im Takt mit den rasenden Sekunden, als die drei aus der Bibliothek und in Londons kalte Winterluft stürmten. »Ich bin vom Plan abgewichen … *schon wieder.*«

Miles seufzte mitfühlend, doch als er den Kopf wandte, schlich sich ein Lächeln auf sein Gesicht.

»Was ist?«

Er grinste breiter. »Schon mal auf einem Fahrradlenker gesessen? Du kannst die Beine hängen lassen, dann tut dein Knie nicht mehr so weh. Mary und ich können uns den Sattel teilen und das Treten übernehmen.«

Trotz ihrer Schmerzen musste nun auch Cosima grinsen.

KAPITEL VIERZEHN

»AAAAH!« Cosima schrie aus vollem Hals, und ihre Haare flatterten im Wind, während sie durch Londons Straßen rasten.

Rasch hatte Miles sich ein Fahrrad aus dem Ständer *geliehen* (Cosima plagte schon das schlechte Gewissen, aber das hier war nun mal ein Notfall), und dann hatten sie sich endlich auf den Heimweg gemacht. Miles trat in die Pedale, Cosima saß vorn im Fahrradkorb (und umklammerte ihren Gehstock), die Füße hingen über dem Lenker, und Mary hockte hinter Miles auf dem Sattel, kniff zwischendurch immer wieder fest die Augen zu und presste sich die Tasche vor die Brust. Ab und an brüllte sie Miles Weganweisungen zu.

Cosimas Glieder schmerzten. Ihr Knie pochte höllisch. Die Bibliothek lag schon weit hinter ihnen. Auf dem Rad wanden sie sich so flink durch das Verkehrsgetümmel, dass Kensingtons Häuserfronten nur so an ihnen vorbeizischten. Während sie durch Londons Grünanlagen rasten, klammerte Cosima sich verzweifelt am Lenker fest und ignorierte das unangenehme Schwappen in ihrem Magen. Erst als sie erneut über Kopfsteinpflasterstraßen ratterten, wurde die Umgebung langsam wieder vertrauter. Sie ähnelte dem Ausblick aus ihrem Schlafsaalfenster mit all den verwinkelten Gassen, den baufälligen Häuschen und ihren schiefen Dächern. Vor dem *Heim für beklagenswerte Mädchen* kamen sie quietschend zum Stehen. Das Fahrrad ließen sie auf der Straße zurück. Miles rief zum Fenster hinauf, während die anderen beiden schnaufend und verschwitzt und nicht sehr geduldig warteten, bis Diya die Strickleiter zu ihnen herunterließ.

Cosima schlug das Herz bis zum Hals. Sie hatte keine Ahnung, wie viel Uhr es war oder ob Mr. Makel ihr Fehlen bereits entdeckt hatte. Mary bebte am ganzen Leib, kletterte aber als Erste hinauf. Miles nahm Cosima den Gehstock ab, kraxelte ihr hinterher und war blitzschnell durchs Fenster verschwunden. Cosima schluckte und hievte sich auf die erste Sprosse der Leiter. Mit zusammengebissenen Zähnen zwang sie ihre schweren Glieder nach oben. Quälend langsam kam das Fenster näher, da tauchte Pearls Gesicht über ihr auf.

»Schnell, ich kann Mr. Makel schon hören«, quiekte sie.

Cosima presste die Lippen aufeinander. Noch eine Sprosse. Sie hatte es fast geschafft. Aber beim letzten Schritt schoss ihr ein stechender Schmerz durchs Knie, und die Kniescheibe sprang heraus. Einen Herzschlag lang ruderte Cosima oben auf der Leiter panisch mit den Armen, um das Gleichgewicht nicht zu verlieren.

Vergebens, denn sie kippte bereits nach hinten, auf den kalten harten Boden zu. Doch dann wurde sie mit einem Ruck nach vorn gerissen, durchs offene Fenster. Mit voller Wucht knallte sie auf den

Schlafsaalboden, aber wenigstens sprang ihre Kniescheibe wieder zurück.

Diya löste etwas von Cosimas Oberteil und half ihr gemeinsam mit Pearl aufs Bett. Die Decke zogen sie ihr bis unters Kinn. Auch Mary hatte sich eingekuschelt, Miles hatte sich vermutlich in Diyas Erfindespind versteckt. Keine Sekunde zu früh, denn schon schielten Mr. Makels listige Augen durch das Guckloch, und er begann mit seiner Zählung. Als er zufrieden war, schloss er die Tür auf und schob vier mickrige Schüsseln Haferschleim in den Raum. »Mittagessen«, grummelte er noch, bevor er die Tür zuschlug und davonstampfte.

Endlich bekam Cosima wieder Luft. »Wie hast du mich reinbekommen? Ich dachte schon, ich wäre erledigt.«

Diya hielt ein neues Gerät in die Höhe – eine Art Kralle, an der ein langes Seil und eine Metallröhre befestigt waren. »Ich nenne ihn den Grandiosen Greifer. Damit hab ich auf deine Brust gezielt und dich reingezogen. Er funktioniert noch nicht so präzise, wie ich es gerne hätte, aber auf die Art werden wir das Glas von der Vitrine mit den Juwelen heben – damit es nicht bricht und einen Alarm auslöst.« Vorsichtig legte sie den Grandiosen Greifer auf den Boden. Cosima schob sich die Decke vom Körper, und Miles kam aus dem Erfindespind.

»Deine ganzen Geräte sind eine Wucht!« Mit dem Daumen zeigte er hinter sich auf Diyas Sammlung. Cosima hätte schwören können, dass ihre Freundin rot anlief. Sie konnte selbst kaum glauben, dass Miles neben der Kurbeltastischen Leiter, alten, kaputten Ausführungen der Flackerfunzel und einer Menge anderem Krimskrams überhaupt noch Platz im Schrank gefunden hatte. »Woher nimmst du das Material, um all das zu bauen?«

»Das meiste davon sind normale Alltagsgegenstände, die ich umfunktioniert habe.« Diya zog sich vom Bett in ihren Rollstuhl. »Leere Brummschädelbräu-Flaschen, alte Besen, kaputte Hörtrichter. Und natürlich der ganze Kram, den die Makels rankarren, um Geld zu machen. Meistens lassen sie die Sachen einfach rumliegen, und ich borge sie mir.« Diya zuckte mit den Achseln und rollte zu ihrem Erfindespind, um sicherzugehen, dass die Türen auch ordentlich verschlossen waren. »Und hier drin verstecken wir alles vor den neugierigen Augen der Makels.«

»Und der Mädchen«, schaltete Pearl sich ein. »Damit sie nicht in Schwierigkeiten geraten.«

Mary nickte. »Solange nur wir Bescheid wissen, können auch nur wir bestraft werden.«

»So, jetzt aber genug davon.« Diya zog die Augenbrauen hoch. »Warum habt ihr so lange gebraucht?«

»Na ja, Cos hat sich mal wieder nicht an den Plan gehalten.« Marys Zähne klapperten.

Diya warf Cosima einen enttäuschten Blick zu.

Pearl stöhnte auf. Sie hockte auf ihrem Bett und hatte die Nase in ein neues Buch gesteckt.

Cosima runzelte die Stirn. »Was hast du da, Pearl?«

Sie zuckte mit den Schultern. »Eins von diesen Büchern, die Lord Fitzroy dagelassen hat. Ziemlich langatmig, aber der Autor, ein Mann namens Mr. Galton, behauptet, dass man mithilfe der Wissenschaft alle Krankheiten und Behinderungen loswerden kann. Da musste ich an die zerbrochenen Reagenzgläser denken.«

Cosima sah finster drein. »Die Makels kaufen doch alles, was ihnen vielleicht Geld bringen könnte. Selbst so alberne Bücher. Fitzroy ist ja aber kein Wissenschaftler. Ich glaube nicht, dass wir uns darüber Gedanken machen müssen. Wir sind bestimmt auf der richtigen Spur. Warte, bis du hörst, was wir in der Bibliothek herausgefunden haben.«

Cosima erzählte den anderen vom Bauplan, dem Eintrag über Lord Fitzroy im *Burke's Peerage* und von ihrer Entdeckung, als sie Aggie gefolgt waren. All das notierte sie, und die Skizze des Bauplans klebte sie an die Tafel.

»Also könnte Aggie wirklich eine Verbrecherin sein.« Diya seufzte.

Pearl schlang sich die Arme um die Brust. Heute waren sie übersät mit Bücherregalen und Federhaltern aus Tinte. »Diese Namen – die ihrer anderen Identitäten – klingen irgendwie seltsam.«

Mary zuckte mit den Schultern. »Das sind wahrscheinlich irgendwelche Namen, die sie von ihrem kriminellen Bandenführer bekommen hat.«

Doch Pearl schüttelte den Kopf. »Nein, ich denke, sie bedeuten etwas. Adele Nonym. Wenn man nur das A vom Vornamen nimmt, kriegt man ›anonym‹ raus.«

Miles schlug sich mit der Hand gegen die Stirn. »Ich wusste doch, dass die Namen komisch klingen! Pearl, du bist ein Genie!«

Sie wurde rot. »Danke. Und denkt mal nach: ›Ohnnam‹ … Wenn man das ein bisschen erweitert, kommt man auf ›ohne Namen‹. Nur ›Ignotum‹ passt nicht in die Reihe.«

Diya sog scharf Luft ein. »Doch, passt es wohl.« Sie rollte zur Apfelkiste und wühlte darin herum. Schließlich zog sie eine Ausgabe ihres stibitzten *Tüftlermagazins* heraus. Hastig blätterte sie durch die Seiten. »Früher haben Erfinder oft auf Latein geschrieben. Und guckt mal hier …« Sie tippte auf die aufgeschlagene Seite, auf der eine sehr alte, sehr komplizierte Erfindung abgebildet war. »›Ignotum‹ bedeutet ›unbekannt‹.«

»Dann sind Miss Ohnnams falsche Namen also Wortspiele?«, fragte Miles. »Das ist merkwürdig, selbst für eine Verbrecherin.«

In dem Moment fiel Cosima wieder etwas ein. »Diya, weißt du, was ›keine Abkommenschaft‹ bedeutet? Das stand in Fitzroys Eintrag im *Burke's Peerage*. Und ich vermute, Aggie hat ihn sich vor uns angeguckt.«

Zu Cosimas Überraschung zwirbelte Diya verlegen eine ihrer langen, glänzenden Strähnen zwischen den Fingern, was sonst eher Marys Art war. »Ähm, also, ich, äh, ich glaube, damit sind Kinder gemeint.«

»Hm?« Cosima war verwirrt.

»›Keine Abkommenschaft‹ bedeutet ›keine Kinder‹«, erklärte Diya. »Lord Fitzroy hat keine Kinder.«

Cosima verzog das Gesicht. »Natürlich nicht. Er ist ja auch nicht verheiratet. Aber warum sollte Aggie sich dafür interessieren?«

Mary nestelte an ihren Ärmeln und wich Cosimas Blick aus. »Vielleicht vermutet sie, dass er doch ein Kind hat. Ein uneheliches. Das könnte ja auch sein.«

Eiskalte Angst kroch Cosima durch die Adern. Bestand die Möglichkeit, dass Fitzroy ihr Vater war? Ihr Herz schlug wie wild, und ihre Kehle wurde ganz trocken, doch sie versuchte sich selbst zu beruhigen: natürlich nicht. Die Initialen auf ihrem Taschentuch waren W. F., und sein Vorname war Francis. Langsam versiegte ihre Panik, doch ihre Gedanken rasten weiterhin.

»Vergessen wir kurz Fitzroy.« Diya hatte die Brauen zusammengezogen. »Was macht dieses Institut? Ihr meintet, in den Unterlagen stand etwas von einer Besserungsgesellschaft?«

Cosima und Mary nickten.

»Aber was will eine Besserungsgesellschaft mit behinderten Kindern?«, fragte Cosima sich laut.

»Ich glaube ja immer noch, dass die zerbrochenen Reagenzgläser uns bei den Fragen weiterhelfen können«, murmelte Pearl und spielte am Saum ihres Kleides. »Diya meinte doch, dass Reagenzgläser in der Wissenschaft gebraucht werden, um bessere Medizin und chemische Gemische herstellen zu können.«

Cosima verkniff sich ein entnervtes Schnauben. »Ja, aber Pearl, zerbrochene Reagenzgläser auf einer Ausstellung mit Hunderten von neuen Erfindungen, Geräten und Innovationen sind doch nichts Ungewöhnliches.«

Beim Anblick von Pearls enttäuschter Miene war da sofort wieder dieses stechende Schuldgefühl in ihrem Magen.

Ein unangenehmes Schweigen legte sich über den Schlafsaal.

»Tut mir leid, ich wollte dich nicht so anfahren.« Cosima gab Mary die Kreide. »Schreib es auf die Tafel. Vielleicht ist es später doch noch wichtig. Und pass auch an, wie lange wir noch haben, bis Fitzroy uns holt. Zwei Tage!« Sie drehte sich zu den anderen. »Wie ist es bei euch heute gelaufen?«

»Mit den Juwelen bin ich fertig, und das Diadem muss ich nur noch anmalen.« Pearl hielt eine Tasche voller funkelnder Schätze hoch.

Diya holte den Schraubenschlüssel aus ihrem Werkzeuggürtel und befestigte etwas an einem Kessel, das aussah wie ein Metallrohr. »Ich habe Fortschritte bei unseren Geräten gemacht und entwickle noch Flackerfunzeln, die wir uns um den Kopf schnallen können.«

Ihre Augenbrauen waren halb abgekokelt. Mary und Pearl kauerten zusammen auf einem Bett. Pearl skizzierte hektisch etwas, was verdächtig nach einem Bauplan aussah, und Mary raunte ihr hin und wieder Anmerkungen zu.

»Klasse«, meinte Cosima. »Dann haben wir ja fast alles. Pearl zeichnet den Plan der Ausstellung, und wir haben die Adresse des Instituts Callendar Road Nr. 1, South Kensington.«

Für den Rest des Tages hatte Cosima sich ehrgeizige Ziele gesetzt: Sie und Miles würden sich wieder rausschleichen und der Institutsadresse einen Besuch abstatten. Danach würden sie sich noch zur Ausstellung begeben, um einen Abdruck des Schlüssels an Lord Fitzroys Gürtel zu nehmen, der ihnen Zugang zum Tresor in der Juwelengalerie gewähren würde. Das war grundsätzlich schon schwierig genug, aber für Cosima besonders.

Diya erkannte mit einem Blick, wie schlecht es ihr ging, und verordnete ihr den Wundertollen Rollstuhl – ihre Weiterentwicklung der viel sperrigeren Rollstühle, die die Makels ihnen zur Verfügung stellten. Sie und Mary holten ihn aus dem staubigen Erfindespind.

»Ich wusste nicht, dass du einen Rollstuhl brauchst«, bemerkte Miles, als Cosima sich Eis von der Fensterbank auf ihre wunden Gelenke legte, um den Schmerz zu betäuben.

Sie zuckte mit den Schultern. »Meine Behinderung ist wie eine Fahrt mit der Berg-und-Tal-Bahn. Manchmal kann ich prima laufen. Meistens habe ich Schmerzen, dann brauche ich den Gehstock. Und ab und zu benutze ich einen Rollstuhl.«

»Aber wie sollen wir so aus dem Fenster steigen?«

»Mach dir darüber keine Gedanken«, meinte Cosima. »Diya hat für alles eine Lösung.«

Diese Lösung trug den Namen »Teuflisch Tolles Tragetuch«. Eine brandneue Erfindung aus einem Bettlaken, das sie den Makels stibitzt hatten. An jede Seite hatte Pearl extralange Taue genäht, und diese wurden an der Sensationellen Seilwinde befestigt. So konnte Cosima sicher und gemütlich im Laken sitzen, während Diya, Mary und Pearl sie behutsam zur Straße hinunterließen.

Diya klappte Cosimas Rollstuhl zusammen und reichte ihn Miles, der ihn sich auf den Rücken schnallte. Kurz tippte er sich mit zwei Fingern an die Stirn, dann kletterte er die Strickleiter nach unten und versteckte sich hinter der Grundstücksmauer, damit die Makels ihn nicht entdeckten.

Mary und Pearl manövrierten das Teuflisch Tolle Tragetuch aus dem Fenster, und Cosima holte tief Luft. Mit zittrigen Knien setzte sie sich auf die Fensterbank, schwang die Beine nach draußen und rutschte mit dem Po aufs Laken.

Sie sah über den Rand. Hui, da ging es ganz schön tief nach unten. Und Diyas Erfindung schien unter Cosimas Gewicht ächzend zu protestieren. Sie schwankte gefährlich, und es fühlte sich an, als würde Cosima auf einer Wolke reiten. Auf einer, die sie jeden Moment abwerfen wollte.

Der erste Teil ihrer Reise zum Boden verlief jedoch relativ ruhig, und sie genoss die Entlastung ihrer Beine. Ihre Freundinnen kurbelten an der Sensationellen Seilwinde und ließen sie Stück für Stück nach unten. Doch dann hielt das Teuflisch Tolle Tragetuch auf einmal mit einem heftigen Ruck an. Stirnrunzelnd stützte Cosima sich auf die Ellbogen, um zu sehen, was los war. Im selben Moment hörte sie, wie eine Tür zugeschlagen wurde und zwei Personen nach draußen traten. Ihre Freundinnen sahen genauso entsetzt drein

wie sie. Die Makels legten eine ihrer unregelmäßigen Pfeifenpausen ein. Der fiese Tabakgeruch stieg Cosima in die Nase und den Rachen, und es kostete sie alles an Willenskraft, nicht laut zu husten.

Die Geschwister waren in eine hitzige Diskussion vertieft.

»Er will eine schon früher«, fauchte Miss Makel. »Er hat das Treffen vorverlegt.«

»Dann gib ihm eine«, grunzte Mr. Makel.

Cosima sah, wie viel Kraft es ihre Freundinnen kostete, sie an Ort und Stelle zu halten. Schweißperlen rollten über ihre Gesichter, und ihre Arme zitterten vor Anstrengung.

»Das geht nicht – davon hängt alles ab.«

»Dann gib ihm keine.«

»Du weißt, was er gegen uns in der Hand hat. Das würde uns ruinieren.«

Zusätzlich zur Sorge, erwischt zu werden, wuchs auch Cosimas Panik beim Lauschen immer weiter. Wollte Lord Fitzroy eine von ihnen schon früher als geplant abholen? Das bedeutete, der Juwelenraub musste so schnell wie möglich über die Bühne gehen. Gerade als sie fürchtete, sie würde den Makels jeden Moment auf die Köpfe fallen, beendeten sie ihre Pfeifenpause und gingen wieder hinein.

Als sie im Tragetuch sicher auf dem Boden ankam, stieß Cosima ein erleichtertes Seufzen aus. Miles half ihr hoch und in den Wundertollen Rollstuhl.

Ihr Atem bildete kleine Wölkchen. So schnell sie konnten, entfernten sich die beiden vom Heim und tauchten ins sichere Getümmel der Straßen.

KAPITEL FÜNFZEHN

Dank Marys Zettel mit der Wegbeschreibung konnte Cosima Miles durch das Labyrinth aus Gassen lotsen. Jetzt, da sie im Wundertollen Rollstuhl saß, stellte das Kopfsteinpflaster ein ziemliches Hindernis dar. Das Ruckeln war unangenehm, und Cosima musste sich mit zusammengebissenen Zähnen an Karren und Kutschen und knurrigen Menschen vorbeiquetschen.

Doch die Institutsadresse hatte sich ihr ins Hirn gebrannt. Miles und sie bogen um eine Ecke und landeten auf einem Platz, der von roten Backsteinvillen gesäumt war. Im Zentrum des Platzes lag ein Park, eine grüne Oase mitten im tristen, grauen London. So ruhige Orte gab es hier wirklich selten. Das Rattern der Fabriken war nur noch in weiter Ferne zu hören, und die Luft schien weniger trüb und stickig zu sein. Eine entgegenkommende Gouvernante verzog erschrocken das Gesicht und drängte hektisch ihre Schützlinge außer Reichweite. Allein der Anblick eines Mädchens im Rollstuhl verschreckte diese Menschen. Cosima ließ den Kopf hängen.

Während die Kinder und die Gouvernante davonhasteten, schauten Cosima und Miles sich um. Überall standen identische gewaltige Villen, getrennt durch schmiedeeiserne Zäune. Bloß eine stach aus der Reihe heraus.

Efeu rankte sich um die Zaunpfosten des Grundstücks, das ihnen am nächsten war. Cosima rollte darauf zu und spähte über den Zaun in einen verwucherten Garten. Die Villa dahinter sah auch nicht besser aus: Spinnenbeinartige Risse zogen sich über die Fensterscheiben, und die Farbe blätterte von der Haustür.

»Sind wir hier richtig?« Miles musterte die Ruine misstrauisch.

Cosima deutete durch den Zaun auf die schiefe *Nummer 1* neben der Tür. »Callendar Road Nr. 1«, sagte sie und schob sich aufs Tor zu. »Das stand in der Akte vom Institut.«

»Warte.«

Cosima erstarrte. Miles hockte sich hin, als müsste er sich die Schuhe binden, gerade als ein Mann mit vertrautem Gesicht um die Hausecke bog.

Mr. Haudruff. Der Wachmann der Empire-Ausstellung.

Cosima holte scharf Luft und ließ sich schnell die Wuschelhaare vors Gesicht fallen. So erkannte er sie hoffentlich nicht, immerhin war er noch weit weg, und sie saß in einem Rollstuhl.

Mr. Haudruff marschierte am Haus vorbei und blieb an der Seite stehen. Dort gesellte er sich zu ein paar anderen Männern, die an einem Tisch Karten spielten. Sie alle trugen die gleiche dunkelblaue Uniform.

»Wachen?«, zischte Cosima. »Warum gibt es an so einem Haus

Wachen?« Das war doch alles sehr merkwürdig. Ein verfallenes Haus in so einer schicken Wohngegend. Wirklich eine seltsame Wahl für das Hauptquartier einer geheimnisvollen Organisation.

Miles beobachtete Mr. Haudruff und seine Kameraden mit zusammengekniffenen Augen. »Das bedeutet, es gibt da drin was, was bewacht werden muss. Du hattest also recht mit deiner Vermutung. Irgendwas versteckt Fitzroy hier.«

Ungeduld flammte in Cosima auf. Sie saß hier vor diesem knarrenden Tor und nur wenige Meter von der Eingangstür entfernt. Frustriert stöhnte sie auf. »Wir sind *so* nah dran.«

»Gib noch nicht auf.« Miles zwinkerte ihr zu und gab ihr eine Streichholzschachtel. »Ich hab eine Idee. Bleib hier und lass dich nicht erwischen, bis ich ihnen sage, dass sie eine Karte ziehen sollen. Das ist dein Signal.«

Cosima drehte sich um und duckte sich in den Schutz des Zauns. Miles schlüpfte durchs Tor, das beim Aufschieben ohrenbetäubend knarrte.

»He!«, knurrte einer der Männer. »Das hier ist Privatgelände.«

»Meine Herren, wissen Sie zufällig, in welcher Richtung es zum Portobello-Road-Markt geht?«, fragte Miles zuversichtlich.

Cosima hörte die Männer grummeln. Vorsichtig wagte sie einen Blick über den Zaun. Miles lief mit ausgebreiteten Armen auf den Tisch zu. Das Tor hatte er offen gelassen.

»Sie müssen wissen, ich bin Straßenzauberer«, erklärte er. »Und ich habe gehört, der Markt sei der perfekte Ort für meine Vorstellung.«

Dieses Mal gluckten die Männer.

»Aha, Sie spielen Karten. Soll ich Ihnen als Gegenleistung für die Orientierungshilfe meine Fähigkeiten demonstrieren?«

Einen Moment lang herrschte Schweigen, dann hörte Cosima ein schroffes »Na los«.

Als sie das nächste Mal hinsah, sammelte Miles gerade die Karten zusammen. Er stand mit dem Gesicht zu ihr und fächerte mit einem dramatischen Schwenker die Karten in der Hand auf. »Ziehen Sie eine Karte, irgendeine. Aber zeigen Sie sie mir nicht«, verlangte er von Mr. Haudruff.

Das Signal. Die Wachen hatten ihr allesamt den Rücken zugewandt, und Miles hatte ihre volle Aufmerksamkeit. Mr. Haudruff zog eine Karte aus dem Fächer und drückte sie sich an die Brust.

Hastig rollte Cosima durchs Tor und steuerte über den Gartenweg auf die Haustür zu.

Während Mr. Haudruff auf die Karte in seiner Hand spähte, mischte Miles die restlichen. Er warf sie hoch und ließ sie durch die Luft wirbeln. Vor den Augen der Männer drehten sie sich, tanzten und sprangen herum. Sobald Cosima das Haus erreicht hatte, lauschte sie mit angehaltenem Atem. Im Inneren schien es ruhig zu sein. Als sie jedoch die Klinke herunterdrücken wollte, hatte sie sie auf einmal in der Hand, so morsch war das Holz. Mit einem Klicken schwang die Tür auf, und eine Staubwolke wehte Cosima entgegen. Sie unterdrückte ein Husten. Ganz sanft schloss sie die Tür wieder hinter sich und kniff die Augen zusammen, damit sie sich an die Dunkelheit gewöhnten.

Sie zog Miles' Streichholzschachtel hervor und erweckte eine zuckende Flamme zum Leben.

Vor ihr erstreckte sich ein gigantischer Raum. An jeder Seite wand sich eine prunkvolle Treppe nach oben, und es gab tatsächlich normale Möbel: Ein rubinrotes Sofa stand vor einem Tisch mit

Marmorplatte, daneben ein Bücherregal. Über ihrem Kopf funkelte ein Kronleuchter. Doch das Seltsame waren all die Dinge, die *nicht* hierhergehörten. Jemand hatte die normalen Möbel an die Seite geschoben, sodass jetzt drei Labortische voller Reagenzgläser und Messbecher mit fragwürdigen Flüssigkeiten in der Mitte Platz hatten. Daneben gab es noch mehr wissenschaftliche Gerätschaften: Metallklammern, Thermometer und Gegenstände, die vermutlich nur Diya benennen konnte. Über den Tischen hingen Spinnweben, und eine dicke Staubschicht bedeckte alles wie Schnee. Bloß ein paar Fußabdrücke schienen ganz frisch zu sein.

Cosima fuhr weiter in den Raum hinein. Das Trippeln panischer Pfötchen verriet ihr, dass sich eine Mäusefamilie im verlassenen Haus eingerichtet hatte. Von Nahem sah das Sofa alt und abgewetzt aus. Ein muffiger Geruch hing in der Luft.

Das einsame Labor verwirrte Cosima. Noch mehr seltsames Wissenschaftszeug. Vielleicht hatte Pearl mit ihrer Vermutung doch recht. Immerhin gehörte dieser Ort definitiv Lord Fitzroy und dem Institut, was auch immer das war.

Ihre Erkundung wurde unterbrochen, als Miles atemlos durch ein halb geöffnetes Fenster ins Haus purzelte.

»Donnerwetter noch eins!« Das traf es ziemlich gut, fand Cosima. »Was ist passiert?«, fragte sie.

»Hab sie mit meinem Kartentrick beeindruckt, die haben mir den Weg zum Markt gesagt, ich bin durchs Tor raus, hinten wieder rein und durchs Fenster geklettert.« Miles zuckte mit den Schultern, als wäre das keine große Sache. »Soll ich mal gucken, was oben so ist?«

Cosima nickte, und schon raste er die Treppen hinauf und verschwand aus ihrem Sichtfeld.

Sie beugte sich vor und schnipste gegen eins der Reagenzgläser. Ein Pling schallte durch den Raum. Fitzroys Experimente bedeuteten sicher nichts Gutes für sie und ihre Freundinnen. Trotzdem nagten die Fragen an ihr: Was machte er hier? Und was hatten behinderte Kinder damit zu tun?

Miles lehnte sich über das Treppengeländer. »Hier ist nichts Spannendes«, verkündete er. »Nur noch mehr alte Möbel. Sieht aus, als hätte mal eine Familie hier gewohnt, aber die sind bestimmt schon seit Jahren weg.« Er sprang aufs Geländer und rutschte mühelos nach unten.

Cosima nickte und steuerte in den düsteren Flur hinter dem Wohnzimmer, vorbei an einer der gewundenen Treppen. »Ich glaube, das waren die Fitzroys.« Ihre Stimme erzeugte ein unheimliches Echo. »Ich weiß nur nicht, wie das mit dem Institut zusammenhängt.«

Miles folgte ihr und öffnete knarzende Türen, die noch mehr verstaubte Möbel offenbarten. Cosima wollte schon umdrehen, als das letzte Zimmer ihre Aufmerksamkeit erregte.

Die Hälfte einer Fotografie hing etwas schief an der Tür. Cosimas Herz machte einen Satz. Schnell rollte sie darauf zu, um sie genauer unter die Lupe zu nehmen. Darunter hing ein Schild mit der Aufschrift *WILLAMINA*.

Sie schnappte nach Luft und rupfte das Bild von der Tür. Es war die untere Hälfte der Fotografie, die Lord Fitzroy im *Heim für beklagenswerte Mädchen* aus der Tasche gefallen war. Und als sie sich die neue Hälfte ansah, verstand sie schlagartig, warum er nur die obere behalten hatte.

Willamina saß im Rollstuhl. In Lord Fitzroys Eintrag im *Burke's Peerage* wurde erwähnt, dass er eine Schwester gehabt hatte, die gestorben war. Und auf der Taschenuhr, die Miles ihm gestohlen hatte, war doch diese Gravur gewesen: *Für Franny, von Herzen – Mina.* Cosima sah auf das Schild an der Tür und den verkratzten Namen darauf. Mina und Franny, so hatten sich die Geschwister gegenseitig genannt!

»Aber warum ist ihr Zimmer im Erdgeschoss?«, fragte Miles.

Für Cosima lag die Antwort auf der Hand. Sie nutzte den Wundertollen Rollstuhl zwar nur gelegentlich, wusste aber genau, wie lästig Treppen waren. »Weil sie im Rollstuhl saß. Da war es viel zu anstrengend und zeitaufwendig, immer hoch- und runterzukommen.«

»Und warum saß sie im Rollstuhl? Was stimmte nicht mit ihr?«

Cosima versuchte sich von Miles' Worten nicht treffen zu lassen, doch so ganz schaffte sie das nicht. Es schmerzte, auch wenn er ihr nicht absichtlich wehtun wollte. »Mit ihr stimmte alles. Sie hatte bloß eine Behinderung. Was genau sie hatte, weiß ich natürlich nicht. Vielleicht Kinderlähmung, wie Diya. Oder sie brauchte den Rollstuhl nur manchmal wie ich.«

»Vielleicht finden wir in ihrem Zimmer noch mehr Hinweise«, meinte Miles und stieß die Tür auf.

Wie der Rest des Hauses war auch Minas Zimmer von einer dicken Staubschicht bedeckt. Und es war, nicht sehr überraschend, viel besser ausgestattet als der dürftige Schlafsaal im Heim. Auf dem Bett lag eine dicke Decke, und gegenüber vom Erkerfenster stand ein prächtiger Frisiertisch mit Spiegel. Minas leerer Rollstuhl war hinter dem Bett verstaut. Auf dem Nachttisch stand eine seltsame Vorrichtung. Cosima rollte darauf zu. Es sah aus wie ein Musikinstrument. Auf der einen Seite gab es einen aufgefächerten Blasebalg, auf der anderen ein Rohr. Als Cosima auf den Balg drückte, strömte kühle Luft aus dem Rohr und über das Kissen, auf dem Mina wohl gelegen hatte.

An einer Korkwand hing jede Menge Krimskrams. Cosima ließ den Blick über die uralten Einladungen zu Bällen und Tänzen wandern, über abgegriffene Zugfahrkarten, wunderschöne Skizzen auf Papierschnipseln und Flugblätter mit auffälligen Schriftzügen. Eine der schönen Zeichnungen sprang Cosima ins Auge: ein Aquarell eines frühlingsgrünen Baumes. Sie lächelte wissend. Mina Fitzroy war eine Künstlerin gewesen, genau wie Pearl.

Als Cosima zurückwich, segelte eins der knittrigen Flugblätter zu Boden. Sie hob es auf und las die Überschriften: *Britische Damengesellschaft für die Gefängnisreform* und *Interview mit einem wahrhaftigen Häftling*. Sofort war Cosima gefesselt. Ihre Eltern hatten doch womöglich auch eine Verbindung zu einem Gefängnis. Sie las weiter:

> *Während Großbritannien sich gern damit brüstet, wie gerecht und unvoreingenommen das Rechtssystem doch ist, hat unsere Gesellschaft jetzt schwere Mängel bei der Unterbringung von Angeklagten und Verurteilten in diesem Land aufgedeckt.*
> *Wir laden Sie herzlich zu unserem Treffen am 13. März 1888 im Salon ein, zu einem exklusiven Gespräch mit einem ehemaligen Häftling, der uns von der menschenunwürdigen Realität des Lebens in Strafanstalten berichten wird. Unser Sprecher E., ein Schneiderlehrling, wurde arm geboren und sah in Bagatelldelikten seine einzige Möglichkeit, sich selbst und seine jüngeren Geschwister zu ernähren. Wegen seiner Straftaten musste er ein Jahrzehnt seines Lebens in einem bekannten Londoner Gefängnis verbringen.*

Darunter stand, wie man an dem Treffen teilnehmen und der Damengesellschaft beitreten konnte. Doch Cosima interessierte sich mehr für den kleinen Stern, den jemand um den Buchstaben E gemalt hatte. Sofort musste sie wieder an die Sternspange denken, die sie aus Versehen gestohlen hatte und die, wie ihr jetzt klar wurde, Mina gehört haben musste.

»Cos, guck dir das mal an.« Miles' Stimme riss sie aus ihren Gedanken. Er hatte sich durch die Schubladen in Minas Frisiertisch gewühlt und einen Stapel Postkarten gefunden. »Das sind Liebesbriefe.«

Cosima rollte zu ihm hinüber und las ein paar der Texte. Ganz schön kitschig, fand sie:

»Dann hatte Mina also einen Geliebten, bevor sie gestorben ist«, meinte Miles. »Und zwar bestimmt einen geheimen, sonst hätte sie die Postkarten nicht in einem doppelten Boden im Frisierschrank versteckt.«

Er drehte eine der Karten um. Auf der Rückseite prangte ein gestickter silberner Mond, umgeben von goldenen Sternen und den Blüten einer purpurnen Blume. Wie von selbst schnellte Cosimas Hand an das Taschentuch um ihren Hals. Ihre Stickerei war eine

Schatzkarte ihrer Eltern, Minas ein Liebesbrief von einem ganz besonderen Menschen.

Miles verstaute die Karten wieder sorgsam in der Schublade. »Komm, wir sind schon viel zu lange hier. Wir sollten besser schnell weiter zur Ausstellung.«

Cosima nickte, steckte aber noch schnell die halbe Fotografie und das Flugblatt in ihre Tasche.

Auf dem Rückweg durch die alte Fitzroy-Villa fischte Miles ein Blatt Papier von einem der Tische, die über und über mit Scherben bedeckt waren. Er wischte es ab und wedelte damit in Cosimas Richtung.

Sie zog die Brauen zusammen und beugte sich vor, um es genauer zu betrachten. Der Zettel war vergilbt und wellte sich an den Rändern, doch der Briefkopf des Instituts und das merkwürdige lateinische Motto waren noch gut zu erkennen. Darunter befand sich ein kompliziertes Schaubild von Reagenzgläsern und Messbechern neben Wörtern, die Cosima nicht verstand, und mathematischen Formeln, die die Makels ihr nicht beigebracht hatten. Sie schielte auf den Titel: *Experiment #1: Fitzroys Wunderelixier.*

Ein wütender roter Strich prangte über der gesamten Seite.

Auf dem nächsten Tisch fanden Cosima und Miles einen anderen Zettel. Dieser war ganz zerknüllt, als hätte jemand ihn wegwerfen wollen. Was darauf stand, sah aus wie ein Rezept: ein Schluck hiervon, eine Prise davon. Doch die Zutaten waren eher ein Buchstabenwirrwarr als richtige Wörter. Die Überschrift hier lautete: *Experiment #37: Fitzroys Wunderelixier.*

»Er muss jahrelang an diesem Elixierdings gearbeitet haben.«

Miles betrachtete die unentzifferbare Zutatenliste. »Hat immer wieder neue Chemikalien genommen und andere Methoden genutzt, um sie zu vermischen.«

Angst wob sich durch Cosimas Gedanken. Pearl hatte recht behalten – die Reagenzgläser, die sie auf der Ausstellung zerbrochen hatte, waren ein Hinweis auf die Absichten des Instituts. Schnell näherte sie sich dem dritten Tisch und stieß Messbecher und Metallklammern beiseite auf der Suche nach weiteren Zetteln. Auf einem Stapel Bücher fand sie einen. Hier war nichts durchgestrichen, und zerknüllt war er auch nicht. Er wirkte eher, als wäre er erst kürzlich geschrieben worden, und las sich wie eine Zeitungsanzeige:

FITZROYS WUNDERELIXIER
Ein modernes Heilmittel gegen Gebrechen,
Behinderungen und Erkrankungen aller Art
Eine wirksame Mischung aus Lachryma papaveris,
Diacetylmorphin und Arsen
Heilt garantiert ALLE Beschwerden

Mit besorgter Miene faltete Cosima den Zettel und steckte ihn vorsichtig in die Tasche. »Lass uns gehen«, sagte sie dann und vergrub die Angst ganz tief in ihrem Innersten.

KAPITEL SECHZEHN

Cosima konnte gar nicht schnell genug von der alten Familienvilla der Fitzroys wegkommen. Allein der Gedanke an das gruselige Labor sandte ihr Schauer über den Rücken, und das alte Foto fühlte sich in ihrer Tasche ganz schwer an. Miles hatte hinter dem Haus einen Riesenradau veranstaltet, um die Wachen abzulenken, und so konnten er und Cosima sich heimlich vorne hinausschleichen.

Bis zur Empire-Ausstellung brauchten sie nicht lang, auch wenn noch immer eine Menschenmenge die Straße davor verstopfte. Inzwischen waren Miles und Cosima richtige Profis darin, sich unbemerkt Zutritt zu verschaffen, deshalb kamen sie ungehindert am Wachmann vor dem Tor von Jaipur vorbei und hielten geradewegs auf die Statue der Britannia zu.

»Wie ist unser Plan?«, fragte Cosima, als sie hinter der Statue kurz verschnauften.

»Fitzroy finden. Und den Schlüssel.« Miles nickte. »Ich vermute, er ist in seinem Büro.«

»Und da müssen wir dann überlegen, wie wir den Schlüssel in die Finger kriegen, ohne dass er es merkt«, ergänzte Cosima.

Damit huschten sie auf den Personalbereich zu. Miles verschaffte ihnen geschickt Zutritt, schob Cosima in den Korridor und schloss die Tür sorgfältig hinter ihnen. Dann schlich er voran und hielt vor jeder weiteren Tür kurz inne. Cosima folgte ihm, bis er auf eine bestimmte deutete. »Hier«, flüsterte er.

Cosima kam näher. In die Mitte der Tür war eine Glasscheibe eingelassen, und auf einer goldenen Plakette stand: *Lord Francis Fitzroy.*

Während Cosima Wache hielt, kniete Miles sich vor das Schlüsselloch, und mithilfe von Diyas Langfinger-Liebling war auch dieses Schloss in Sekundenschnelle geknackt. Die beiden schlüpften hinein.

Fitzroys Büro war ihm selbst sehr ähnlich: ordentlich, kühl und gefährlich.

Miles flitzte direkt um den Schreibtisch herum und blieb dabei mit dem Ärmel an einem messerscharfen Brieföffner hängen, der ihm das ohnehin schon schäbige Hemd aufschnitt. Cosima beäugte misstrauisch die geschnitzten Klauenfüße des Tisches und bekam eine Gänsehaut. Sie versuchte möglichst nah heranzufahren, aber natürlich war Lord Fitzroys Büro absolut ungeeignet für Menschen im Rollstuhl.

Ihr Blick fiel auf ein Schriftstück, das mit dem Stempel *GEHEIM* versehen war. Sie überflog den Inhalt. »Guck mal!«

Unter dem inzwischen bekannten Briefkopf des Instituts stand die Überschrift: *Fitzroys Wunderelixier – Liste der Anteilseigner.* Darunter waren lauter Namen aufgeführt und daneben Geldsummen.

Ein paar der Namen erkannte sie: Der aktuelle Premierminister Robert Gascoyne-Cecil spendete regelmäßig, auch die Fürstin von Wales hatte hundert Pfund beigesteuert. Und ganz unten entdeckte Cosima zwei Namen, die sie sowohl mit Furcht als auch mit Wut erfüllten: Mr. Eugen und Miss Alvira Makel, monatliche Rate von je fünf Pfund. Sie fuhr mit dem Finger über die Seite. Zusammen hatten die Makels Lord Fitzroy seit fast einem Jahr jeden Monat zehn Pfund bezahlt. Wut brodelte in ihr hoch. Das war eine exorbitante Summe! Genug, um das Heim zu heizen, anständiges Essen für die Mädchen auf den Tisch zu bringen und sie vernünftig auszubilden.

Miles runzelte die Stirn. »Was bedeutet das?«

»Deshalb sind die Makels dem Institut beigetreten!«, rief Cosima. »Sie haben Geld in diese Elixier-Sache investiert. Wenn das Erfolg hat, wird Fitzroy es auf der ganzen Welt verkaufen, und sie werden reich! Aber wenn nicht, verlieren sie alles. Sie sind schon so hoch verschuldet, das würde sie ruinieren. Und schau …«

Sie zeigte auf eine andere Spalte. Darin standen Bemerkungen zu den Anteilseignern. Neben dem Namen des Premierministers war zum Beispiel zu lesen: *hat außereheliches Verhältnis zu Lady Londonderry.* Bei der Fürstin von Wales hatte Fitzroy geschrieben: *jüngstes Kind ist nicht von ihrem Mann*, und bei den Makels: *veruntreuen Gelder, die für Heimkinder gedacht sind.*

»Er hat sich zu allen Geldgebern schmutzige Geheimnisse notiert, damit sie tun, was er sagt. *Deshalb* hat Miss Makel solche Angst vor ihm.«

Ehe Cosima auch nur ansatzweise verdauen konnte, was sie da gerade erfahren hatten, erklangen draußen dröhnende Schritte. Sie und Miles tauschten einen erschrockenen Blick. Hastig steckte

Cosima die Liste ein und stopfte den Rest der Papiere wieder in die Schubladen.

»Unter den Tisch«, flüsterte Miles.

Cosima verzerrte das Gesicht und erhob sich aus dem Rollstuhl, den Miles schnell zusammenklappte. Dann gingen beide unter der Tischplatte in Deckung. Cosimas Knie knirschten und schmerzten, aber sie biss sich auf die Lippe, um einen Aufschrei zu unterdrücken. Stumm wiegte sie sich vor und zurück, und Tränen kullerten ihr über die Wangen, während sich die Tür öffnete und die Schritte nun im Zimmer ertönten.

Nur wenige Zentimeter vor ihrem Versteck blieb Fitzroy stehen. Cosima konnte seine polierten Schuhe erkennen, die Nadelstreifenhose und – beinahe hätte sie laut nach Luft geschnappt – das Funkeln eines silbernen Schlüssels, der fröhlich von seinem Gürtel herunterbaumelte.

Schnell stieß sie Miles an, der das Wachs schon in den Fingern knetete. Fitzroy musste bloß ein paar Minuten an genau derselben Stelle verharren.

Cosima hielt den Atem an, während Miles ruhig die Hand zum Schlüssel ausstreckte und ihn mit dem Wachs umschloss, um einen Abdruck zu bekommen. Aber gerade als Miles das Wachs wieder abnehmen wollte, trat Fitzroy einen Schritt zurück, weg von ihnen und dem Schreibtisch.

Verführerisch nah und doch unerreichbar pendelte der Schlüssel mitsamt dem Wachsabdruck vor ihnen hin und her. Cosima und Miles versuchten beide, ihn zu erwischen, griffen aber immer wieder ins Leere. Plötzlich stapfte Lord Fitzroy davon, und seine untere Körperhälfte verschwand aus ihrem Blickfeld. Cosima wurde ganz flau im Magen. Besorgt sah sie Miles an. Wie um alles in der Welt sollten sie jetzt an den Wachsabdruck kommen?

Fitzroy tigerte auf und ab und brachte den Schlüssel weiter zum Schwingen. Pearl verhielt sich ähnlich, wenn sie nervös war. Immer wenn Fitzroy wieder näher kam, haschte Miles nach dem Schlüssel – einmal, zweimal, dreimal –, aber jedes Mal entglitt er ihm.

Endlich kam Lord Fitzroy erneut hinter dem Schreibtisch zum Stehen, und die Spitzen seiner glänzenden Schlangenlederschuhe zeigten auf Miles und Cosima. Da klopfte es forsch an der Tür.

»Ah, Haudruff«, sagte Fitzroy. »Herein.«

Cosima umfasste fest ihre Knie und beschwor in Gedanken all ihre Gelenke, nicht herauszuspringen oder auszurenken, auch wenn sie gerade in einer so unnatürlichen Position ausharren musste. Ein zweites Paar Füße polterte ins Büro, und ein Klicken und Quietschen verriet, dass die Tür abgeschlossen wurde. Jetzt waren sie mit den beiden Männern eingesperrt!

»Und? Haben Sie etwas gefunden?«, fragte Lord Fitzroy ungeduldig. Cosima erkannte die Gier in seiner Stimme.

»Leider nich, Sir«, antwortete Haudruff. »Hab mit allen Arbeitern gesprochen, die an dem Tag auf dem Gelände waren, als das hübsche kleine Ding verschwunden ist, und alle versichern glaubhaft, nix gesehen zu haben.«

Fitzroy schlug mit der flachen Hand auf den Tisch, und Miles' und Cosimas Versteck erzitterte.

»Es handelt sich nicht bloß um ein ›hübsches kleines Ding‹«, zischte Fitzroy. »Diese Spange gehörte meiner Schwester. Es war ihr wertvollster Besitz, und ich habe ihn seit ihrem Todestag treu verwahrt. Sind Sie sicher, dass die Spange nicht von dieser Wichtigtuerin gestohlen wurde? Die diese …«, Fitzroy legte eine kurze Pause ein, ehe er den Rest des Satzes hinterherspie, »… armseligen Geschöpfe in die Ausstellung gebracht hat?«

Cosima biss sich erneut auf die Lippe, um Fitzroy nicht wütend anzufahren. Wie konnte er es wagen, so über sie und ihre Freundinnen zu reden!

Haudruff schwieg einen Moment. »Sir, Sie hatten doch gesagt, das D…, äh, die Sternspange is nich viel wert, nur ein Andenken?«

»Es wurde ihr von einem dieser Tunichtgute überreicht, denen sie zu helfen versucht hat. Na und?«, blaffte Fitzroy.

»Na ja, Sir, Diebe stehln normalerweise nix, das nich wertvoll ist. Außerdem konnte ich diese Ingenieurin nich finden. Sieht aus, als hätte sie 'n falschen Namen genutzt. Wissen Sie denn, woher die Kinder kamen?«

»Selbstverständlich. Ich habe diese Einrichtung aus einem bestimmten Grund persönlich ausgesucht. Dieses Frauenzimmer weiß etwas. Wenn sie herumschnüffelt, könnte das mein Projekt ruinieren, bevor es überhaupt richtig angefangen hat. Suchen Sie weiter nach ihr. Wahrscheinlich ist sie irgend so ein neuer Schreiberling.«

»Wird gemacht, Sir.« Haudruff machte kehrt, entriegelte die Tür und schloss sie wieder, ehe er davonmarschierte.

Cosima versuchte die Gänsehaut zu vertreiben, die sich auf ihrem ganzen Körper ausgebreitet hatte. Fitzroy suchte noch immer nach Minas Spange. Und er hatte ausgerechnet Aggie im Verdacht. Aber was Cosima am meisten verwirrte, war die Tatsache, dass er das *Heim für beklagenswerte Mädchen* offenbar ganz gezielt ausgesucht hatte. Vielleicht, weil er von den Machenschaften der Makels erfahren hatte? Nein, da musste ein weit unheilvollerer Grund hinterstecken. Nur kam sie leider nicht darauf, was das sein könnte.

Sobald Haudruffs Schritte verklungen waren, seufzte Lord Fitzroy tief. Der Tisch knarrte und ruckelte leicht. Fitzroy hatte sich dagegen gelehnt. Einen Augenblick lang herrschte Stille, dann hörten sie ein Klicken.

Cosima runzelte die Brauen. Das konnte nicht das Schloss gewesen sein, denn Fitzroys Schuhe waren noch zu sehen, und sie hatten auch keine anderen Schritte gehört.

»Ich bin *so* kurz davor, Mina«, flüsterte Fitzroy. Das Geräusch war also das Klicken der aufschnappenden Taschenuhr gewesen! »*So* kurz davor, anderen Familien all den Schmerz zu ersparen, den wir durchleben mussten. So kurz davor, die Welt für immer von der Geißel der körperlichen Gebrechen zu befreien.«

Im Schatten ihres Verstecks empfand Cosima ganz unerwartet einen Funken Mitleid für Lord Fitzroy. Er schien wirklich zu glauben, dass sein Elixier behinderten Menschen wie seiner Schwester helfen könnte.

Nach einem weiteren Seufzer stieß Fitzroy sich vom Schreibtisch ab, und seine Schritte entfernten sich. Die Bürotür öffnete und schloss sich erneut.

Cosima verfluchte sich innerlich. Sie war so von Fitzroys Worten abgelenkt gewesen, dass sie überhaupt nicht mehr an den Schlüssel gedacht hatte! Sie wandte sich Miles zu, um sich zu entschuldigen, doch auf dessen Gesicht lag ein verschmitztes Lächeln. Er streckte ihr den Wachsabdruck hin: Alle Details waren genau zu erkennen.

»Hab ihn!«

Im schwindenden Nachmittagslicht schlichen sich Cosima und Miles aus der Ausstellung. Die Kälte kroch Cosima bis in die Knochen, hielt dafür aber den Wachsabdruck in Form. Beim Heim angekommen, kletterte Miles die Strickleiter hinauf, nachdem er Cosima ins Teuflisch Tolle Tragetuch geholfen hatte.

Der Schmerz eines anstrengenden Tages voller Heldentaten übermannte Cosima, als ihre Freundinnen ihr aus dem Tuch und zurück in den Rollstuhl halfen. Doch drei Dinge besserten ihre Laune.

In den Tiefen von Diyas Erfindespind lagerte ein Haufen neuer Erfindungen: fünf Stirn-Flackerfunzeln, ein merkwürdiges Greifgerät, fünf neue Langfinger-Lieblinge und ein paar Sachen, die Cosima noch nie gesehen hatte. Auf Pearls Bett thronte eine glitzernde Ansammlung von Juwelen mit einem Diamantdiadem in der Mitte. Und auf dem Boden war eine vollständige Karte der Empire-Ausstellung ausgebreitet. Sie zeigte einen Weg nach drinnen und einen nach draußen.

»Es ist alles fertig!« Cosima war ganz außer Atem, ihr Herz pochte aufgeregt. »Das heißt, wir sind so weit. Morgen Abend kann unser großer Coup stattfinden.«

»Morgen? Aber uns bleiben doch noch zwei Tage, ehe Fitzroy uns holen kommt«, wandte Diya ein. Sie kurbelte die Tafel nach unten und deutete auf die Buchstaben.

Cosima rollte näher und löschte mit dem Ellbogen das Wort *ZWEI* aus. Pearl warf ihr ein Stück Kreide zu, und Cosima verbesserte: *EIN Tag, bis Lord Fitzroy uns holt.*

Die anderen schnappten hörbar nach Luft.

»Erinnert ihr euch an das Streitgespräch der Makels, als ihr mich vorhin nach unten gelassen habt?«

Vier Köpfe nickten.

»Nun ja …« Cosimas Magen zog sich zusammen. »Fitzroy will eine von uns schon früher.«

Ein ängstliches Flackern huschte über die Mienen der anderen.

»Und das ist noch nicht alles.« Cosima schluckte. Auf einmal war ihr Mund ganz trocken. »Ich weiß jetzt, was er mit uns vorhat.« Sie drehte sich zu Pearl, während sie in ihrer Tasche nach dem Stück Papier kramte, das sie in der Fitzroy-Villa gefunden hatte. »Du hattest recht, Pearl, die zerbrochenen Reagenzgläser waren *wirklich* wichtig. Fitzroy arbeitet an einem Elixier, das uns angeblich alle ›heilen‹ soll. Als ob das nötig wäre.« Sie hielt den Zettel mit den Zutaten in die Runde.

Pearl hüpfte von ihrem Bett, und auch Diya kam näher.

»Möglich wäre es sowieso nicht, oder?«, quiekte Mary und bewegte unruhig ihre Finger.

»Natürlich nicht.« Diya funkelte das Papier an. »Es ist absurd zu glauben, ein einziges Elixier könne alle Menschen auf der Welt ›heilen‹, die krank sind oder eine Behinderung haben. Aber viele von diesen sogenannten Allheilmitteln sind giftig – richtig gefährlich – für diejenigen, die sie einnehmen.«

»Wie Arsen«, fügte Pearl hinzu. »Das war früher auch in Farben, um ein leuchtenderes Grün zu erzielen. Aber es hat die Leute krank gemacht, und manche sind sogar davon gestorben. Deshalb mische ich meine Farben immer selbst. Dann weiß ich, dass sie sicher sind.«

Mary nahm einen tiefen beunruhigten Atemzug.

»Pearl hat recht«, fuhr Diya fort. »Hier steht auch noch Diacetylmorphin. Ein anderer Name dafür ist Heroin. Es wird als Schmerzmittel verkauft, aber ich habe in den Zeitungen, die Cos stibitzt hat, ein paar besorgniserregende Artikel darüber gelesen. Es macht süchtig und verursacht eine Reihe gesundheitlicher Probleme. Und dasselbe gilt für Lachryma papaveris oder Opium. Fitzroys Elixier wird uns nichts bringen – im Gegenteil: Es könnte uns sogar töten.«

Cosimas Herz hämmerte wild, als Diya ihre schlimmsten Ängste bestätigte. »Wir müssen unseren Plan so schnell wie möglich in die Tat umsetzen. Bevor die Makels eine von uns an Fitzroy übergeben.«

Zur Abwechslung gab es keine Gegenargumente. Stattdessen ergriff Diya Cosimas Hand und drückte sie fest. Auch die anderen nahmen sich an den Händen. Selbst Pearl berührte den leicht rot angelaufenen Miles immerhin mit einem Finger.

Sie waren bereit.

KAPITEL SIEBZEHN

Am Morgen nach Cosimas und Miles' Ausflug in die Empire-Ausstellung standen vor dem großen Coup noch lauter letzte Vorbereitungen an. Cosima gähnte im kalten Licht der Wintersonne und sah, dass Miles und Diya schon bei der Arbeit waren: Sie diskutierten lebhaft darüber, wie sich Miles' Zaubertricks am besten mit Diyas Erfindungen kombinieren ließen.

Bevor die Makels kamen, um sie zu holen, notierte Cosima an der Tafel alles, was sie in der Villa der Fitzroys entdeckt hatten, und heftete das Flugblatt über die Gefangenen daran. Ihr Blick blieb an der Tuschezeichnung hängen, die sie im Buch über die Fitzroys in der Bibliothek gefunden hatten. Die Pinselstriche und Farben kamen ihr so bekannt vor. Plötzlich fiel es ihr wie Schuppen von den Augen: Dieselbe Person, die dieses Bild gemalt hatte, hatte auch den Baum in Minas Zimmer gemalt. Wahrscheinlich war es sogar Mina selbst gewesen. Wer hätte auch größeres Interesse an der Familiengeschichte der Fitzroys als die Familie selbst?

Sie dachte über dieses neue Rätsel nach, musste sich aber dringend noch etwas Ruhe gönnen. Pearl sammelte Schnee von der Fensterbank, mit dem Cosima ihre wunden Gelenke kühlen konnte, dann machten sich die Mädchen auf den Weg ins Klassenzimmer, um einen weiteren Arbeitstag lang Taue aufzudröseln, bis ihnen die Finger bluteten. Oben im Schlafsaal war Miles damit beschäftigt, an einem Schlüssel zu feilen, den er sich irgendwo »ausgeborgt« hatte, damit der exakt die gleichen Zähne bekam wie Lord Fitzroys.

Kaum waren sie im Klassenzimmer angekommen, drängten sich Mary, Pearl, Diya und Cosima in einer Ecke zusammen und fingen an zu flüstern.

»... und als ich mir Pearls Zeichnung vom Ausstellungsgelände so angeschaut habe, ist mir endlich eingefallen, wie wir ins Gebäude kommen – über die Lüftungsschächte!« Mary arbeitete kein bisschen langsamer, während sie sprach. »Sie sind inzwischen Standard, selbst wenn die Gebäude nicht auf Dauer ausgelegt sind. Das haben sie 1834 nach dem Feuer eingeführt, bei dem das Parlament niedergebrannt ist.«

Kurz nach dem Aufstehen war Cosima beinahe über einen Stapel sehr langweilig aussehender Bücher über Bauwesen neben Marys Bett gestolpert. Anscheinend hatte ihre Freundin den Großteil des vorherigen Tages damit verbracht, sich Wissen über Lüftungsschächte anzulesen.

Diya runzelte die Stirn, als Cosima das mittlerweile geklebte Foto von Mina und Lord Fitzroy zurück in ihre Schürze schob. »Wer ist noch mal Mina? Und warum ist sie wichtig?«

»Sie ist wichtig, weil sie Fitzroys Schwester war«, antwortete Cosima. »Und ich glaube, sie ist der Grund, warum er uns ›heilen‹ will. Weil er *ihr* nicht helfen konnte.«

Pearls Finger hielten kurz inne. »Das ist wirklich traurig.« Statt an Tauen arbeitete sie an schwarzen Kleidern, mit denen sie alle möglichst unauffällig durch die Empire-Ausstellung schleichen konnten. Falls die Makels hereinkämen, würde sie sie in ihrer Umhängetasche verstecken. Wie immer waren ihre Arme übersät mit Tuschezeichnungen: Heute waren es Wegelagerer, die Kutschen ausraubten, und Einbrecher, die an Fassaden hochkletterten.

Bevor sie ihr Gespräch fortsetzen konnten, wurde die Luke in der Tür forsch geöffnet, und Miss Makels Argusauge spähte hindurch. »Das muss schneller gehen, Mädchen«, blaffte sie.

Cosima und ihre Freundinnen zogen das Tempo an, bis Miss Makel sich auf den Rückweg in ihr Büro machte. Sobald sie verschwunden war, stupste Diya Cosima an. Sie hatte ihr Tauknäuel zur Seite gelegt und brachte ein paar Ausgaben des *Tüftlermagazins* zum Vorschein, die sie in einem Geheimfach am Rollstuhl aufbewahrte.

»Ich habe hier drin nach Symbolen und ihrer Bedeutung gesucht, aber wahrscheinlich ist das viel zu kompliziert.« Frustriert warf sie die Zeitschriften auf den Tisch. »Wofür steht ein Herz?«

»Liebe«, sagte Mary im selben Augenblick, als Pearl murmelte: »Ein Organ, das Blut durch den Körper pumpt.«

»Genau!«, meinte Diya. »Also, Mary. Pearl, du hast natürlich auch recht, aber darauf wollte ich nicht hinaus. Cos, denk doch mal nach – das bestickte Taschentuch ist mehr als eine Schatzkarte, es ist eine Botschaft von deinen Eltern an dich. Und würden sie dir nicht erzählen wollen, wie sie sich getroffen und verliebt haben?«

»Oooh«, entschlüpfte es Cosima. »Ist es wirklich so einfach?«

»Ich wette, das Herz markiert einen Ort, der für ihre gemeinsame Geschichte wichtig ist – vielleicht einen Park? Oder einen Tanzsaal?«

Bilder wirbelten in Cosimas Kopf umher: zwei Menschen, die auf den ersten Blick wussten, dass sie füreinander bestimmt waren, deren Liebe aber unter einem schlechten Stern stand und die sich nur in Parks und Tanzsälen trafen, wo sie inmitten der anderen Leute nicht auffielen, um ihre Beziehung geheim zu halten. Könnte Diya recht haben?

Schweigend beugten die Mädchen sich wieder über die hölzernen Pulte und starrten so angestrengt auf die Taue, dass ihnen die Sicht verschwamm. Gerade als Cosimas Magenknurren so schmerzhaft wurde, dass sie den Tränen nah war, ließen die Makels die Kinder zu einer mickrigen Portion Haferschleim in den Speisesaal marschieren. Gleich danach mussten sie jedoch zurück an die Tische im Klassenzimmer, bis der Himmel sich tintenschwarz färbte. Endlich wurde die Tür aufgestoßen, und die Makel-Geschwister schickten die gähnenden Mädchen hoch in den Schlafsaal.

Cosima humpelte die Treppe hinauf, doch auch wenn ihr die Beine schwer waren und die Knie schmerzten, knirschten sie nicht bei jeder Stufe, und es fühlte sich auch nicht an, als würde jeden Moment die Kniescheibe herausspringen. Sie konnte also beim später geplanten Raubzug ihren Stock benutzen und den Rollstuhl hierlassen. Als Cosima den Kopf aufs Kissen sinken ließ, pikte sie etwas. Sie verzog das Gesicht und holte den Übeltäter unter ihrem dünnen Kissen hervor – die Sternspange. *Minas* Sternspange. Selbst im Dunkel des Schlafsaals schien sie zu glitzern. Tief in Cosima erwachte ein rebellischer Funke zum Leben. Heute Nacht würde sie gemeinsam mit ihren Freundinnen und Miles den größten Coup aller Zeiten durchziehen, und das alles für einen guten Zweck. Wen interessierte, was die Makels oder Fitzroy oder irgendwer sonst dachten? Sie steckte sich die Spange in den Pony. Für Mina hatte die Spange eine ganz besondere Bedeutung gehabt. Cosima hoffte, dass auch sie bald viel Positives damit verbinden würde.

Der Londoner Großstadtdunst verdeckte die Sicht auf die Sterne, als die Gruppe sich mithilfe von Diyas Strickleiter aus dem Schlafsaalfenster stahl. Cosima verbarg Minas Spange unter dem Band der Stirn-Flackerfunzel, die Diya ihr ausgehändigt hatte, und nahm einen tiefen Zug der kalten Londoner Nachtluft. Die nächsten Stunden konnten alles verändern.

In den dunklen Gassen schien hinter jeder Ecke Gefahr zu lauern. Das Glimmen der Gaslaternen verscheuchte weder die unter Decken zusammengekauerten Schlafenden noch die Betrunkenen, die Cosima und den anderen finstere Blicke zuwarfen, während sie an ihnen vorbeihuschten. Auch wenn die ratternden Maschinen der Fabriken stillstanden, wirkte die Stadt hellwach. Cosima hörte derbes Gelächter von Menschen, die aus Schänken strömten, und, was noch beunruhigender war, hin und wieder Geschrei. Miles, Pearl und Mary eilten voran in Richtung Empire-Ausstellung, und Diya hielt sich dicht hinter ihnen. Die Räder ihres Rollstuhls knirschten auf dem festgetretenen Schnee. Über Pearls Schulter hing die Tasche mit den gefälschten Juwelen. Cosima stützte sich schwer auf ihren Stock und bildete die Nachhut. Zum Glück konnten sie sich alle mit den Flackerfunzeln am Kopf im Zwielicht gut zurechtfinden.

Diesmal erreichten sie das Gebäude schneller. Wahrscheinlich weil sie ein Tempo vorgelegt hatten, als wäre Miss Makel ihnen direkt auf den Fersen.

Der nächtliche Nebel verschleierte die Erhabenheit des Schatzpalastes. Trotzdem konnte Cosima von der gegenüberliegenden Straßenseite aus verschwommen eine Gestalt beim Tor von Jaipur ausmachen und eine weitere auf dem Weg durch einen der gläsernen Seitenflügel, was sie anhand einer ruckelnden Lichtquelle erkannte. *Wachen.*

»Gut, dass es so neblig ist«, stellte Diya erstaunlich ruhig fest. Quer über ihrem Schoß lag der Grandiose Greifer. »Außerdem helfen uns Pearls Verkleidungen, mit der Umgebung zu verschmelzen. Da werden wir nicht so leicht entdeckt.«

Mary trat vom Gehweg in den Lichtkreis einer Laterne, murmelte stumm vor sich hin und begutachtete das Gebäude, um die Lage einzuschätzen. »Pearl, der Plan.« Sie streckte die Hand aus.

Pearl warf Mary ihren Papierstapel zu.

»Ein Gutes hat das Leben in der Obhut der Makels: Ich weiß alles über Kontrollrunden.« Mary blätterte durch ihre Unterlagen und behielt gleichzeitig die Wachen im Blick. »Mr. Makel läuft alle zehn Minuten einmal durchs gesamte Heim, während Miss Makel in ihrem Büro sitzen bleibt. Sieht aus, als würden die Wachen das hier so ähnlich machen, schaut!« Sie zeigte auf den Wachmann, der langsam, aber sicher seinen Weg abschritt, und dann auf den anderen, der starr am Eingang stand.

Schwungvoll zog Mary ihren Gebäudeplan hervor und rollte ihn auf. Sie reichte Miles und Pearl die jeweiligen Enden, um sie straff zu ziehen. »Die Lüftungsschächte sind hier, hier und hier.« Sie deutete auf verschiedene Punkte auf jeder Seite des mittleren Gebäudeteils, dort, wo die Metallstreben in den Glaswänden saßen.

Diya nickte und umfasste ihren Schraubenschlüssel wie eine Waffe.

»Am besten nehmen wir den hier«, fuhr Mary atemlos fort. »Das ist von hier aus der nächste, außerdem in der entgegengesetzten Richtung des Wachmanns und nah an der Juwelengalerie. Trotzdem müssen wir schnell sein. Der Wachmann wird in etwa acht Minuten dort vorbeikommen.«

Diya verschluckte sich fast. »Was? Worauf warten wir dann noch?« Sie rumpelte auf die Straße.

»Halte«, zischte Mary. »Die Wache am Tor wird die Vorderseite so scharf beobachten wie Miss Makel die Küche. Wir brauchen ein Ablenkungsmanöver.«

»Und hier komme ich ins Spiel.« Miles ließ das eine Ende des Plans los, der sich sofort wieder aufrollte. »Ablenkungsmanöver sind nämlich meine Spezialität.« Er legte die Hände an den Mund und ließ ein Stück weiter irgendwie ein lautes Kreischen ertönen, das klang, als wäre ein exotischer Vogel aus dem Londoner Zoo entflohen. Selbst auf die Entfernung konnte Cosima erkennen, wie der Wachmann den Kopf herumriss und den Lichtkegel seiner Lampe von ihnen wegrichtete.

»Los«, flüsterte Cosima. Miles, Pearl und Mary flitzten über die Straße, dicht gefolgt von Diya. Cosima verzog das Gesicht und setzte so schnell wie möglich einen Fuß vor den anderen.

Als sie an der Gebäudeecke in Sicherheit waren, raste Cosimas Herz, und auf ihrer Stirn bildeten sich Schweißperlen. Sie spähte um einen der Metallträger. Dem Wachmann am Tor schien nichts aufgefallen zu sein. Cosima seufzte erleichtert und wandte sich an Miles: »Was war das eben? Das war unglaublich!«

Selbst in der Dunkelheit bemerkte sie Miles' Verlegenheit. »Das ist eine Form des Bauchredens. Eine ganz alte Kunst. Gut, um das Publikum zu beeindrucken.«

Der Lüftungsschacht dagegen war alles andere als beeindruckend. Er wirkte eher wie ein Schandfleck an dem sonst wunderschönen Glasgebäude. Ein schmiedeeisernes Gitter verdeckte den Eingang zu einem dunklen Gang, der vielleicht halb so hoch und dreimal so breit war wie Cosima – gerade groß genug, damit ein Kind hindurchpasste. Das Gitter wurde an allen vier Ecken von riesigen Schrauben gesichert. Diya verzog vor Anstrengung das Gesicht, als sie mit einem ihrer Schraubenschlüssel die Mutter der ersten löste. Während sie arbeitete, blickten die anderen sich nervös um und erwarteten beinahe das Dröhnen sich nähernder Schritte. Als mit einem leisen Scheppern auch die letzte Schraube zu Boden fiel, hob Miles die Abdeckung ab. Muffige Luft waberte ihnen entgegen.

»Beeilt euch«, flüsterte Mary mit großen Augen. »Der Wachmann ist gleich hier.«

Sie dimmten ihre Stirnlampen. Als Erste kroch Pearl in den Schacht, gefolgt von Mary. Diya glitt aus ihrem Rollstuhl, den Grandiosen Greifer fest im Arm. Vorsichtig ging auch Cosima vor der Öffnung auf die Knie und krabbelte hinein.

Zu guter Letzt klappte Miles Diyas Rollstuhl zusammen und schob ihn in den Gang, bevor er ebenfalls hineinkletterte und das Gitter wieder vor den Eingang zog. Hoffentlich würde dem Wachmann bei seiner Runde nichts Ungewöhnliches auffallen.

Innen im Schacht hatte Cosima das Gefühl, die Wände würden sich auf sie zubewegen. Der Platz reichte kaum, um vorwärtszukrabbeln, und sie prallte ständig gegen Diya. Sie hörte Marys Atem, der laut und stoßweise ging, und das Zittern der vordersten Lampe sagte ihr, dass auch Pearl es nicht gerade genoss, hier im Lüftungsschacht zu stecken.

Die Zeit verging unheimlich langsam – selbst für Cosima, die wegen ihrer Gelenke daran gewöhnt war, immer wieder Pausen einzulegen. Jede Bewegung tat ihr in den Knochen weh, und immer wenn Miles mit dem Rollstuhl gegen die Wände stieß und ein Klong ertönte, zuckte sie zusammen.

»Wir sind durch!« Pearls Flüstern drang wie eine sanfte Brise durch den Schacht.

Diya reichte ihren Schraubenschlüssel nach vorne, und mit vereinten Kräften schraubten Pearl und Mary das Gitter an diesem Ende ab und drückten es auf. Laut scheppernd fiel es zu Boden, und Cosima hielt den Atem an – aber keine eiligen Schritte waren zu hören. Sie atmete erleichtert auf.

Einen Moment zu früh.

Das bedrohliche Knurren eines Hundes ließ Cosima erzittern. Es schien überall in diesem gewächshausähnlichen Gebäude widerzuhallen. Die Mädchen handelten sofort: Alle schalteten ihre Flackerfunzeln aus, Mary beugte sich aus dem Schacht und zog das Gitter zurück. Diya, Cosima und Miles hechteten nach vorn und griffen durch die Löcher des Gitters, um Mary zu helfen, es an Ort und Stelle zu halten. Dann erstarrten sie alle, und Cosima musste an die Würstchen denken, die die Makels oft zu Mittag aßen: Fleisch, das in eine viel zu enge Pelle gepresst war. So fühlte sie sich, während sie eingezwängt zwischen Miles und ihren Freundinnen verzweifelt ihr Versteck beschützte.

Schritte folgten dem Knurren. Langsame, bewusste Schleichschritte. Cosima lief ein Schauer über den Rücken. Der Lichtstrahl einer Lampe glitt über die Wände, sodass die zusammengepferchte Bande immer wieder geblendet wurde. Im Widerschein erkannte Cosima ein bekanntes Gesicht: Mr. Haudruff.

Er kam näher, widmete seine Aufmerksamkeit aber eher den Ständen und Artefakten als dem unauffälligen Lüftungsgitter. Doch sein unheimlicher Schatten streckte sich in ihre Richtung wie ein Monster auf der Jagd. Mit einem Mal bewegte Miles sich und rempelte die anderen im Dunkeln an. Zu Cosimas Entsetzen ließ er seine Flackerfunzel aufleuchten und tauchte sie in einen hellen Schimmer. Cosima biss die Zähne zusammen, um nicht vor lauter Ärger aufzuheulen. Haudruff würde das eigenartige unstete Licht sicher bemerken. Sie waren nur Sekunden davon entfernt, entdeckt zu werden.

Miles ließ das Gitter los und hielt die Hände seltsam gekrümmt vor den Lichtstrahl. Cosima runzelte die Stirn. Doch dann sah sie die Schattenkatze, die er dadurch auf den Boden der Ausstellung malte.

Mit einem aufgeregten Jaulen stürzte sich der Hund auf die Schattenkatze, und Haudruff entglitt die Leine. Jetzt war der Hund frei, jagte los und wurde von der Dunkelheit verschluckt. Haudruff brummte ein paar saftige Flüche und nahm die Verfolgung auf. Sein Licht verschwand mit ihm.

Vorsichtig ließen Mary und Pearl das Gitter zu Boden und krabbelten aus dem Lüftungsschacht. Sie klappten Diyas Rollstuhl auf, damit sie sich direkt hineinsetzen konnte.

»Wie hast du das gemacht?«, wollte Mary wissen, schaltete ihre Stirn-Flackerfunzel an und zeigte auf den Fleck, wo Minuten zuvor die Katze zu sehen gewesen war.

»Schattenmagie«, murmelte Miles, während er Cosima aus dem Schacht half und sich nach allen Seiten umblickte. »Ich hatte so eine Ahnung, dass ich Haudruff und den Hund damit weglocken kann.«

»Genial«, flüsterte Diya, und Cosima und Mary umarmten Miles.

Pearl jedoch hörte nicht zu. Stattdessen starrte sie ihre bis zum Bersten gefüllte Umhängetasche an, aus der ein Stück Seil herauslugte.

»Das ist es!«, entfuhr es ihr plötzlich, etwas zu laut für Cosimas Geschmack.

Pearl zuckte selbst zusammen und senkte die Stimme. »Mary, was meintest du noch mal, was dein Großpapa im Arbeitshaus machen muss?«

Über Marys Gesicht huschte ein Schatten. »Er dröselt alte Taue auf, genau wie wir.«

»Und Diya, du meintest, das sei in fast allen Londoner Arbeitshäusern üblich, oder?«

Diya nickte.

Pearl lächelte im Schein der Flackerfunzel. »Dann weiß ich, wofür das Seilsymbol auf dem Taschentuch steht.«

Cosima dachte kurz nach, und schnell hatte auch sie die Lösung. »Das Arbeitshaus!« Sie knotete ihr Halstuch auf.

Die fünf steckten die Köpfe zusammen und musterten im Schein ihrer Flackerfunzeln das Taschentuch. Sie hatten sich ja bereits zusammengereimt, dass die Gitterstäbe für das Wormwood-Scrubs-Gefängnis standen und das Buch für die Bibliothek. Jetzt hatte Pearl ein weiteres Puzzleteil hinzugefügt.

Mary schnalzte leise mit der Zunge und notierte sich etwas auf einem Zettel an ihrem Klemmbrett. »Ich kann nichts versprechen,

Cos, und über die Einzelheiten kann ich mir auch erst Gedanken machen, wenn wir hier raus sind, aber ich glaube, damit kann ich herausfinden, wofür das X steht. Sobald wir nachher in Sicherheit sind, setze ich mich dran.«

In Cosimas Bauch breitete sich ein hoffnungsvolles Flattern aus. Sie war ganz nah dran, ihre Familie zu finden – vor Freude hätte sie am liebsten laut gejubelt. Stattdessen knotete sie sich das Tuch wieder um den Hals und hatte sich gerade ein paar Schritte vorangewagt, als eine barsche Stimme durch die Dunkelheit schnitt: »Hast du das gehört, mein Junge?«

Vor Schreck zuckte Pearl so stark zusammen, dass ihr die Flackerfunzel vom Kopf rutschte und auf dem Boden zerschellte. Als sie sich bückte, um die Flamme auszulöschen, fiel ihr das Seildiadem aus der Tasche, mitten ins Malheur, und fing Feuer.

Pearl quietschte entsetzt und erstickte die Flammen.

Inzwischen bellte der Hund ohrenbetäubend laut.

»Wir sind erledigt«, stellte Mary fest.

Cosima hörte näher kommende Schritte. Ein warnendes Prickeln lief ihr über den Rücken, aber dann traf eine Idee sie so plötzlich wie eine von Miss Makels Ohrfeigen. »Nein, sind wir nicht. Fasst euch an den Händen, mir nach.« Sie nahm Marys Hand und tastete blind nach der nächsten Glaswand. Sobald sie mit den Fingern kühles Metall streifte und das leise Surren von Maschinen hörte, wusste sie, dass sie in der Nähe der Galerie der Erfindungen waren. Sie folgte dem Metall und führte die Truppe an, bis sich eine Lücke in der Wand auftat, in die sie hineinschlüpften. Cosima tastete sich um eine hoch aufragende Maschine herum und wartete, bis alle dahinter einigermaßen in Deckung waren.

»Mary, schalt deine Flackerfunzel ein.«

Mit zitternden Fingern kam Mary der Aufforderung nach. Nun konnte Cosima sich ein Bild vom Ausmaß der Katastrophe machen. Diyas Grandioser Greifer hatte einen eigenartigen Knick – offenbar hatte er auf dem Weg durch den Lüftungsschacht ein wenig gelitten. Diya zog die Brauen zusammen, legte sich das Gerät quer über den Schoß und holte etwas Werkzeug aus ihrem Gürtel. Pearl betrachtete voller Sorge das schwarz verkokelte Ende des Diadems.

Fieberhaft überlegte Cosima, wie sie ihren fabelhaft verpatzten Plan noch retten konnte, als Mary am ganzen Leib zu zittern begann. »Cos«, quiekte sie und drehte den Gebäudeplan in den Händen hin und her, »ich werde nicht schlau daraus, ich glaube, wir haben uns verirrt.«

Cosima versuchte ihre eigene Panik hinunterzuschlucken, während Haudruff und sein geifernder Hund ihnen weiter dicht auf den Fersen waren. Bald würde Haudruff die Scherben der kaputten Stirnfunzel finden und wissen, dass wirklich jemand im Gebäude war. Cosima stand wie angewurzelt da, ihr wollte einfach nichts einfallen.

Da stupste Miles sie in die Seite und deutete mit dem Kopf in Richtung der Ausstellungsstücke. Noch weitere riesige Apparaturen waren im Raum verteilt. Miles zeigte auf eine besonders große Maschine. »Wenn wir es schaffen, uns hinter diese Röhren zu quetschen, können wir da ausharren, bis Haudruff mit seiner Runde fertig ist.«

So schnell wie möglich steuerten sie darauf zu. Cosimas Herz hämmerte. Alle zwängten sich hinter die Röhren, dann schaltete Mary ihre Flackerfunzel aus und tauchte sie alle erneut in Dunkelheit.

KAPITEL ACHTZEHN

Nur war die Dunkelheit nicht vollständig.

Auch wenn die Galerie der Erfindungen in Schatten getaucht war, konnte Cosima von ihrem Versteck aus auf der anderen Seite der Ausstellung – hinter den Bäumen und der Britannia-Statue – stecknadelkopfgroße Lichtpunkte erkennen, die beständig ins Zentrum der gegenüberliegenden Spirale vordrangen. Ab und an waberte leises Gemurmel durch den Schatzpalast. Die letzte Portion von Miss Makels klumpigem Haferschleim rumorte ihr im Magen.

Als der Strahl von Mr. Haudruffs Lampe die Winkel des Ausstellungsgeländes abtastete, duckte Cosima sich tiefer hinter die Maschine und lugte ganz vorsichtig zwischen den Ritzen hindurch.

Zu Füßen seines Herrchens winselte und schnüffelte der Hund, während Mr. Haudruff vor dem Lüftungsgitter innehielt und die Splitter von Pearls Flackerfunzel unter seinen Sohlen knirschten. Cosima schlug das Herz bis zum Hals. Das war's. Nun würde Haudruff wirklich in die Galerie der Erfindungen kommen und sie aufspüren. Aber stattdessen schnalzte Haudruff nur mit der Zunge, schob mit der Stiefelspitze die Scherben aus dem Weg und setzte seine Runde fort, als wäre das zerbrochene Glas bloß eine unbedeutende Unannehmlichkeit.

Puh. Cosima versuchte ihre Panik in den Griff zu kriegen – doch sie waren noch nicht mal bis zur Juwelengalerie gekommen, und schon war beinahe alles schiefgegangen, was nur hätte schiefgehen können. Diya schaltete ihre Flackerfunzel ein.

»Kannst du den Greifer reparieren?«, flüsterte Cosima ihr zu.

Diya antwortete nicht, sie werkelte bereits.

Cosima wandte sich an Pearl. »Was ist mit dem Diadem?«

»Bin dran.« Pearl hatte schon den Pinsel hinter ihrem Ohr hervorgeholt.

Die beiden arbeiteten schweigend. Obwohl sie nur ein paar Minuten brauchten, hätte Cosima schwören können, dass die Zeit langsamer verging als sonst. Trotz schmerzender Gelenke wanderte sie vor lauter Nervosität auf und ab. Schließlich verpasste Diya ihrem Grandiosen Greifer den letzten Schliff und testete den Hebel. Er funktionierte einwandfrei.

Knapp nickte Diya Cosima zu. »Fertig.«

»Ich auch.« Pearl hatte das angesengte Ende des Diadems golden übermalt, und selbst wenn es für ihre Verhältnisse nicht ganz perfekt war, würde mit Sicherheit niemand den Unterschied bemerken.

Sie schlichen weiter voran, vorbei am gleißenden Leuchten des Lichtstadions und der schattigen Stille der Kunstausstellung, immer weiter auf das durch Vorhänge abgetrennte Zelt zu, das die Juwelen beherbergte. Dabei fielen ihr sowohl an den Glühbirnen als auch an den Glaskästen mit den Kunstschätzen aus aller Welt einige kleine Flecken auf. Zuerst dachte sie, das sei lediglich das Ergebnis des ganzen Hin- und Herbewegens der Objekte, weil alles so schnell gehen musste. Aber als es immer mehr wurden, bemerkte sie, dass es … Abdrücke von tintenverschmierten Fingern sein mussten.

Cosima beäugte die nächsten verdächtigen Abdrücke genauer – fünf Stück auf einer Vitrine. Ihr wurde flau im Magen. Das machte die Angelegenheit komplizierter.

»Cos«, wisperte Diya mit alarmiertem Gesichtsausdruck. »Was tust du da? Wir müssen uns beeilen!«

Cosima drehte sich um und versuchte die tausend Gedanken in ihrem Hirn zu entwirren. »Aggie ist hier«, stieß sie hervor und starrte in die Dunkelheit, als könnte die Ingenieurin jeden Moment aus den Schatten hervorspringen. »Da sind überall Spuren von Tintenfingern. Und die einzige Person, die ich kenne, die wirklich *immer* Tinte an den Fingern hat, ist Aggie.«

Mary und Pearl kamen näher, nur Miles lief weiter auf die Juwelen zu. Diya seufzte ungläubig. »Cos, du hast bisher erst eine Handvoll Leute außerhalb des Heims kennengelernt. Ich wette, eine Menge Menschen haben tintenverschmierte Finger – Schriftsteller oder Drucker zum Beispiel. Und selbst *wenn* das Aggies Fingerabdrücke sind, könnten sie doch von einem ihrer Besuche hier stammen. Immerhin ist sie Ausstellerin. Das muss doch nicht heißen, dass sie jetzt, in diesem Moment, hier ist.«

»Stimmt«, stotterte Cosima, »a-aber nach allem, was wir wissen, stellt Aggie Nachforschungen über Fitzroy an und schleicht gerne irgendwo herum.«

»Cos, wir müssen uns auf unseren Plan konzentrieren.«

Wie gewöhnlich zerstreuten Diyas vernünftige Einwände Cosimas wilde Theorien. Diya gab ihr einen sanften Stupser. »Na los.« Gemeinsam schlüpften sie zwischen den Vorhängen der Juwelengalerie hindurch.

Die Galerie schien zu vibrieren, aber womöglich waren das auch nur Cosimas angespannte Nerven. Vor sich sah sie massive Gitterstäbe. In dem Glaskasten dahinter lagen all die Juwelen, die aus fremden Ländern geraubt worden waren, und das goldene Diadem, das Fitzroy extra für den riesigen Diamanten darin hatte anfertigen lassen. Cosima schob die Gedanken an die seltsamen Lichtpunkte und die Fingerabdrücke, die *vielleicht* von Aggie stammten, beiseite.

Miles kniete sich vor das Schlüsselloch des eisernen Käfigs, und Cosima überlief ein Prickeln. Sie taten das hier wahrhaftig. Miles steckte den nachgemachten Schlüssel ins Schloss und drehte ihn herum. Mit einem Klicken öffnete sich der Käfig, und jetzt trennte sie nur noch ein weiteres gläsernes Hindernis von den Juwelen. Fast vergaß Cosima zu atmen.

Diya rollte ein ganzes Stück rückwärts, und auch Pearl trat einen großen Schritt zurück, um nicht aus Versehen das Glas zu beschädigen und den Alarm auszulösen. Cosima wollte das Gleiche tun, geriet aber ins Straucheln und kam dabei der Vitrine gefährlich nah. Sie fluchte leise, fing sich aber rechtzeitig wieder.

»Puh«, flüsterte Mary.

»Das war knapp«, meinte Diya. »Geht's dir gut?«

Cosima zuckte unverbindlich mit den Schultern. Sie wollte ihre Freundinnen nicht noch mehr beunruhigen und setzte eine fröhliche Miene auf. »Diya, dein Einsatz.«

Diya steckte die Zungenspitze zwischen die Zähne, fixierte den Glaskasten und hob den Greifer wie ein Schwert. Sie korrigierte die Position ihres Rollstuhls, damit sie die Beute genau im Visier hatte, und stellte die Bremse fest. Cosima bemühte sich, gleichmäßig zu atmen, während Pearl ihre Seil-Juwelen auspackte und letzte Feinheiten ausbügelte.

Diya war unglaublich konzentriert, und ihre Hände zitterten kein bisschen, als sie den Greifer mittig über der Vitrine schweben ließ. Ganz behutsam senkte sie ihn ab und bekam mit einer fließenden Bewegung beide Seiten des Glaskastens zu fassen. Vorsichtig zog sie ihn mit der Kralle empor, ohne dass das Glas Schaden nahm.

Cosima hielt den Atem an und zählte die Sekunden. Zum Glück blieben die Edelsteine an ihrem Platz und fielen nicht in den darunterliegenden Tresor.

»Jetzt«, presste Diya zwischen zusammengebissenen Zähnen hervor, während sie den Glaskasten in der Schwebe hielt.

Pearl stürzte vor, sammelte die Juwelen von ihren Samtkissen und gab sie an Cosima weiter, ehe sie die Kopien exakt auf die gleiche Art platzierte. Sanft strich Cosima über jeden einzelnen Edelstein und steckte ihn dann vorsichtig in die abgewetzte Umhängetasche.

Zum Schluss reichte Pearl ihr das goldene Diadem, in dessen Mitte der Sterndiamant prangte. Er glitzerte und funkelte im Licht von Cosimas Flackerfunzel und spiegelte ihr Gesicht wie in einem Kaleidoskop tausendfach wider. Sturmwolkenblaue Augen, zerzauste Wuschelhaare, entschlossene Miene – all das tauchte in den einzelnen Facetten des Diamanten auf. Er war wunderschön. Bei seinem Anblick rückten der Raub und das Fitzroy-Problem in den

Hintergrund. So langsam verstand Cosima, warum Menschen um Diamanten kämpften und sich damit schmückten.

Cosima riss den Blick vom Sterndiamanten los und richtete ihn stattdessen nach oben zur Glasdecke des Schatzpalastes. Der Londoner Großstadtdunst verzog sich und gab den Blick auf echte Sterne am klaren Nachthimmel frei. Die Welt hatte so viel mehr zu bieten als das *Heim für beklagenswerte Mädchen* – und all das wollte sie sehen.

Während die anderen damit beschäftigt waren, den Glaskasten vorsichtig wieder hinabzusenken und sämtliche Spuren zu beseitigen, verstaute Cosima das Diadem sorgfältig in der Tasche, und ihre Gedanken schweiften ab.

Sie hatte ihren Namen schon immer gemocht: Erstens weil Miss Makel ihn so exotisch fand und deshalb nicht ausstehen konnte, und zweitens weil er das Einzige war, das allein ihr gehörte. Und nachdem Aggie ihr erklärte hatte, dass »Cosima« vom Wort »Kosmos« abstammte und unter anderem »Universum« bedeutete, hatte sie den Nachthimmel besonders liebgewonnen.

Sie dachte wieder an das Taschentuch und das Sternsymbol, das sie bisher nicht entschlüsselt hatten. Ehe sie sichs versah, hatte sie das Tuch abgenommen und auseinandergefaltet. Zum gefühlt millionsten Mal in dieser Woche musterte sie es ganz genau.

Das Sternsymbol war nur ein paar Straßen von dem Buchsymbol entfernt, was Mary als Bibliothek erkannt hatte. Wenn das wirklich die Kensingtoner Bibliothek war, musste der Stern irgendeine Stelle ganz dicht beim Heim markieren.

»Cos?«

Cosima hörte Diyas Stimme kaum.

»Komm schon, wir müssen los.«

»Das bin ich!«, platzte es lauter aus Cosima heraus, als es sich für einen mitternächtlichen Raub geziemte. »Der Stern – das bin ich.«

»Wie bitte?«, fragte Pearl.

Aber Cosima konnte die Augen nicht vom Taschentuch losreißen. »Mein Name kommt von dem Wort ›Kosmos‹, und Sterne sind ein wesentlicher Bestandteil des Kosmos. Der Stern markiert das *Heim für beklagenswerte Mädchen*!«

Kinnladen klappten herunter und Hände legten sich ihr auf die Schultern. Cosima stand wie angewurzelt da. Das Taschentuch war wirklich für sie gedacht. Sie war ihren Eltern so wichtig gewesen, dass sie ihr einen Weg zeigen wollten, sie eines Tages zu finden. Und sie hatten auch gewusst, wo sie aufwachsen würde: im *Heim für beklagenswerte Mädchen*.

Mary zupfte Cosima am Ärmel. »Das ist eine unglaubliche Entdeckung, Cos, aber wir müssen dringend hier raus.«

Cosima half Pearl, die jetzt recht schwere Tasche umzuhängen, und beinahe ebenso schnell, wie Miles und die Mädchen zur Juwelengalerie geeilt waren, huschten sie nun wieder hinaus. Vorbei an den Kunstschätzen und leuchtenden Lichtern schlichen sie in Richtung Eingangshalle und sicherer Straße.

KAPITEL NEUNZEHN

Nur noch ein paar Schritte trennten Cosima und die anderen von der Freiheit. Doch Cosimas Freude darüber, dass sie endlich wusste, was das letzte Symbol bedeutete, erlosch, als sie die Haupthalle betraten. Stattdessen wurde das Ziehen in ihrem Magen immer stärker. Sie ließ sich hinter die anderen zurückfallen. Ihr Herz pochte wie wild, als wollte es sagen, dass sie hier *ra-raus, ra-raus, ra-raus* musste.

»Beeil dich«, drängte Diya.

Doch Cosima konnte nicht – oder wollte nicht.

In Gedanken war sie so auf das konzentriert, was sie gleich tun würde, dass sie beinahe über die erstarrte Pearl stolperte.

»Da kommt jemand«, flüsterte sie.

»Schnell«, zischte Mary und deutete auf die Tür zum Personalbereich. »Da können wir uns verstecken.«

Sie stürmten durch die Halle – Miles knackte in Sekundenschnelle das Schloss –, huschten durch die Tür und zogen sie hinter sich zu. Gerade noch rechtzeitig, denn da kam auch schon Mr. Haudruff aus dem Flügel mit den Empire-Pavillons.

Cosima öffnete die Tür wieder einen Spaltbreit und beobachtete, wie er am Tor von Jaipur eine Gruppe Männer mit Zylindern begrüßte.

»Cos«, fauchte Diya. »Was tust du da? Mach die Tür zu, sonst entdecken die uns noch.«

Cosima nahm all ihren Mut zusammen. Das war ihre Chance – ihre einzige Chance –, Fitzroy ein für alle Mal das Handwerk zu legen.

»Tut mir leid«, flüsterte sie. »Aber ich *muss* entdeckt werden.«

Entsetzt blinzelten ihre Freunde.

»Was?«, kam es von Diya.

»Ich muss mich erwischen lassen. Dann testet Fitzroy das Elixier an mir, und wir können beweisen, dass er ein Pfuscher ist.«

Mary stiegen Tränen in die Augen. »Cos, das kannst du nicht machen. Das darfst du nicht.« Sie zog ihr Klemmbrett aus der Tasche. »Das gehört nicht zum Plan.«

Das schlechte Gewissen lastete Cosima schwer auf der Brust, als sie Mary widersprach: »Es gehört zu *meinem* Plan. Schon die ganze Zeit.«

Sie konnte das Gefühl des Verrats in den Gesichtern ihrer Freunde sehen.

Miles kam auf sie zu und packte sie am Handgelenk. »Cos, damit könntest du alles zerstören. Du könntest sterben!«

Cosima riss sich los. »Versteht ihr es denn nicht? Fitzroys Juwelen zu klauen reicht nicht. Wir müssen ihn aufhalten. Sonst tut er das irgendwann einer anderen Gruppe behinderter Kinder an. Er wird nicht aufhören – niemals.«

Eine Millisekunde lang glaubte Cosima, ihre Freunde würden sie verstehen. Da waren gerunzelte Stirnen und zusammengezogene Augenbrauen. Pearl stieß sogar ein vielversprechendes »Hmm« aus. Die Anspannung, die zwischen ihnen herrschte, schien sich ein winziges bisschen zu lösen. Hoffnung keimte in Cosima auf.

Doch ein »Tss« von Diya ließ diesen Keim vertrocknen. »Es ist echt immer das Gleiche mit dir.« Ihre enttäuschten Worte trafen Cosima wie Miss Makels steife Lederriemen, auch wenn sie wusste, dass Diya recht hatte. »Wir vertrauen dir, aber du verheimlichst uns Sachen. Es ist gemein, uns alle so in Gefahr zu bringen.«

»Die einzige Möglichkeit, Fitzroy und das Institut zu zerschlagen, ist, sie auf frischer Tat zu ertappen«, beharrte Cosima. »Wenn eine von euch die Polizei holt, können wir …«

»Die Polizei?«, rief Miles. »Wir haben hier eine Tasche voller gestohlener Juwelen!«

»Bitte«, flehte Cosima. »Nur einen Polizisten, der die Vorführung aufhält.«

»Das ist doch lächerlich.« Diya sah Cosima wütend an.

Pearl schwieg, aber die Enttäuschung in ihren Augen machte es Cosima unmöglich, sie länger anzusehen.

Bevor sie noch etwas anderes sagen konnte, um ihre Freunde zu überzeugen, zeigte Mary mit zitterndem Finger durch den Türspalt zum Tor von Jaipur. Da standen, in eine hitzige Diskussion vertieft, die Makels. Cosima schnappte nach Luft.

Sie hatten sich in ihre schicksten Kleider geschmissen. Miss Makel hatte sich eine mottenzerfressene Pelzstola um die Schultern gelegt und sich einen beerenroten Schmollmund gemalt. Sie trug ein schillerndes schwarzes Kleid und einen albernen Hut und schwankte auf viel zu hohen Absätzen. Ihr Bruder hatte seinen besten Anzug an, unterschiedliche Flicken bedeckten die abgetragensten Stellen. Mr. Haudruff stand mit seinem Hund unbeholfen neben den streitenden Geschwistern und behielt pflichtbewusst den Eingang im Auge. Cosimas Magen schlug einen Salto. Wenigstens hatten die Makels nicht auch noch eins der Mädchen im Schlepptau. Mit zornigem Blick und fuchtelndem Finger wich Mr. Makel durch das Tor von Jaipur vor seiner Schwester zurück.

Für Cosima hieß es: jetzt oder nie! Sie drehte sich zu den anderen um und wollte etwas sagen – irgendwas –, was es besser machen würde. Doch ihr kam nichts über die Lippen. Also zog sie einfach die Tür auf, ließ ihre Freunde stehen und lief in die Haupthalle. Wenn Miss Makel sich jetzt umdrehte, würde sie sie auf der Stelle entdecken. Sie wäre natürlich fuchsteufelswild, dass Cosima nicht im Heim im Bett lag, doch es gab keine andere Möglichkeit. Cosima würde das perfekte Versuchskaninchen abgeben.

Und dann, so schnell, wie Miss Makel ein Glas Gin herunterschütten konnte, wurde Cosima nach hinten gerissen. Eine Hand legte sich ihr über den Mund, und die Tür fiel vor ihrer Nase wieder zu.

»Keinen Mucks«, flüsterte jemand.

Cosima wandte sich um und blickte in Aggies bebrilltes entschlossenes Gesicht. Die Ingenieurin war ganz in Schwarz gekleidet, und ihr Lederbeutel platzte aus allen Nähten.

»Warum hast du mich aufgehalten?« Tränen verschleierten Cosima die Sicht, während sie sich aus Aggies Griff befreite. »Und was machst du überhaupt hier?«

Sie drehte sich zu ihren Freunden, die sich immer noch ängstlich im Flur herumdrückten. Etwas weiter hinten stand Fitzroys Bürotür sperrangelweit offen. Aggie musste heraus- und an den anderen vorbeigestürmt sein, um Cosima aufzuhalten.

Pearl trat vor, jetzt statt der Angst mit Wut im Gesicht. Und diese Wut richtete sich zu Cosimas Überraschung gegen Aggie.

»Wir wissen, dass du keine echte Ingenieurin bist«, wisperte sie. »Und Agatha Ohnnam ist nicht dein echter Name. Es ist ein Tseuno-dim.«

»Ein Pseudonym«, verbesserte Aggie sie und zog eine Braue hoch, wie Diya es sonst immer tat. »Wie habt ihr das herausgefunden?«

»Das war ziemlich einfach«, murmelte Mary und verschränkte die Arme vor der Brust. »Wir haben gehört, wie der Bibliothekar deine anderen Namen aufgezählt hat: A. Nonym und Mrs. Ignotum.«

»Ihr wart in der Bibliothek?« Aggie riss die Augen auf. »Wie seid ihr aus dem Heim gekommen, ohne euch erwischen zu lassen?«

»Tja, ich erfinde Sachen, die uns das Leben erleichtern«, erklärte Diya. »Cos, Miles und Mary sind mit der Strickleiter aus dem Fenster geklettert. Und die anderen haben die Makels abgelenkt.«

Aggie entfuhr ein leises »Ha«, doch anders als bei den Makels klang ihr Lachen nicht barsch oder gemein, sondern beeindruckt. »Wisst ihr, sehr viele Leute in ganz London versuchen schon lange, meine wahre Identität aufzudecken, aber ihr seid die Einzigen, denen das gelungen ist.«

Verwirrt schaute Cosima zu ihren Freunden, die genauso verblüfft dreinsahen. »In ganz London?« Was entging ihr hier?

Aggie nickte. »Keine Dame, die etwas auf sich hält, würde jemals für ihren Lebensunterhalt arbeiten. Man erwartet von Frauen, dass sie reich heiraten und viele Kinder bekommen. Aber mir war schon als kleines Mädchen auf dieser Welt nichts wichtiger als Geschichten.«

Eine verschwommene Erinnerung stieg in Cosima auf. »In der Bibliothek hat der Bibliothekar erwähnt, dass du als Lady Nonym an der gesundheitsschädigenden Wirkung von Pestiziden interessiert warst. Und als Mrs. Ignotum wolltest du rausfinden, wie Arbeiterinnen in Streichholzfabriken behandelt werden …«

Aggie hielt einen Finger hoch, damit sie leise waren, und drückte vorsichtig die Tür auf. Als sie sicher war, dass Mr. Haudruff immer noch keinen Schimmer von ihrer Anwesenheit hatte, zog sie eine Zeitung aus dem Beutel, faltete sie auseinander und gab sie Cosima. Die anderen umringten sie und steckten die Köpfe zusammen, um besser sehen zu können. Es war dieselbe Ausgabe, die Cosima vor ein paar Tagen von Miss Makel stibitzt hatte. An einem Artikel auf der Titelseite blieb sie hängen:

MISS INKOGNITA SCHLÄGT WIEDER ZU – LÜGEN EINES FABRIKDIREKTORS AUFGEDECKT

Londons tapferstes und geheimnisvollstes Reporterfräulein hat wieder einmal bewiesen, dass sich mit genug Zielstrebigkeit und Tatendrang alles erreichen lässt. In einem wagemutigen Unterfangen hat die junge Miss Inkognita das schäbige Tun der Streichholzfabrikanten aufgedeckt und bessere Arbeitsbedingungen und höhere Löhne für Frauen und Kinder erkämpft. Die ganze Geschichte lesen Sie nur hier, nächste Woche im Anzeiger.

»›Inkognita‹ ist auch ein Deckname, ihr wisst schon, so was wie ›anonym‹«, erklärte Aggie kleinlaut. »Mein echter Name ist viel zu eingängig. Agatha de la Dulce. Da wüssten doch alle sofort, dass ich das bin.«

Jetzt machte es klick. »Du bist Reporterin!«

Mary schnappte nach Luft. Pearl und Miles wechselten einen überraschten Blick. Diya schnaubte, als hätte sie es schon die ganze Zeit gewusst.

Langsam ergab alles Sinn. Bei ihrem Ausflug zur Empire-Ausstellung hatte Aggie erwähnt, dass Lord Fitzroy die Presse bis zur großen Eröffnung ausgeschlossen hatte. Sie hatten sie beim Schnüffeln in Miss Makels Büro erwischt, und in der Bibliothek hatte sie Nachforschungen zum Institut angestellt. Alles, weil sie versuchte, Informationen über Lord Fitzroy zu ergattern.

»Verdeckte Ermittlungen sind mein Spezialgebiet«, meinte Aggie. »Ich habe öffentlich gemacht, wie schrecklich die Nebenwirkungen von Pestiziden und wie gefährlich die Methoden von Fabrikbesitzern sein können. Als ich Gerüchte gehört habe, dass Lord Fitzroy durch Diebstahl an so viele Artefakte gelangt ist, musste ich einfach versuchen, die Wahrheit ans Licht zu bringen.«

»Und was ist die Wahrheit?«, fragte Miles.

»Lord Fitzroy ist der erfolgreichste Dieb, der mir je begegnet ist«, sagte Aggie geradeheraus. »Fast alle der Ausstellungsstücke hat er aus den Kolonien gestohlen. Er denkt, er kommt damit durch, weil er ein reicher Lord ist.« Die letzten Worte spuckte Aggie förmlich aus. »Aber das ist noch nicht alles«, fuhr sie fort. »Als ich in seiner Vergangenheit herumgestochert habe, bin ich über ein verschwundenes Baby und eine geheime Organisation gestolpert.«

»Ein Baby?«, keuchte Pearl.

Aggie nickte. »Ich glaube, Lord Fitzroy hat vor etwa elf Jahren ein Kind bekommen. Ehemalige Dienstboten haben mir geschworen, dass es in der Fitzroy-Villa ein Baby gab. Als ich dann gesehen habe, wie er das Heim besucht, dachte ich, dass vielleicht …«

»… eine von uns sein Kind ist?«, beendete Cosima den Satz. Es fühlte sich an, als müsste sie nur die Hand ausstrecken, um das letzte Puzzlestück an die richtige Stelle zu schieben, doch es wollte ihr einfach nicht gelingen.

»Ja«, sprach Aggie weiter. »Aber irgendwas passt nicht zusammen. Es war kein Geld im Spiel. Niemand hat die Dienstboten bestochen, wie es normalerweise bei unehelichen Kindern passiert. Das war seltsam … Aber das muss für den Moment reichen. Jetzt wisst ihr, warum *ich* hier so spät abends rumschnüffle. Was ist mit euch?«

Cosima wollte schon mit einer weiteren Halbwahrheit herausrücken, da hallte plötzlich ein Schrei durch die Tür. Aggie zog die Stirn kraus und spähte nach draußen.

Cosima und die anderen reckten die Hälse, um ebenfalls einen Blick in die Haupthalle zu erhaschen.

Ganz hinten, neben dem Tor von Jaipur, war Mr. Makel wieder aufgetaucht. Und am Ellbogen hielt er eine zappelnde, kreischende Dolly.

»Bitte, Mr. Makel«, flehte sie, und Tränen kullerten ihr über die Wangen. »Ich will wieder ins Bett.«

Angst schnürte Cosima die Kehle zu. Das durfte nicht passieren. Das gehörte nicht zum Plan. Auch wenn es ihr das Herz zerriss, konnte sie nur hilflos dastehen und zusehen, wie Dolly schrie und strampelte und in den Spiralflur zu den Empire-Pavillons gezerrt wurde. Alle Gedanken an ihren geheimen Plan waren wie ausgelöscht. Stattdessen war da nur noch blanke Panik. »Nein!«, rief sie ein wenig zu laut.

Mr. Haudruff schaute finster in ihre Richtung, sein Hund zerrte an der Leine. Die anderen hielten den Atem an, als er Anstalten machte, auf ihr Versteck zuzulaufen. Doch dann wurde er von zwei plötzlich auftauchenden schicken Damen abgelenkt. Mr. Haudruff führte die beiden in den Flügel mit den Pavillons und verschwand in dem spiralförmigen Gang.

Cosima musterte ihre Freunde. Diyas Gesicht war tränenüberströmt, Mary wippte auf den Zehen vor und zurück und versteckte sich hinter ihren blonden Haaren. Miles war bleich, sein Mund nur noch ein grimmiger Strich. Verzweiflung packte Cosima.

»Wir *müssen* Dolly retten, bevor Fitzroy ihr das Elixier gibt«, sagte Diya entschieden.

Aggie sah sie verwirrt an. »Das Elixier?«

»Es ist eine Art Medikament«, quietschte Mary. »Ein Heilmittel.«

Jetzt legte sich Skepsis auf Aggies Miene. »Ein Heilmittel wofür?«

Auch Pearls Stimme klang piepsig: »Für uns. Für Kinder wie uns. Du weißt schon – *Kinder mit Behinderungen und so.*«

Aggie so geschockt zu sehen, war irgendwie beruhigend. »Oh mein Gott.«

Cosima nickte. »Aber er muss noch beweisen, dass es funktioniert. Damit die Investoren des Instituts ihm weiter Geld geben.«

Aggie trat einen Schritt zurück. »*Deshalb* war er im *Heim für beklagenswerte Mädchen*! Er war auf der Suche nach …« Jetzt huschte Abscheu über ihre Miene. »… Versuchsobjekten.«

»Und jetzt hat er eins. Dolly.«

Aggies Kiefer mahlte. Sie dachte einen Moment lang nach und klopfte sich dann mit dem Finger ans Kinn. »Cosima, wolltest du dich wirklich von den Makels erwischen lassen, um selbst Fitzroys Versuchsobjekt zu werden?«

Cosima schniefte laut und nickte. »Ich dachte, das sei die einzige Möglichkeit, um ihn zu überführen und aufzuhalten. Die anderen hätten die Polizei informieren können, damit sie Fitzroy auf frischer Tat ertappt …« Beim Sprechen wurde ihr klar, wie lückenhaft ihr Plan war.

»Tja, da ich jetzt beweisen kann, dass Fitzroy die ganzen Ausstellungsstücke geklaut hat …« Aggie zog eine Handvoll offiziell aussehender Dokumente aus ihrem Lederbeutel. »… wird sich die Polizei sicher sehr für seine internationalen Raubzüge und die illegalen Experimente interessieren, die er an Kindern durchführen will.« Sie zog eine Augenbraue hoch. »Und einer Erwachsenen glauben sie vermutlich viel eher …«

»Aggie hat recht«, sagte Mary schnell. »Du hast das alles nicht ganz durchdacht, Cos.«

»Die Polizei glaubt Kindern *nie*«, bestätigte Miles grimmig.

»Und einem Haufen *beklagenswerter* Kinder glauben sie erst recht nicht«, meinte Pearl.

»Wenn das funktionieren soll, brauchen wir eine Erwachsene«, stimmte selbst Diya widerwillig zu.

Cosima holte scharf Luft, und ein etwas angepasster Plan nahm in ihrem Kopf Form an. Sie drehte sich zu ihren Freunden, wischte sich die Tränen von den Wangen und straffte die Schultern. »Hm … Was, wenn ich immer noch glaube, dass mein Plan funktionieren kann? Mit ein paar kleinen Änderungen können wir sogar noch einen draufsetzen. Wenn Aggie uns hilft, können wir Dolly retten, das Experiment aufhalten, Fitzroy und seine betrügerischen Absichten mit dem Elixier entlarven *und* beweisen, dass er die Ausstellungsstücke gestohlen hat.«

Die Mädchen, Miles und Aggie rückten näher.

Trotz all der Schwierigkeiten musste Cosima grinsen. »Passt auf, hier ist der Plan …«

KAPITEL ZWANZIG

Mit hochroten Köpfen und völlig außer Atem erreichten sie den Vorführsaal. Sie waren durch den Spiralgang und vorbei an den verlassenen und dunklen Empire-Pavillons gehastet. Zum Glück war Mr. Haudruff nicht wieder aufgetaucht. Vermutlich bewachte er Dolly. Aggie hatte ihnen viel Erfolg gewünscht und war dann durchs Tor von Jaipur in die tintenschwarze Nacht verschwunden. Nun waren sie auf sich allein gestellt.

Cosima spähte durch einen Türschlitz in den Vorführsaal. Unzählige Menschen in eleganter Kleidung saßen in den Stuhlreihen und schauten hoch zu einem Mann, der im Rampenlicht auf einer Bühne stand. Ein Mann in einem rubinroten Anzug und mit einem gezwirbelten Schnurrbart.

Lord Fitzroy.

Er hatte die Arme zur Begrüßung ausgebreitet und bewegte die

Lippen. Doch Cosima hörte nicht zu. Stattdessen starrte sie zu dem Laboraufbau hinter ihm. Er sah aus wie eine moderne Version des Labors, das Miles und sie in seinem alten Haus gesehen hatten: riesige Tische voller seltsamer Instrumente. Reagenzgläser und Messbecher mit dunkelgrüner Pampe. Und ganz hinten auf der Bühne stand ein gewaltiger Metallbottich, in dem eine Flüssigkeit vor sich hin blubberte und fast überkochte.

Doch für Angst war jetzt keine Zeit. Cosima schüttelte den Kopf und sah wieder zu Fitzroy. Er grinste so breit, dass er all seine Zähne präsentierte, und das Publikum applaudierte ihm. Cosima spähte an Zylindern und eleganten federgeschmückten Hüten vorbei, während Lord Fitzroy seine Gäste mit einem einzelnen Finger zum Schweigen brachte.

»Meine Damen und Herren.« Seine Stimme gellte durch den Saal. »Heute Abend werden Sie Zeugen einer medizinischen Neuheit, die unsere Welt revolutionieren wird. Durch Ihre geschätzte Mitgliedschaft im Institut und Ihre Investition in dieses Medikament haben Sie bereits bewiesen, wie sehr Sie hinter der Beseitigung aller Behinderungen stehen. Nach ausgiebigen Tests und Forschungen ist es mir nun eine Ehre, verkünden zu können, dass ich wahrhaftig ein Wunderelixier erschaffen habe.«

Dieses Mal gab es keinen Applaus, sondern nur ehrfürchtiges Gemurmel. Cosima fühlte sich, als würde ihre Seele in Fetzen gerissen werden.

»Es ist das Heilmittel, auf das wir alle gewartet haben«, sprach Fitzroy weiter und schritt dabei über die Bühne. »Es wird jegliche Form von Behinderung heilen, sei sie nun körperlich oder geistig. Dadurch werden aus all den Betroffenen endlich nützliche und fähige

Mitglieder der Gesellschaft. England wird keine Einrichtungen zur Pflege dieser mitleiderregenden Geschöpfe mehr brauchen – *weil es keine mehr geben wird.*«

Er unterbrach seine Rede für einen neue Welle Applaus.

»Ich weiß, das klingt vermessen, vielleicht sogar wissenschaftlich unmöglich. Spezialisten aus der ganzen Welt haben meine Ideen kritisiert, doch heute Abend werde ich ihnen ein für alle Mal das Gegenteil beweisen.«

Selbst aus der Ferne konnte Cosima den intensiven Ausdruck in Fitzroys Augen sehen. Erst jetzt fiel ihr das entsetzliche Spruchband auf, das über der Bühne hing: *Fitzroys Wunderelixier – eine Heilung für die Kranken und Schwachen.*

»Wie, fragen Sie sich? Natürlich traditionell mit einer Vorführung meiner Innovation.« Fitzroy breitete die Arme aus, die blutroten Vorhänge hinter ihm schoben sich auseinander, und zum Vorschein kamen zwei Gestalten. Mr. Haudruff zerrte ein kleines zappelndes Mädchen um die Labortische herum nach vorne auf die Bühne.

Dolly.

Cosima ignorierte ihre Angst und nickte ihren Freunden zu.

Diya war bereits auf die Lichter konzentriert, Mary schrieb hektisch die letzten Eckdaten ihres Plans nieder, und Miles zauberte einen seiner Tricks aus seinem Mantel mit den unzähligen Taschen.

Cosima zitterte, und ihr Herz pochte wild, doch dann schlang sich eine kleine Hand um ihre.

Pearl schenkte ihr eins ihrer seltenen ermutigenden Lächeln, bei denen Cosima immer an Sonnenschein denken musste. »Du schaffst das«, flüsterte sie.

Cosima stürmte durch die Tür und stampfte so laut mit ihrem Gehstock auf, dass einige Köpfe im Publikum neugierig herumwirbelten. Oben auf der Bühne verging Fitzroy das falsche Lächeln.

»Cos, COS!«, kreischte Dolly und winkte ihr verzweifelt zu.

Cosima lief weiter durch den Gang, der das Publikum teilte, bis nach vorn zum Bühnenrand. Ihre Ohren kribbelten, als hinter ihr empörtes Murmeln laut wurde. Sobald sie die erste Reihe erreichte, sprangen Miss und Mr. Makel auf, ihre Gesichter beinahe lila vor Wut.

Miss Makel packte Cosima so fest am Handgelenk, dass Blut unter ihren Fingernägeln hervorquoll. »Was soll das alles, Nummer eins?«, fauchte sie und schüttelte Cosima durch, als wäre sie eine Stoffpuppe.

Aus dem Publikum war schockiertes Japsen zu hören, und sofort lockerte Miss Makel ihren Griff. Selbst die Menschen, die glaubten, dass Behinderungen abgeschafft gehörten, sahen nicht gern dabei zu, wie Kinder verletzt wurden. Die Wangen der Heimleiterin verfärbten sich leicht, sie räusperte sich und sagte etwas sanfter: »Eigentlich gehörst du ins Bett.«

Endlich war es Zeit, Cosimas Plan in Gang zu setzen. Alle Augen waren auf sie gerichtet, niemand bemerkte die Schatten der vier Kinder, die in den Vorführsaal schlichen.

»Ich … Ich hab gesehen, wie Sie Dolly geholt haben, und wollte wissen, warum«, behauptete sie mit einer honigsüßen Stimme. »Darum bin ich Ihnen gefolgt. Und als ich gehört hab, was Lord Fitzroy von dem großartigen Elixier erzählt, wusste ich, dass *ich* die Erste sein muss, die es probiert.«

Eine Dame in der zweiten Reihe umklammerte mit Tränen in den Augen ihre Halskette. Ein Mann ein paar Reihen weiter lächelte vor sich hin. Einige Zuschauer klatschten sogar verhalten. Nur die Makels und Fitzroy schienen unbeeindruckt.

Fitzroy schüttelte sogar den Kopf und presste die Lippen aufeinander. »Dieses Versuchsobjekt wurde sorgfältig ausgewählt. Eine derartig große Änderung könnte fatale Auswirkungen auf die Vorführung haben …«

»ARGHHHH!« Haudruff schrie auf. Er schüttelte den Unterarm, an dem Dolly sich festgebissen hatte.

Sie ließ los, sprintete auf Cosima zu und warf ihr die Arme um den Hals.

Haudruff rieb über die roten Bissspuren und verzog das Gesicht vor Schmerzen. »Auf keinen Fall geh ich noch mal in die Nähe von diesem kleinen Biest, Sir«, meckerte er. »Können wir nich die Ältere nehmen?«

»Na schön«, zischte Fitzroy wütend. Es regnete Spucketropfen. »Weiter geht es.« Er marschierte nach hinten zu den Labortischen und griff nach einer riesigen Spritze mit einer fiesen Nadel am Ende.

Cosimas Mut geriet ins Wanken. Angst stieg ihr wie Galle die Kehle hinauf. Flüsternd schickte sie Dolly aus dem Vorführsaal, während Fitzroy auf den Bottich mit den blubbernden Chemikalien zulief und die Spritze hineintunkte. Alle Blicke aus dem Publikum waren auf Cosimas Hinterkopf gerichtet, und sie hielt sich krampfhaft am Gehstock fest.

Fitzroy blaffte Haudruff ungeduldig an. Der hechtete auf Cosima zu, packte sie grob am Arm und zerrte sie die Treppe hoch auf die Bühne.

»Jetzt, meine Damen und Herren, werden wir wie geplant mit der heutigen Vorführung meines Wunderelixiers fortfahren.« Unsanft zerrte Fitzroy an Cosimas Ärmel und legte ihre Armbeuge frei. Die Nadel schwebte nur Zentimeter über ihrer Haut, und Cosima versuchte wirklich, nicht an all die schrecklichen Zutaten in seinem Gebräu zu denken. Sie kniff die Augen zusammen und hoffte inständig, dass ihr Plan funktionierte.

KAPITEL EINUNDZWANZIG

Als der stechende Schmerz im Arm ausblieb und stattdessen ein Raunen durchs Publikum ging, riss Cosima die Augen auf und blinzelte, um sich an die plötzliche Dunkelheit zu gewöhnen.

Von den Glühbirnen an den Saalwänden bis zum Scheinwerfer, der auf Fitzroy gerichtet war: Jedes einzelne Licht im Vorführsaal war erloschen. Abgesehen von den undeutlichen Umrissen im Publikum konnte Cosima nichts sehen. Sie grinste in die Dunkelheit. Klasse, Diya, dachte sie und nahm sich fest vor, ihrer Freundin zu sagen, wie klug sie sei, sobald sie wieder in Sicherheit waren.

»Keine Sorge, bewahren Sie Ruhe«, rief Fitzroy beschwichtigend. Cosima atmete erleichtert auf, als sie hörte, wie seine Schritte sich von ihr wegbewegten. Selbst Mr. Haudruff ließ ihre Schulter los und folgte ihm. Wie versteinert stand Cosima mitten auf der Bühne. Jetzt gerade war sie sicher vor der Nadel und dem Elixier.

Doch als der Vorführsaal auch weiterhin dunkel blieb, kam missmutiges Gemurmel in der Menge auf. Ein »Buh« ertönte, und Cosima musste sofort an Miles und seinen Bauchrednertrick denken.

Am Bühnenrand besprach Fitzroy sich aufgebracht mit Haudruff und anderen Mitgliedern der Ausstellungstruppe. Das unzufriedene Brummen im Publikum wurde lauter.

»Ich sagte, RUHE BEWAHREN!«, bellte Fitzroy, und seine Worte dröhnten durch den Saal. Es folgte betretenes Schweigen. Dann sprach er ruhiger und weniger wütend weiter: »Es gibt bloß ein winziges Problem mit der Elektrik, aber das haben wir gleich gelöst.«

Cosima verkniff sich ein Prusten. Diya hatte mit ihrem Erfinderinnenverstand einen Kurzschluss verursacht.

»In der Zwischenzeit«, fuhr Fitzroy fort, »wird mein Personal alternative Lichtquellen besorgen, damit wir in Kürze mit der Vorführung weitermachen können.«

Cosima hörte die hektischen Schritte. Die Suche hatte also schon begonnen. Gänsehaut kroch ihr über die Arme, die Zunge lag ihr tonnenschwer im Mund. Dank Diyas Ahnung von der neuesten Lichttechnik konnten sie die Vorstellung des Instituts zwar stören, doch allzu lange würde diese Unterbrechung wohl nicht anhalten.

Schon ein paar Minuten später flackerten Kerzen auf und tauchten den Saal in ein warmes Licht. Mr. Haudruff und seine Kollegen hatten in der kurzen Zeit nur ein paar wenige auftreiben können, darum gab es zu Cosimas Erleichterung noch immer genügend Schatten zum Verstecken für ihre Freunde. Sie schlang sich die Arme um den Oberkörper. Mr. Haudruff nickte Lord Fitzroy zu und packte sie wieder an der Schulter.

Fitzroy stieg mit Bedacht über das schmelzende Wachs der Kerzen am Bühnenrand, die Spritze wie einen Dolch in der Hand. Nun, da er die Kontrolle zurückerlangt hatte, hatte er wieder seine Maske der Freundlichkeit aufgesetzt.

»Entschuldigen Sie bitte die kleine Unterbrechung.« Er kam Cosima immer näher. »Jetzt beginnen wir endlich mit der Vorführung.«

Obwohl es ihr eigener Plan war, zappelte Cosima ängstlich unter Haudruffs Griff. Die Aussicht auf die kalte, spitze Nadel ließ ihren Körper unkontrolliert zittern.

»Nicht so zimperlich«, zischte Fitzroy höhnisch, packte Cosima am Handgelenk und riss zum zweiten Mal an ihrem Arm. »Das spürst du gar nicht.«

Ein ohrenbetäubender Schrei lenkte ihn von ihr ab.

Eine Frau mit Federhut sprang kreischend von ihrem Stuhl auf und wedelte mit ihrem Rock herum.

Cosima riss sich los.

Fitzroys Nadelarm fiel herab. »Was ist denn jetzt schon wieder?«

»Eine Bestie!«, schrie die Dame zwischen Schluchzern. »Eine fürchterliche, grauenvolle Bestie. Sie ist um meine Knöchel gehuscht und … und …« Ehe sie den Satz beenden konnte, verdrehte sie die Augen, wurde ganz schlaff und plumpste auf die Schöße ihrer Sitznachbarn.

Gerade als ihr Begleiter ihr ein Säckchen Riechsalz unter die Nase hielt, um sie wieder aufzupäppeln, ertönte auf der anderen Seite des Saals lautes Gebrüll. »Ich habe auch was gespürt«, zeterte ein spitznasiger Herr und hopste ulkig auf einem Bein herum. »Es wollte meine Hosenbeine raufklettern!«

Der Wechsel von stillem Schock zu wildem Chaos erfolgte fast augenblicklich. Schrilles Gekreische erfüllte den Vorführsaal, Damen sprangen auf ihre Stühle, und Herren stampften fieberhaft mit den Füßen. Cosima lauschte aufmerksam, nicht auf das Geschrei, sondern auf die scheue, aber entschlossene Stimme, die ab und zu »Jetzt« oder »Los, Pearl« wisperte.

»Das sind bestimmt Ratten«, donnerte ein wichtig aussehender Mann. Die Goldknöpfe seiner schicken Weste hielten sie nur noch mit Mühe und Not zusammen, als er sich aufplusterte und über seine Hakennase hinweg Fitzroy anfunkelte.

»Hören Sie mal, was sind denn das für Zustände? Wir sind doch hier in Großbritannien.« Seine Wangen schlackerten vor Wut. »Vor Ihnen sitzt Englands Elite. Diese ganze Angelegenheit ist vollkommen inakzeptabel.«

Eine Ader an Fitzroys Hals begann zu pulsieren, sein Kiefer zuckte, und seine Wangen waren knallrot. »Ich kann Ihnen versichern, meine Damen und Herren«, stieß er zwischen zusammengebissenen Zähnen hervor, »dass die Empire-Ausstellung nach den höchsten und modernsten Standards gebaut wurde. Und es wird Wert auf Ordnung gelegt. Hier gibt es keine Ratten.«

Aus dem Publikum drangen empörte Rufe. Ein Paar raffte die Mäntel und stakste fluchend und grollend aus dem Vorführsaal. Doch noch erlaubte Cosima sich keine Erleichterung.

Noch war Aggie nicht hier. *Noch* waren sie und ihre Freunde nicht in Sicherheit.

Fitzroy tat sein Bestes, um die Menge zu beruhigen, doch die Institutsmitglieder waren alles andere als glücklich. Der Saal war ein einziges Konzert aus Spott und Hohn.

»Das ist eine Zumutung«, meinte jemand.

»So ein MUMPITZ«, polterte ein anderer.

»Is gar keine Ratte!« Mr. Makel stand von seinem Stuhl in der ersten Reihe auf und hielt etwas in die Höhe. Cosima sank das Herz in die Hose. »Nur so 'n Ding aus Seil und Draht, das die Mädchen ausm Heim gebastelt haben.«

Er hielt Pearls Kreation so, dass das ganze Publikum sie sehen konnte. Wie alles, was Pearl machte, war sie wunderschön. Sie hatte das entwirrte Seil in eine riesige schwarz glänzende onyxfarbene Spinne mit acht baumelnden Beinen verwandelt.

Mr. Makels Schwester gesellte sich zu ihm und fauchte: »Das bedeutet, hier sind noch mehr von denen. Wahrscheinlich wieder einer von ihren Streichen.« Mit ihren Argusaugen sah sie sich im Saal um und suchte nach den Schützlingen.

Das Blut gefror Cosima in den Adern, und sie war sicher, ihr würde das Herz stehen bleiben. Würden sie an der letzten Hürde scheitern? Stille legte sich über den Saal, dann fingen die Erwachsenen an zu diskutierten.

Cosima schossen die Ideen in rasendem Tempo durch den Kopf. Wie könnte sie sie ablenken? Vielleicht sollte sie zulassen, dass Fitzroy ihr die Spritze gab. Würde das helfen? Angst kroch ihr durch Mark und Bein, als sie nach Worten rang, um das Unaufhaltsame doch noch aufzuhalten.

Fitzroy jedoch hatte ein wölfisches Grinsen auf den Lippen. »Seien Sie nicht albern, meine lieben Makels. So armselige Kinder wie Ihre sind zu solchem Unfug gar nicht fähig.«

Wieder legte sich bedeutungsvolles Schweigen über den Saal, und die Makels sanken beschämt und mit roten Wangen zurück auf ihre Stühle.

»Aber vielen Dank«, fuhr Fitzroy fort, »dass Sie die Gerüchte über Ratten in meinem Schatzpalast widerlegt haben. Das waren also nur Stofffetzen. Wenn die Aufregung sich jetzt gelegt hat, können wir dann weitermachen?«

Den Damen wurde von den Stühlen geholfen, die Herren strichen ihre Anzüge glatt. Und schon bald saßen die Institutsmitglieder erneut auf ihren Plätzen und konzentrierten sich auf die Bühne.

Es war wieder Ruhe eingekehrt. Fitzroy schnaubte abfällig und kam auf Cosima zu. Doch bevor er sie erreichte, ertönte plötzlich eine Reihe lauter Knalle, gefolgt von Lichtblitzen, die einen Moment lang den ganzen Raum erhellten. Wieder gellten Schreie durch den Saal, und die Menschen duckten sich unter ihren Hüten.

Übertönt vom Aufruhr im Publikum stieß Cosima ein zittriges Lachen aus.

Auf dem Weg zum Vorführsaal hatte Miles ihr ganz aufgeregt von etwas erzählt, das er *Blitzpapier* nannte: Es erzeugte eine kleine Feuerexplosion, die keine Spuren hinterließ. Diesen Trick hatte er auch angewandt, als er beim ersten Mal in ihren Schlafsaal gestolpert war.

Doch als die letzte Flamme jetzt verpuffte, gingen die elektrischen Lampen wieder an. Statt sich beim Publikum ein drittes Mal zu entschuldigen, rauschte Fitzroy entschlossen und mit erhobener Spritze auf Cosima zu.

Sie hörte ein ersticktes »NEIN«, als ihre Freunde aus allen vier Ecken des Vorführsaals stoben und nach vorne rasten.

Miles schaffte es durchs Publikum und auf die Bühne, konnte Cosima sogar fast berühren, wurde dann aber von Mr. Haudruff geschnappt.

Die Stufen machten es Diya unmöglich, Cosima zu erreichen, was sie allerdings nicht von dem Versuch abhielt. Zu Cosimas Entsetzen packte einer der Wachen die Griffe ihres Rollstuhls und bremste sie aus. Dann zerrte er sie mitsamt Rollstuhl unsanft die Treppe hinauf.

»Cos, wir kommen!« Pearl und Mary stürmten mit geballten Fäusten und zusammengekniffenen Augen auf Fitzroy zu. Bei dem Anblick kamen Cosima beinahe die Tränen.

Doch die Wachen rammten Pearl von der Seite und brachten sie und Mary aus dem Gleichgewicht. Fitzroy drehte Cosima die Arme auf den Rücken. Das alles dauerte nur ein paar Sekunden. Jetzt waren Diya, Mary, Pearl und Miles links neben ihr von Wachen eingekesselt.

Ein weiteres Mal hob Fitzroy die Nadel und zielte auf ihren Arm. Cosima wand sich, versuchte ihm zu entkommen. Ihre Schmerzen waren so groß, dass sie schlagartig das Gefühl hatte, in Flammen zu stehen.

»Ich muss mich entschuldigen, Mr. und Miss Makel«, knurrte Fitzroy durch zusammengebissene Zähne. »Sie hatten recht. Es waren doch ihre Kinder, die dieses Chaos verursacht haben. Aber wenigstens können wir nun davon ausgehen, dass es keine weiteren Unterbrechungen gibt.«

KAPITEL ZWEIUNDZWANZIG

Als Lord Fitzroy Cosima mit durchdringendem Blick fixierte, war vereinzelt Applaus zu hören. Er beugte sich vor und flüsterte, sodass nur sie ihn verstehen konnte: »Schon bei unserer ersten Begegnung wusste ich, dass du Ärger bedeutest.« Er ragte bedrohlich über ihr auf. »Aber mit mir kannst du es nicht aufnehmen.« Er riss ihr das Taschentuch vom Hals und ließ sie los. Die plötzliche Freiheit verunsicherte sie. Doch auf keinen Fall wollte sie ihre Freunde oder den einzigen Hinweis auf ihre Eltern Fitzroys Gnade überlassen.

»Wusstest du, dass Eltern ihren Kindern schon seit Jahrhunderten Andenken hinterlassen, wenn sie sie abgeben müssen?«, fragte er.

Cosima konnte nicht verhindern, dass ihr Blick zu dem Taschentuch in seiner Faust zuckte. Ihr Herz geriet aus dem Takt, doch sie versuchte ihre aufkeimende Hoffnung zu verbergen.

Fitzroy hielt inne, seine Hand schwebte fast ehrfürchtig über der

Stickerei. Cosima beobachtete ihn verwirrt. Dann grub er ruckartig seine Finger in die Fäden und riss an dem Kunstwerk, bis nach und nach immer mehr Garn hinabfiel und zu Boden segelte wie Schneeflocken. Cosima entfuhr ein panischer Schrei. All ihre hart erarbeiteten Hinweise, auf einen Schlag weg.

Doch Fitzroy spähte unter die abgerissenen Fäden, als suchte er nach etwas. *Aber was?* »Diese Andenken sind meist die einzige Verbindung zur Vergangenheit der Kinder. Und weil Eltern wissen, dass man ihren Kindern in Waisenhäusern und Heimen gern die Identität vorenthält, verstecken sie in ihren Abschiedsgeschenken manchmal Hinweise.«

Der Laut, der dieses Mal aus Cosimas Kehle drang, war viel heiserer. Ohne Vorwarnung stürzte sie sich auf das Taschentuch. Fitzroy hatte die Hinweise nicht enthüllt – er hatte sie zerstört! Zorn wallte in ihr auf. Bloß ein Hinweis hatte noch gefehlt, um das Rätsel der Karte zu lösen, doch jetzt würde sie es niemals schaffen.

Fitzroy wich zurück und entzog das Taschentuch ihrer Reichweite. Ungeduldig riss er weiter an den Fäden. Jetzt konnte Cosima ihre Tränen nicht mehr zurückhalten – wie Wasserfälle strömten sie ihr über die Wangen, während sie bei der Zerstörung ihres Taschentuchs zusehen musste.

Dann stieß er einen triumphalen Schrei aus, als ein Papierfetzen langsam zu Boden segelte. Ungeduldig schnappte er danach und untersuchte ihn. Cosima hasste das Grinsen, das sich auf sein Gesicht schlich.

»Interessant. Informationen, nach denen du dich sicher ganz verzweifelt sehnst. Wie zum Beispiel der Name deines Vaters.«

Ihr Mund war so trocken wie Schleifpapier. Alles, was sie sich jemals gewünscht hatte, lag in den Händen dieses Mannes, der sie mit jeder Faser seines Körpers hasste.

»Nun …« Lord Fitzroy faltete das Papier zusammen und steckte es sich in die Anzugtasche. Cosimas ganzer Körper kribbelte. »Von all den *Beklagenswerten* bist du diejenige mit der … akzeptabelsten Behinderung.«

Cosima sah ihn verwirrt an und verlagerte ihr Gewicht. »Ich … verstehe nicht.«

»Du magst zwar am Stock gehen, aber abgesehen davon wirkst du *normal*. Nicht wie die anderen. Ihnen merkt man die Behinderung auf den ersten Blick an – oder das erste Wort.« Er wedelte abschätzig mit der Hand in Diyas und Marys Richtung, und beide fuhren vor Angst zusammen. »Bei dir ist sie dagegen beinahe unsichtbar«, trällerte er fröhlich.

Zum ersten Mal überhaupt war Cosima sprachlos. Das Schweigen zwischen ihnen zog sich.

»Deshalb …« Lord Fitzroy zog das Papier wieder aus der Tasche. »… biete ich dir einen Ausweg an. Du hast mir netterweise vier weitere *Beklagenswerte* gebracht, an denen ich mein Elixier demonstrieren kann. Du darfst gehen. Verschwinde und nimm diesen Zettel mit, der dir verrät, wer du bist. Oder bleib bei deinen sogenannten Freunden, und ich vernichte die einzige Chance, deinen Vater zu finden.«

Cosima schnappte überrascht nach Luft. Das Herz in ihrer Brust machte laut *du-dumm*. Der Zettel war zum Greifen nah. Sie musste nur die Hand ausstrecken. Dann hätte sie endlich, wovon sie immer geträumt hatte. Was Diya, Mary und Pearl bereits hatten – eine echte Familie. Ihre Finger zuckten unkontrolliert. Wie lange sie sich das schon wünschte.

Doch allein bei dem Gedanken packte sie das schlechte Gewissen. Sie konnte ihre Freundinnen nicht diesem Mann überlassen.

Also straffte sie die Schultern. »Nein. Meine Freunde lasse ich für nichts auf der Welt im Stich. Nicht mal … dafür.«

Lord Fitzroy runzelte die Stirn. »Na schön.« Er marschierte auf sie zu und riss ihr die Stirn-Flackerfunzel vom Kopf. Dann erstarrte er seltsamerweise. Die einzigen Bewegungen waren das Heben und Senken seiner Brust und ein Zucken in seinem blutunterlaufenen linken Auge. Trotz ihrer Angst war Cosima verwirrt, und dem Publikum schien es ebenso zu ergehen. Die Leute fingen an zu flüstern und unruhig auf ihren Sitzen herumzurutschen. Doch auf einmal wurde Cosima klar, dass Fitzroy nicht sie anstarrte, sondern die Sternspange, die in ihren Wuschelhaaren prangte.

Ihr Puls raste. Warum tobte er nicht, weil sie ihn bestohlen hatte? Warum schnappte er sich nicht die Spange seiner Schwester? Warum erzählte er dem Publikum nicht, dass *mitleiderregende* Geschöpfe wie sie eben zwangsläufig kriminell wurden? Das ergab alles keinen Sinn. Es wirkte fast, als würde der Stern ihm Angst einjagen.

Doch bevor Cosima auch nur die Gelegenheit hatte, über Antworten auf diese Fragen nachzudenken, schaltete Fitzroy die Stirn-Flackerfunzel an, zerschmetterte das Glas und hielt eine Ecke des Zettels über die Flamme.

Augenblicklich verpufften all ihre Gedanken zu Fitzroys seltsamer Reaktion, und sie musste sich auf die Lippe beißen, um nicht laut loszubrüllen. Sie wollte diese Information zwar mehr als alles andere, aber ihre Freunde würde sie dafür nicht opfern. Von den Wachen unbemerkt, schob Mary ihre gefesselten Hände in die von Cosima, während Fitzroy den Zettel ins Feuer hielt. Die Flammen leckten an den Kanten von Cosimas einziger Chance, doch noch etwas über ihre Herkunft herauszufinden.

Cosima wurde von Schluchzern geschüttelt, während sie beobachtete, wie der Zettel sich aufrollte und allmählich verkohlte, bis die Flammen Fitzroys Finger erreichten. Er ließ los, und es rieselte bloß noch Asche zu Boden.

»Du hattest die Wahl«, sagte er, doch auf einmal lag da noch etwas anderes in seiner Stimme als pure Überzeugung. Zweifel vielleicht? Reue?

Und obwohl sie sich vollkommen leer fühlte und in ihrer Verzweiflung zu ertrinken drohte, ratterte ihr Verstand und setzte endlich die Puzzleteile zusammen.

Fitzroy hatte die Sternspange gesehen. Die Spange seiner Schwester. Aber gesagt hatte er nichts. Dabei wäre es doch die perfekte Gelegenheit gewesen, noch einmal deutlich zu machen, was er von den – wie er sie nannte – mitleiderregenden Geschöpfen hielt.

Nur hatte er das nicht. Er hatte geschwiegen, wie zur Salzsäule erstarrt. Genau wie Cosima, wenn sie in schwierige Situationen geriet.

Und woher wusste er überhaupt, dass Eltern Hinweise in Andenken versteckten? Oder dass das Stück Stoff um ihren Hals eigentlich ein Taschentuch war? Und warum hatte er gezögert, bevor er es zerrissen hatte?

Alles führte immer wieder zurück zu Mina. Sie war die Antwort auf alle Fragen.

Fitzroy wusste es. Und Cosima wusste es jetzt auch. Sie beide waren verbunden.

»Aber Sie haben mir die Wahl nicht gelassen, weil meine Behinderung akzeptabel ist.« Ihre Stimme zitterte vor Anspannung. »Sondern weil ich zur Familie gehöre.«

Das Publikum keuchte schockiert auf. Cosimas Freunde schnappten nach Luft. Lord Fitzroy schnaubte.

»Der Fitzroy-Stammbaum ist makellos. Wie kannst du es wagen, uns eine Verbindung zu jemandem wie dir zu unterstellen?«

»Weil es stimmt.« Cosima grinste, als sie die Angst in seinem Gesicht sah. »Ihre Schwester Mina war wie ich. Behindert. Und nach ihrem Tod haben Sie das uneheliche Kind versteckt. Weil ich ebenfalls eine Behinderung habe.«

Fitzroy erstarrte. »Halt den Mund.« Sein Zwirbelbart zitterte vor Zorn.

»Darum haben Sie auch das Elixier entwickelt«, sprach Cosima unbeirrt weiter. »Aber Sie sind noch nicht sicher, ob es funktioniert. Und tief in Ihrem Inneren, hinter all dem Hass auf Menschen wie mich, versteckt sich ein Teil, dem die Tochter seiner Schwester nicht egal ist. *Darum* haben Sie mich verschont. Nicht weil meine Behinderung akzeptabler ist, sondern weil Sie Angst haben, dass Ihr Elixier mehr Schaden anrichtet, als zu helfen.«

Fitzroy wandte sich mit düsterer Miene von ihr ab.

Und Cosima richtete den Blick ins Publikum. Das gaffte sie und ihre Freunde immer noch an, als wären sie ein missglücktes Experiment. »Wollen Sie nur dasitzen und zusehen, wie er uns wehtut?« Cosima stiegen Tränen in die Augen.

Ein paar der Menschen hatten wenigstens genug Anstand, beschämt wegzusehen. Andere wiederum wirkten empört, weil Cosima es wagte, so eine Frage zu stellen. Miss Makel zum Beispiel thronte mit ihrem wirklich albernen, schief sitzenden Hut, einem ausgestopften Pfau mit schillernden Federn in Türkis, Blau und Grün, in der ersten Reihe und brodelte vor Wut. Neben ihr ballte der extra mürrisch dreinblickende Mr. Makel die Fäuste.

Diya rollte nach vorn. »Das Elixier wird nicht wirken«, erklärte sie dem Publikum. »Es beruht weder auf Logik noch auf Wissenschaft. Behinderungen wie unsere kann man nicht heilen. Ich hatte Polio, darum sind meine Beine gelähmt. Was auch immer Fitzroy in diesen Trunk gemischt hat, es wird meine Lähmung nicht ›reparieren‹ oder dafür sorgen, dass Cosimas Gelenke nicht mehr auskugeln. So funktionieren Wissenschaft und Medizin nun mal nicht.«

Mary bibberte so sehr, dass ihre Zähne klapperten. »Wenn überhaupt, dann wird eine Spritze mit einer ungetesteten Substanz meine Neurose nur *verschlimmern.*«

Pearl sprach leise, aber ihre Worte waren dadurch nicht weniger bedeutend: »Nur weil wir Behinderungen haben, sind wir nicht weniger wert. Man sollte uns nicht wegsperren. Oder nur rauslassen, wenn es Heilung gibt.«

»Ganz genau.« Die Unterstützung ihrer Freundinnen beflügelte Cosima. Bisher hatten sie zwar Fitzroys böse Machenschaften nicht vereitelt, aber ein paar Institutsmitglieder würden ihren vernünftigen Argumenten doch wohl zuhören. Immerhin waren sie alle gebildet.

»Das ist doch lächerlich.« Miss Makel stand auf. Der Pfau auf ihrem Kopf wackelte. »Ihr seid eine Last für die Gesellschaft!«

Ein paar Hände klatschten Miss Makel Beifall. Cosima wurde flau im Magen. »Euch muss man immer bloß verstecken und bemuttern.« Ein grausames Grinsen zeigte sich auf ihrem Gesicht.

Dieses Mal war der Beifall schon lauter und dröhnte Cosima in den Ohren.

»Doch jetzt habt ihr endlich die Möglichkeit, euch zu verändern und Geschichte zu schreiben«, verkündete Miss Makel stolz. Der Applaus war ohrenbetäubend, Cosima vernahm sogar begeisterte »Hört, hört!«-Rufe aus dem Publikum.

Sie guckte grimmig. »Nein, haben wir nicht. Aber Sie haben die Möglichkeit, Geld zu verdienen. Und zu verhindern, dass Fitzroy der Welt Ihre dunkelsten Geheimnisse verrät.«

Eine Hand landete auf Cosimas Schulter, und Angst durchflutete sie.

»Ich verspreche, das wird dein Leben verändern«, flüsterte Fitzroy durch zusammengebissene Zähne. »Du kannst *normal* sein. Unserer Familie würdig.«

Wieder schwebte die Nadel bedrohlich über ihrem Arm, und ein Tropfen des Elixiers rann schon aus der Spitze. Dieses Mal kniff Cosima die Augen nicht zu. Sie weigerte sich. Stattdessen starrte sie ihren Onkel ganz direkt an.

Fitzroy hielt inne und runzelte die Stirn. Der ganze Radau hatte die Geräusche herannahender Schritte bisher übertönt. Doch jetzt lenkten sie seinen Blick von Cosima ab.

Eine wild entschlossene Dame stürmte so schnell durch die Tür, dass die Korkenzieherlocken, die unter ihrem modischen Hut hervorquollen, auf und ab wippten.

Aggie.

Sie war in Begleitung einer Gruppe kräftiger Polizeibeamter, die ihr stampfend in den Saal folgten. Aggie zeigte auf Lord Fitzroy. »Das ist der Mann, den Sie suchen.«

KAPITEL DREIUNDZWANZIG

Beim Anblick der Polizisten wich die Wut von Fitzroys Miene und machte der Angst Platz. Er stolperte rückwärts, weg von Cosima, und legte die Spritze auf einem der Labortische ab. Im Publikum brach erneut ein Tumult aus, als die Polizei auf die Bühne zumarschierte.

»Meine Herren, bitte.« Fitzroys Stimme war auf einmal eine Oktave höher. »Hier handelt es sich um ein seriöses wissenschaftliches Unterfangen.«

Cosima zitterte von Kopf bis Fuß, und sie musste sich mit ihrem ganzen Gewicht auf ihren Gehstock stützen. Nur am Rande bekam sie mit, wie Fitzroy sich auf ein Reagenzglas mit kleinen weißen Bröckchen stürzte, die wie Salzkristalle aussahen.

Noch ehe die Polizisten die Treppe zur Bühne erklommen hatten, war er zum blubbernden Metallbottich am hinteren Bühnenrand gehechtet und hatte das Reagenzglas in die Chemikalien geleert.

Die Reaktion setzte sofort ein. Kringelige Rauchschwaden stiegen auf. Fitzroy zog den Kopf ein und schlug sich die Hand vor den Mund. Sein Elixier brodelte und zischte, kochte über und ergoss sich auf den Bühnenboden. Neben dem

ohrenbetäubenden Geschrei aus dem Publikum vernahm Cosima von irgendwoher noch ein anderes Geräusch, doch sie hatte nur Augen für das spektakuläre Gesprudel des Elixiers.

Es dauerte ein paar Sekunden, bis sie begriff, dass jemand ihren Namen rief. Dieser eine Satz – *Du kannst normal sein* – ging ihr nicht mehr aus dem Kopf. Menschen wie Fitzroy – und von denen gab es so, so viele – würden sie niemals akzeptieren, wie sie war.

»COSIMA!«, schrie Mary wahrscheinlich zum zehnten Mal.

Cosima drehte den Kopf und schaute sie an. Marys Gesicht war fleckig und rot, Tränen kullerten ihr über die Wangen. Überkam sie gleich ein Panikbeben?

»Hör mir zu«, verlangte sie. »Denk an einen ruhigen, sicheren Ort und zähl bis zehn.«

Cosima sog gierig Luft in die Lungen. Sie versuchte auf Mary zu hören, doch ihr wollte einfach kein ruhiger Ort einfallen.

»Eins … zwei … drei«, murmelte sie.

Als Erstes kam ihr das *Heim für beklagenswerte Mädchen* in den Sinn, doch da war es niemals ruhig und sicher – nicht mal, wenn die Makels bis zur Bewusstlosigkeit Brummschädelbräu getrunken hatten. Dort herrschte ständig Durcheinander, Cosima war immer in Habachtstellung und konnte sich nie entspannen. Und so sah jetzt wohl auch ihre Zukunft aus. Dank Lord Fitzroy würde sie niemals herausfinden, wer ihr Vater war.

Aus dem Augenwinkel beobachtete sie, wie Diya und Pearl sich mit auf Mund und Nase gepressten Händen mutig dem Bottich mit den Chemikalien näherten. Pearl kramte in ihrer Tasche und zog ein paar Tuben und Tiegel heraus.

»Vier, fünf, sechs«, zählte Cosima weiter.

Die Empire-Ausstellung quoll über vor spannender Schätze, aber ruhig war es auch hier nicht – und das lag nicht *nur* an der aktuellen Zwickmühle. All die einzigartigen Artefakte hier waren unter dem Deckmantel des britischen Empires gestohlen worden.

Als ihre Freundinnen vom Rauch verschluckt wurden, hüpfte Aggie auf die Bühne. »Ich habe mal ein Praktikum als Laborassistentin gemacht, vielleicht kann ich helfen«, bot sie Diya atemlos an.

»Sieben, acht, neun.«

Mary und Miles stürmten die Bühnentreppen hinab und halfen dem Publikum durch die Rauchschwaden zur Tür.

Eigentlich konnte Cosima sich nicht erinnern, jemals an einem ruhigen Ort gewesen zu sein. In ihrem ganzen Leben nicht.

Zusammen versuchten die Erfinderin, die Reporterin und die Künstlerin händeringend, den Bottich zu besänftigen. Dazu flitzten Pearl und Aggie immer wieder zwischen Kessel und Labortischen hin und her.

Als das Zischen aufhörte, das Blubbern nachließ und die Rauchwolke sich allmählich in nichts auflöste, konnte Cosima endlich ein wenig durchatmen. »Zehn.« Sie schloss die Augen. Vielleicht konnte sie sich an keinen ruhigen, sicheren Ort erinnern, aber vorstellen konnte sie ihn sich schon. Ein Zuhause, das sich auch nach zu Hause anfühlte. Eine liebe Heimleiterin, die sich wirklich um sie sorgte, sie umarmte und ihr zuhörte. Ein Leben voller Liebe, anstatt immer nur Angst.

Diya wischte sich Schweißperlen von der Stirn. »War eigentlich ganz einfach«, meinte sie zwischen zwei tiefen Atemzügen, während Aggie ihr auf den Rücken klopfte. »Wir mussten bloß die Hitze reduzieren – und zwar schnell.«

Aus dem Augenwinkel bemerkte Cosima, wie die samtenen Bühnenvorhänge sich bewegten. Ein zwirbelbärtiges Gesicht lugte heraus und auf die verlassene Spritze auf dem Tisch. Cosima wandte sich um. Die Polizei, Mary und Miles waren immer noch damit beschäftigt, alle in Sicherheit zu bringen. Aggie, Diya und Pearl hatten gerade verhindert, dass der Elixierbottich in die Luft flog. Aber Fitzroy wollte untertauchen! Plante er wirklich, sich die letzte Spritze mit dem Elixier zu schnappen, bevor er die Flucht ergriff?

Ein bitterer Geschmack legte sich auf Cosimas Zunge. Der Lord war viel näher dran als sie. Auf keinen Fall konnte sie die Spritze erreichen *und* Fitzroys Flucht verhindern.

Das war unmöglich.

Das Wort nagte an ihr. Neckte sie. Denn »unmöglich« gab es in ihrer Welt nicht. Es gab nur Herausforderungen. Ungeduldig stieß sie einen Seufzer aus, und mit einem letzten Energieschub hechtete sie auf den Tisch zu, gerade als Fitzroy alles andere als vornehm hinter dem Vorhang heraushuschte und die Hand ausstreckte.

Cosima war zwar nicht so schnell wie er, aber sie hatte eine Sache, die ihm fehlte: einen Gehstock. Schlitternd kam sie zum Stehen und streckte den Stock waagerecht aus, genau auf Knöchelhöhe. Fitzroy stolperte darüber und landete mit dem Gesicht zuerst auf der Bühne. Schwer atmend stieg Cosima über den ächzenden Lord. Sie ergriff die Spritze, drückte den Inhalt durch die Nadel auf den Boden und zerstörte so den letzten Rest, der vom Elixier noch übrig war.

Wenn Teil der Fitzroy-Familie zu sein bedeutete, dass sie ihre Freunde in Gefahr bringen musste, dann hatte sie gar kein Interesse daran, sich ihrer als würdig zu erweisen.

Das Hämmern in Cosimas Kopf hatte kaum nachgelassen. Jede Faser ihres Körpers war angespannt. Als Aggie ihr sanft auf die Schulter klopfte, zuckte sie unwillkürlich zusammen. Es war noch nicht lange her, dass die Polizei Fitzroy zur Befragung abgeführt hatte.

»Ich bin's nur«, trällerte Aggie. »Ich dachte, du willst bestimmt wissen, dass ihr alle gehen dürft. Die Polizei braucht euch nicht zu befragen.«

Cosima konnte die Erleichterung in den Gesichtern ihrer Freunde sehen. Pearl schlang sich fest die Arme um den Leib, Miles stieß ein lautes »Puh!« aus, und Mary und Diya umarmten sich kurz. Dolly hatte sich schnell von Fitzroys Grobheiten erholt und hüpfte schon wieder fröhlich um die leeren Stühle. Doch Cosima war immer noch skeptisch. Sie schaute durch den Saal zu der Gruppe Polizisten. Es waren alles Männer, und alle runzelten die Stirn. Hin und wieder warf einer von ihnen den behinderten Mädchen einen besorgten Blick zu. Cosima seufzte. Trotz allem – obwohl sie bewiesen hatten, was sie alles leisten konnten – legten die Leute keinen Wert auf ihre Meinung.

»Übrigens wurden die Makels verhaftet«, erzählte Aggie und kritzelte etwas in ihr allgegenwärtiges Notizbuch. Cosima fragte sich wirklich, wieso sie nicht früher begriffen hatte, dass Aggie in Wirklichkeit Reporterin war. Alles an ihr deutete darauf hin: von ihren tintenverschmierten Fingern bis zu den ständigen Fragen. »Ich habe der Polizei mitgeteilt, was ich während meiner Ermittlungen gegen Lord Fitzroy herausgefunden habe. Und dass es Unstimmigkeiten in den Büchern im Heim gibt. Die beiden wurden festgenommen, als sie fliehen wollten.«

Das entzündete einen Funken Hoffnung in Cosima. *Die Makels waren weg!* Beim Blick zu ihren Freundinnen sah sie das breite Grinsen auf ihren Gesichtern.

»Und wer kümmert sich jetzt um uns? Dürfen wir wieder zurück zu unseren Familien?«, fragte Pearl erwartungsvoll.

Ein unbehagliches Schweigen entstand. »Wahrscheinlich nicht, Pearly«, meinte Cosima, und ihre Stimme klang vor Bedauern ganz kratzig. »Ich glaube nicht, dass die Behörden uns einfach so zu unseren Familien lassen. Bestimmt bekommen wir entweder eine neue Heimleiterin oder werden in andere Heime für … *beklagenswerte Mädchen* gesteckt.«

»Warum kannst *du* nicht unsere Heimleiterin sein?« Pearl sah Aggie an.

Zum ersten Mal bröckelte Aggies gefasste und selbstsichere Miene. Sie stammelte: »Ich?«

Cosimas Herz machte einen aufgeregten Satz. Das wäre ihr gar nicht in den Sinn gekommen – dass die etwas rätselhafte Miss Ohnnam zum festen Teil ihres Lebens werden könnte. Doch als sie jetzt darüber nachdachte, kam ihr die Idee gar nicht so abwegig vor. Aggie war klug, eine berufstätige Frau, und sie sah nicht nur die Behinderungen, sondern auch die Mädchen dahinter. Alle schauten Aggie mit funkelnden Augen an.

»Aber Mädchen, ihr verdient eine Heimleiterin, die ordentlich ausgebildet ist und weiß, wie man sich richtig um euch kümmert«, murmelte Aggie. »Ich habe keine Ahnung davon. Ich bin Reporterin.«

Und zack, war der Hoffnungsfunke wieder erloschen.

»Aber …« Aggies Miene war unergründlich, sie klopfte sich mit den Fingerspitzen ans Kinn. »Vielleicht kenne ich eine Person, die die richtigen Fähigkeiten hat. Ich habe sie bei meinen verdeckten

Ermittlungen an einer Schule für Erzieherinnen kennengelernt. Die Schule war vollkommen unseriös, wie ich aufgedeckt habe, aber Miss Gutmut hat ihre Ausbildung in einer angesehenen Einrichtung fortgesetzt.«

»Oh!«, machten die Mädchen ganz aufgeregt. Also gab es doch noch Hoffnung!

Aggie verzog jedoch das Gesicht. »Allerdings kostet eine Heimleiterin ihrer Klasse wohl eine Menge Geld.«

»Und was, wenn wir genu…« Miles stockte und warf Cosima einen Blick zu. Sie nickte ermutigend. Am Anfang hatte sie Aggie kein Stück vertraut. Aber das war vorbei. Aggie würde sie niemals verraten.

»Und was, wenn wir genug Geld hätten?«, wiederholte Miles also seine Frage.

Verwunderung huschte über ihre Miene. »Ich bewundere euch alle sehr, und ihr habt mehr als bewiesen, dass ihr alles schaffen könnt. Aber ich habe meine Hausaufgaben auch gemacht und das *Heim für beklagenswerte Mädchen* überprüft. Die finanzielle Situation ist haarsträubend. Nicht mal die notwendigsten Reparaturen können bezahlt werden, und ich soll glauben, dass ihr …« Sie hielt inne und versicherte sich, dass keiner der Polizisten lauschte. Dann flüsterte sie: »… dass ihr auf einem kleinen Vermögen sitzt?«

»Na ja«, antwortete Pearl ganz sachlich. »Bis vor etwa einer Stunde noch nicht.«

Ehrfurchtsvoll und mit verstohlenem Blick nach allen Seiten öffnete Mary ihre Tasche. Die fünf Juwelen darin glitzerten im Licht der frühen Morgensonne.

Aggie schnappte nach Luft. »Ihr habt ihm die Juwelen geklaut?«

Die Mädchen und Miles nickten.

»Ohne euch erwischen zu lassen?«

Cosima drehte sich zu Pearl um, die mit den Schultern zuckte, als wollte sie sagen: *Keine große Sache*. Aggies Blick wanderte zu Pearls aufwendig verzierten Armen, dann riss sie die Augen auf.

»Ihr habt Fälschungen gemacht«, begriff sie. »Und gegen die Echten ausgetauscht.«

»Eigentlich«, stellte Diya klar, »haben wir sie nur *zurück*gestohlen. Fitzroy hat sie ohne Erlaubnis aus den Ländern mitgenommen.«

Aggie stand der Mund offen. »Und was macht ihr jetzt damit?«

Diya ballte die Hände entschlossen zu Fäusten. »Wir schicken sie dahin zurück, wo sie hingehören. Zu ihren rechtmäßigen Besitzern.«

Cosima und die anderen nickten. Und überraschenderweise zuckten nach einer kurzen Denkpause Aggies Mundwinkel. »Das ist nur gerecht. Aber wie wollt ihr dann an Geld kommen?«

Mary grinste und schob vorsichtig die Juwelen beiseite, um Aggie das goldene Diadem zu zeigen.

»Fitzroy ist ein fürchterlicher Dieb, und wir glauben, dass er das Diadem vermutlich durch zwielichtige Geschäfte bekommen hat oder indem er anderen Kindern mit Behinderung das Leben schwer gemacht hat, darum …« Cosima waren die Worte so schnell aus dem Mund gesprudelt, dass sie tief Luft holen musste. »… ist es doch nur gerecht, wenn wir damit unser Leben oder das von den anderen im Heim etwas besser machen.«

Aggies Miene war die ganze Zeit über undurchdringlich gewesen, doch jetzt lag ein breites verschmitztes Lächeln auf ihrem Gesicht. »Genial«, flüsterte sie. »Einfach genial. Ich hätte nicht gedacht, dass ihr mich noch mehr überraschen könnt, aber … potz Blitz! Bloß eine Frage habe ich noch.«

»Und welche?«, kam es von Mary.

»Also, ihr könnt es natürlich nicht verkaufen. Selbst wenn die Fälschung unentdeckt bleibt, ist es verdächtig, ein identisches Diadem anzubieten.«

Pearl zog bloß eine Augenbraue hoch. »Du vergisst, dass wir Diya haben.«

Diya reckte das Kinn. »Ich werde das Diadem einschmelzen und einen Goldbarren draus machen. Der lässt sich leichter verkaufen. Und Indien bekommt seinen Diamanten zurück.«

Nachdem sie Dolly eingesammelt hatten, kehrten sie alle zum *Heim für beklagenswerte Mädchen* zurück. Ganz aufgeregt weckten sie die anderen und verkündeten die frohe Botschaft, dass die Makels nicht wiederkommen würden. Freudenschreie hallten durchs Heim, und voller Tatendrang suchten sie die letzten Gegenstände zusammen, die Diya für ihren Schmelzofen brauchte.

Ohne Angst vor grausamen Strafen plünderten die Mädchen fröhlich all das Gerümpel, von dem die Makels sich das schnelle Geld versprochen hatten, und bauten den Schmelzofen in der Eingangshalle zusammen.

Cosima wühlte sich durch die alte Apfelkiste im Schlafsaal und lief dann mit einer Zange von Diya zurück zu den anderen. Pearl hielt das goldene Diadem fest, und Cosima machte sich mit der Zange daran, den Sterndiamanten aus seiner Halterung zu lösen. Er saß ziemlich fest, und jeder Ruck sandte Cosima einen stechenden Schmerz durch sämtliche Gelenke, doch sie gab nicht auf, bis der Diamant endlich mit einem lauten Plopp heraussprang.

Diya wischte sich Schweiß von der Stirn. Ihre Augenbrauen waren halb abgekokelt. Mit einem Schraubenschlüssel versuchte sie konzentriert, eine Art Metallrohr an einem Kessel zu befestigen. »Die beiden Gasbrenner habe ich fast fertig. Jetzt muss ich nur noch den Ofen dämmen, damit die Hitze nicht entweicht.«

»Hier, bitte.« Aggie reichte ihr etwas hitzebeständige Steinwolle. Dank ihrer Zeit als verdeckte Ingenieurin hatte sie noch ein paar solcher hilfreichen Utensilien parat.

Danach legte Diya ihr Werkzeug beiseite, und sobald sie an einem Rädchen drehte, erwachte die Vorrichtung zum Leben. Als sie in das Rohr pustete, stob eine blaue Flamme aus der Kesselschnauze und verfehlte nur ganz knapp Cosimas Wuschelkopf.

Während Diya weiterarbeitete, verpackten Cosima und die anderen sorgfältig die Juwelen. Dolly hatte Briefmarken und Etiketten aus Miss Makels Büro stibitzt. Gemeinsam wickelten sie jeden kostbaren Edelstein in braunes Papier und umschnürten ihn fest mit gezupftem Tau. Mary hatte die Nase in etliche Bücher gesteckt, um herauszufinden, an wen sie die Juwelen am besten schicken sollten. Und dann hatte Pearl in ihrer schönsten Handschrift fünf einzelne Empfänger aufgeschrieben:

Die Liga der indigenen Völker Australiens, Sydney, Australien
Das Volk der Shona, Mashonaland
Die Khoi, Kap der guten Hoffnung
Der Indische Nationalverband, Kalkutta, Indien
Die Ägyptische Unabhängigkeitsallianz, Kairo, Ägypten

Miles packte alle Pakete in eine große Tasche und machte sich auf den Weg zum Postamt. Zwanzig Minuten später kam er mit einem breiten Grinsen wieder, gerade als der Ofen die richtige Temperatur erreicht hatte.

Hoch konzentriert klemmte Diya die Zunge zwischen die Lippen und legte mithilfe einer Zange das goldene Diadem in den Schmelztiegel. Obwohl Cosima ganz schlecht vor Aufregung war, beobachtete sie ebenso gebannt wie die anderen, wie es langsam die Form verlor und zu einer goldenen Pfütze zerschmolz. Mit einem Küchensieb schöpfte Diya kleine Verunreinigungen heraus, die nach oben schwammen. Und als das Diadem endlich vollständig geschmolzen war, goss sie das flüssige Gold in eine Barrenform, die eins der Mädchen in einem Alchemie-Baukasten der Makels gefunden hatte.

Und dann hieß es warten.

Während der frische Goldbarren noch abkühlte, klopfte es auf einmal an der Tür. Alle in der Eingangshalle hielten nervös den Atem an. Instinktiv stellten die Mädchen sich schützend vor den Schmelzofen und verdeckten die Sicht darauf, dann öffneten Aggie und Cosima die Tür.

»Guten Tag.« Dort stand ein Mann. Seine Stimme klang nasal, und sein Blick klebte an dem Klemmbrett in seiner Hand. »Kraft meines Amtes bin ich befugt, die Kinder aus diesem Heim abzuholen und sie in eine angemessene Unterkunft mit entsprechender Aufsicht zu bringen.«

Er hob den Blick und betrachtete die schniefenden Mädchen, die sich aneinander festklammerten und sich die Tränen aus den Gesichtern wischten. Wut kochte in Cosima hoch und schnürte ihr die Kehle zu. Sie öffnete den Mund, versuchte ihre rasenden Gedanken in Worte zu fassen, um diesen Mann irgendwie aufzuhalten. Doch ihr kam kein Laut über die Lippen.

Aggie schob sich vor sie und streckte entschlossen eine Hand aus. »Miss Agatha de la Dulce. Reporterin des *Londoner Anzeigers*. Ihr Eingreifen hier ist überflüssig, Sir. Es wurde bereits eine neue Heimleiterin gefunden. Miss Gutmut hat tadellose Referenzen: eine Ausbildung am Norwood College und bis vor Kurzem die Aufsicht über die Kinder von Lady Krachleder.«

Cosima konnte ihr aufgeregt pochendes Herz kaum beruhigen.

Der Mann schnaubte. »Das ist höchst ungewöhnlich.« Mit trüben Augen musterte er Aggie. »Diese Bewerberin haben wir noch nicht überprüft, und das Gebäude wirkt tatsächlich alles andere als geeignet.« Er beäugte die abblätternde Farbe an der Haustür.

»Wie genau haben Sie denn die vorherige Heimleiterin überprüft?«, fragte Aggie, und ihre Wangen färbten sich rot. »Die Mädchen haben mich informiert, dass die zuständigen Inspektoren häufig mit den Makels zusammen Alkohol konsumiert haben.«

Der Mann blinzelte heftig. Sein Kehlkopf zuckte nervös. »Ähm, nun ja, dazu kann ich keine Auskunft …«

Aggie unterbrach ihn. »Außerdem hat das Heim erst kürzlich von einem anonymen Gönner eine großzügige Spende erhalten, dank der genügend Mittel zur Verfügung stehen, um sowohl die Mädchen zu betreuen, als auch das Gebäude wieder instand zu setzen, damit sie ein angemessenes Zuhause haben.«

Aggie trat zur Seite, als Diya mit dem fertigen Goldbarren im Schoß nach vorn rollte. Das Gold brachte die Augen des Mannes zum Glänzen.

Er räusperte sich. »Ah, ich verstehe.« Einen Moment lang notierte er etwas auf seinem Klemmbrett. »Nun, ich bin sicher, wir kommen zu einer Einigung.«

DER LONDONER ANZEIGER

20. November 1899 Preis: 2 Pennys

LISTIGER LORD: HOCHSTAPLER FITZROY DES DIEBSTAHLS ÜBERFÜHRT

Wie Lord Francis Fitzroy zugeben musste, wurden sämtliche Ausstellungsstücke in den Pavillons der Empire-Ausstellung unrechtmäßig aus ihren Herkunftsländern ausgeführt. Auch bei vielen der angeblich originellen Erfindungen handelte es sich um schamlose Nachahmungen. Während Fitzroy sich weiter in Polizeigewahrsam befindet, fordern Heerscharen von Gläubigern mit sofortiger Wirkung ihre Investitionen zurück. Aufgedeckt wurden seine kriminellen Machenschaften von der entschlossenen Reporterin Agatha de la Dulce, die fortan hier beim Anzeiger *nicht mehr unter Pseudonym, sondern unter ihrem echten Namen veröffentlichen wird.*

GESELLSCHAFT VON MAKEL BEFREIT: GAUNER-GESCHWISTER VERHAFTET

Nachdem schwerwiegende Unstimmigkeiten bei der Leitung eines Kinderheims ans Licht kamen, wurden Miss Alvira Makel (40) und Mr. Eugen Makel (42) festgenommen. Ihnen wird vorgeworfen, Gelder veruntreut zu haben, die für das Wohlergehen der Kinder eingesetzt werden sollten. Bis zum Beginn des Strafprozesses sind sie im Kensingtoner Gefängnis untergebracht.

KOLONIEN VERKÜNDEN ENTDECKUNG UNSCHÄTZBARER JUWELEN

Gleich fünf britische Kolonien erklärten, sie hätten wertvolle Edelsteine wiederentdeckt, die lange als verschollen galten. Die Ersteinwohner Australiens haben den Midjal-Opal zurückerlangt, bei den Völkern des Mashonalands ist der Kutinhira-Smaragd aufgetaucht, und auch der Olwandle-Saphir, der Taara-Diamant und der Muntasaf-Allail-Rubin haben den Weg zurück in ihre Herkunftsregionen gefunden.

AUFLÖSUNG DES INSTITUTS MIT SOFORTIGER WIRKUNG

Die Treuhänder einigten sich darauf, das Vermögen der Organisation aufzulösen und

EPILOG

Einen Monat später

Sie hatten das Heim extra für diesen Anlass dekoriert. Lametta bedeckte jeden freien Zentimeter, und alle Spielsachen waren aus der Eingangshalle geräumt worden. Cosima hockte auf der obersten Stufe der knarzenden Treppe und war gerade dabei, ein Willkommensbanner am Treppengeländer aufzuhängen. Gelächter wehte aus den Gängen herüber, und Vorfreude lag in der Luft. In der Mitte der Eingangshalle stand ein überreich geschmückter leicht krummer Weihnachtbaum.

Die neue Heimleiterin, Miss Gutmut, lief geschäftig auf und ab und sah alle paar Sekunden auf die Uhr. Sie hielt inne und blickte hoch zum Banner. »Das sieht wirklich fabelhaft aus, Cosima. Aber vielleicht lässt du die linke Seite noch ein bisschen weiter nach unten?«

Cosima nickte, löste den Knoten in der Schnur und senkte sie ein Stück weiter ab. »So?«

»Perfekt!« Miss Gutmut steckte den Kopf in den Gang zum Klassenzimmer und rief: »Kommt alle her und schaut euch Pearls Banner an!«

Cosima schnappte sich ihren Stock, hielt sich mit der anderen Hand am Geländer fest und stieg die Treppe hinunter, während eine aufgeregt quasselnde Mädchenschar mit und ohne Gehhilfen oder Rollstühle in die Eingangshalle gestürmt kam. Cosima stellte sich zu Miss Gutmut und den anderen, um das Banner zu bestaunen.

HERZLICH WILLKOMMEN IM HEIM ZUM STERNDIAMANTEN. WIR FREUEN UNS, EUCH ZU UNSEREM FAMILIENBESUCHSTAG ZU BEGRÜSSEN!

Schirmherrin: Miss Agatha de la Dulce,
berühmte Reporterin des Londoner Anzeigers

Es ist wunderschön, gebärdete eins der Mädchen.

»Dein bisher bestes!« Miles schenkte Pearl ein breites Lächeln.

»Ein wahres Meisterwerk.« Miss Gutmut nickte. Dann wandte sie sich an all ihre Schützlinge. »Sind wir so weit?«

Im selben Augenblick wurde die Haustür aufgestoßen, und ein fieser kalter Windstoß sauste in die Wärme der Eingangshalle.

»Entschuldigt die Verspätung!« Mit einem Stapel Ordner und Papiere unter dem Arm wirbelte Aggie herein. »Ich war so mit den Vorbereitungen meines nächsten Projekts beschäftigt, da habe ich die Zeit ganz vergessen!«

»Wessen Identität nimmst du diesmal an?«, wollte Miles wissen und löste den Blick nicht von den nigelnagelneuen Spielkarten, die Pearl ihm gebastelt hatte. Geschickt ließ er sie von einer Hand in die andere hüpfen.

Aggie schüttelte die Kälte ab. Sie schien nervös zu sein. »Meine eigene. Ich werde einen Gentleman auf einer Weltreise begleiten und regelmäßig Berichte an den *Anzeiger* schicken.«

Ein Chor aus »Ooohs« und »Aaahs« ertönte, eins der Mädchen gebärdete *Schreibst du uns auch?*, und Miles klopfte Aggie auf die Schulter, während Dolly sie in eine ihrer stürmischen Umarmungen zog.

»Natürlich schreibe ich euch!« Aggie erwiderte Dollys Umarmung und drückte ihr einen Schmatzer auf die Stirn. »Euch Kinder werde ich am allermeisten vermissen. Und egal wo auf der Welt ich mich befinde, es wird mich immer mit Stolz erfüllen, die Schirmherrin dieses Heims zu sein.«

Ehe noch jemand etwas dazu sagen konnte, klopfte es an der Tür. Miss Gutmut und Aggie tauschten ein freudig gespanntes Lächeln. Die neue Heimleiterin straffte die Schultern, dann schritt sie auf die große hölzerne Flügeltür zu. Sie öffnete sie und gab den Blick auf die Menge frei, die sich davor versammelt hatte.

Mary brach in Freudentränen aus, stürmte auf einen greisen Gentleman zu und schlang ihm die Arme um den Bauch.

Diya sauste die Rampe hinunter (die sie gerade erst neu gebaut hatte) und fuhr zu ihrer Ma, einer respektablen Dame mit einem dicken Wollschal um die Schultern und einem freundlichen Lächeln im Gesicht. Dazu gesellte sich ein schlanker Mann mit brauner Haut, der vorher nicht zu sehen gewesen war.

»Papa!«, rief Diya überglücklich. »Du hast Landgang!«

Pearl schlängelte sich derweil an den anderen vorbei und eilte zielstrebig auf ein kleines Mädchen und eine etwas streng wirkende ältere Frau zu. Sie stellte sich dicht neben ihre Schwester und grinste breit, zufrieden, dass sie noch immer die Größere von beiden war.

Auch der Rest der Mädchen begrüßte Familienangehörige und wurde umarmt und geküsst. Selbst Miles warf sich einer lächelnden Dame in die Arme. Innerhalb von Sekunden war die Luft von Lachen und liebevollen Worten erfüllt. Nur Cosima und Aggie blieben auf der Schwelle stehen. Cosima ließ den Blick über die Menge schweifen, hoffte wider alle Vernunft, eine Person zu entdecken, die ihr ein bisschen ähnelte. Waren da vielleicht irgendwo wilde Wuschelhaare? Gelenke, die sich etwas danebenbenahmen? Oder sturmblaue Augen?

Aber während alle anderen Kinder aufgeregt mit ihren Verwandten plauderten, dämmerte Cosima, dass niemand übrig war, der sich danach sehnte, mit der lang vermissten Tochter wiedervereint zu werden.

Beim Anblick ihrer Freunde, die alle vor Glück fast platzten, wurde ihr selbst ganz schwer ums Herz, und ihre Augen füllten sich mit Tränen.

Aggie nahm ihre Hand und drückte sie fest. Auf ihren Lippen lag ein leichtes wehmütiges Lächeln. Sie nickte Cosima zu, die sich räusperte und einen Schritt vortrat.

»Herein in die gute Stube! Es gibt von Dolly meisterhaft gebackene Törtchen und natürlich knallheißen Tee.«

Strahlen der Wintersonne strömten ins Haus, als die Besucher eintraten.

Später am Tag, nachdem auch die letzten Angehörigen sich verabschiedet hatten, ließ Cosima sich auf einen bequemen Sessel in Miss Gutmuts Büro fallen.

Alle Verwandten hatten eine große Führung durch das aufpolierte Heim bekommen, das Miss Gutmut als absolutes Schnäppchen von den vorherigen Besitzern erworben hatte. Die hatten nämlich dringend Geld für ihre Prozesskosten auftreiben müssen.

Die Familien hatten die hübsche, bis zum Rand gefüllte Bibliothek bestaunt, waren vorsichtig durch das farbgesprenkelte Künstler-Atelier getapst und vor Schreck zusammengezuckt, als Diya ihre neueste (und sehr laute) Erfindung in ihrem Erfindelabor präsentiert hatte. Als sie schließlich zu einer wohlverdienten Tasse Tee in den Speisesaal zurückgekehrt waren, hatte Pearls Tante die Lippen geschürzt und Miss Gutmut auf die Schulter getippt. »Das ist ja alles wirklich reizend, und ich freue mich, meine Nichte so glücklich zu sehen, aber wo, um alles in der Welt, haben sie die Mittel dafür her?«

Mit einem Funkeln in den Augen hatte Miss Gutmut geantwortet:

»Machen Sie sich darüber mal keine Sorgen. Ich habe einige sehr umtriebige und großzügige Freunde.« Und dabei hatte sie Cosima zugezwinkert.

Nun, nachdem sie den ganzen Tag mitgeholfen hatte, dass alle Kinder eine tolle Zeit mit ihren Familien genießen konnten, war Cosima völlig erschöpft. Doch die vielen strahlenden Gesichter waren die Mühe wert gewesen – sie hatten das schmerzhafte Ziehen in ihrer Brust, weil sie selbst keinen Besuch bekommen hatte, beinahe vertrieben.

Sie starrte hoch auf das Brett, an dem sie alle Hinweise auf die Identität ihres Vaters – des mysteriösen E. – gesammelt hatte: Minas Zeichnungen, die Überreste des bestickten Taschentuchs und das Flugblatt zur Gefängnisreform. Mithilfe von Aggies Recherche-Talent hatten sie die Möglichkeiten eingegrenzt.

In den vergangenen Wochen hatten Aggie und Cosima mit einigen Mitgliedern der Britischen Damengesellschaft für die Gefängnisreform gesprochen. Sie hatten Cosima viel von Mina erzählt: von ihrem unermüdlichen Engagement, das Schicksal anderer zu verbessern, ihrem freundlichen Wesen und ihrer Schwäche für Pralinen. Cosima hatte an ihren Lippen gehangen, sich verzweifelt an jede noch so kleine Information geklammert, jede davon eine unschätzbare Verbindung zu ihrer Mutter.

Ein paar der Damen erinnerten sich an einen Redner, dem Mina besonders zugetan war – einen ehemaligen Häftling. Doch keine wusste mehr seinen Namen. Keine konnte Cosima viel mehr über ihn sagen, als dass er groß gewesen war und braune Haare gehabt hatte. Enttäuschung breitete sich in Cosimas Magen aus. E. blieb so schemenhaft wie eine von Minas halb fertigen Skizzen.

Daraufhin nutzte Aggie ihre Kontakte, um sie ins Wormwood-Scrubs-Gefängnis zu bringen. Hoch und bedrohlich ragte das rote Backsteingebäude vor Cosima auf, und sie fühlte sich ganz klein. In der Gefängnisbibliothek durchsuchten die beiden die Aufzeichnungen nach Insassen, die Anfang 1888 entlassen worden waren, zehn Jahre wegen eines geringen Vergehens abgesessen hatten und mit dem Buchstaben E begannen.

Auf ganze fünf Männer passte diese Beschreibung.

Also verschickte Cosima fünf Briefe, erklärte, wer sie war, fragte, ob der Empfänger eine Willamina Fitzroy gekannt habe, und falls ja, sei er herzlich zum vorweihnachtlichen Familienbesuchstag im *Heim zum Sterndiamanten* eingeladen.

Einer der Briefe war ungeöffnet zurückgekommen mit dem Vermerk *EMPFÄNGER VERSTORBEN*.

Auf drei Briefe waren Antworten eingetrudelt, in denen die Männer schrieben, dass sie keine Willamina Fitzroy kannten und auch nie gekannt hatten.

Ein Brief blieb unbeantwortet.

Aber keiner der potenziellen Väter war aufgetaucht.

Aggie kam auf Cosima zu. »Wie fühlst du dich?«

Miss Gutmut saß an ihrem Schreibtisch und klebte gerade Briefmarken auf Weihnachtskarten, die noch verschickt werden mussten. »Wie geht es deinen Gelenken?«, fügte sie hinzu.

»Sie tun weh«, antwortete Cosima wahrheitsgemäß. »Aber das macht mir nichts aus. Es war ein wundervoller Tag.«

Aggie drückte Cosima einen Kuss auf die Stirn. »Es tut mir so leid, dass dein E. heute nicht gekommen ist. Aber ich verspreche, ich gebe den Versuch nicht auf, ihn für dich aufzuspüren. Vielleicht haben wir bei unserer Recherche in den Gefängnisakten ja etwas Wichtiges übersehen.«

Cosima riss den Blick vom Hinweisbrett los und nickte. »Ich weiß, Aggie. Und ich werde auch nie aufgeben.« Sie rieb kurz über das Bild von Mina in ihrer Tasche. Das sollte ihr Glück bringen. »Eines Tages werde ich ihn finden. Aber jetzt hätte ich Lust auf eine Tasse Tee. Und dabei sollten wir diese Fotografie von dem Yeti noch mal genauer unter die Lupe nehmen. Vielleicht können wir ja doch beweisen, dass es eine heimtückische Fälschung ist? Und dann würde ich gern nachgucken, wie weit Pearl mit ihrer Skulptur ist. Und ob Diya die Falten aus ihrer Schwebeschirm-Erfindung ausbügeln konnte. Und …«

»Miss Gutmut!« Marys Gesicht erschien im Türrahmen. »Ich habe mich endlich entschieden, was im Herbst auf dem Lehrplan stehen sollte.« Sie drückte der Heimleiterin ihre Pläne in die Hand und zog dann Miles ins Büro. »Und Miles hat den Herd repariert!«

»Genial!« Miss Gutmut klatschte in die Hände.

Ein ohrenbetäubender Knall hallte durch die Gänge, und Rauchschwaden kitzelten Cosima in der Nase. Reifen quietschten, und einen Moment später platzten Diya und Pearl herein. Diya war rußverschmiert, und ihre Haare standen zu Berge. Pearl umklammerte das halb fertige Modell eines Schmetterlings.

»Es gibt ein Problem.« Diyas Augen waren vor Aufregung und leichter Panik weit aufgerissen. »*Möglicherweise* ist ein kleines Feuer im Erfindelabor ausgebrochen.«

Miss Gutmut schnappte sich den Feuerlöscher (ein *unverzichtbares* Haushaltsgerät, wenn Diya an ihren Erfindungen arbeitete) und sprintete los. Mary folgte ihr, während sie irgendetwas von »Brandschutzbestimmungen« rief, genau wie Pearl, die bereits dabei war, ihre Arme mit Flammen aus Tinte zu verzieren. Cosima und Aggie sahen sich an und kicherten.

Miles schnaubte und zog sich die vom Herd ganz schmutzigen Handschuhe aus. »Heißt das, ich muss schon wieder was reparieren? Irgendwie habe ich mir meine Handwerkerlehre ein bisschen abwechslungsreicher vorgestellt.« Grummelnd lief er den anderen hinterher.

Diya drehte sich an der Tür noch mal um. »Kommt ihr gleich nach?«

Cosima und Aggie nickten, und Diya lächelte, bevor auch sie davonflitzte.

Alle Gedanken an verschollene Väter und unerklärliche Ereignisse traten in den Hintergrund, als Aggie Cosima aufhalf und sie den anderen folgten. Hier und jetzt, in diesem Haus, einst ein *Heim für beklagenswerte Mädchen*, war Cosima so glücklich wie nie zuvor. Was auch immer geschah, hier hatte sie eine Familie. Es war vielleicht nicht die klassischste aller Familien, aber es war ihre.

Während sie auf die Bürotür zuging, fiel Cosima auf, wie still es auf einmal war. Seit Miss Gutmut die Leitung übernommen hatte, war es sonst nie so still im Heim. Es war von Gelächter, Jauchzern und den Geräuschen der ein oder anderen Explosion aus Diyas Labor erfüllt. Je näher Cosima dem Türrahmen kam, desto schneller breitete sich ein mulmiges Gefühl in ihr aus. Sie wappnete sich gegen schlechte Neuigkeiten.

Doch als sie mit unsicheren Schritten die knarrenden Dielen der Eingangshalle erreichte, begann ihr Herz so schnell zu pochen, dass sie fast befürchtete, es würde ihr aus der Brust springen.

Im Schatten der Eingangstür wartete ein unbekannter Mann. Er trug einen Bart im wettergegerbten Gesicht, und in der Hand hielt er einen zerknitterten Umschlag. Als er seine Schirmmütze abnahm, quoll darunter wildes Wuschelhaar hervor. Und als er Cosima anlächelte, entdeckte sie auf seinen Wangen die gleichen Grübchen wie bei sich selbst.

Miss Gutmut und die anderen Kinder lagen sich am Fuß der Treppe in den Armen. Ihr am nächsten strahlten Diya, Pearl, Mary und Miles mit feuchten Augen um die Wette.

Cosima öffnete den Mund und schloss ihn wieder. Sie bekam am ganzen Körper Gänsehaut. Doch Aggie drückte aufmunternd ihre Schulter.

Als Cosima sich wieder einigermaßen gefasst hatte, brachte sie mit fremd klingender Piepsstimme hervor: »Haben Sie meinen Brief bekommen?«

Noch bevor der Mann antworten konnte, hastete sie schon auf ihn zu, wobei sie sich schwer auf ihren Stock stützte. In den Augen des Mannes lag nicht das winzigste bisschen Abscheu, weil sie hinkte. Stattdessen funkelten sie voller Wärme, und sein Lächeln war breit und aufrichtig. Er machte zwei Riesenschritte auf Cosima zu und schloss sie ganz fest in die Arme.

Selig legte Cosima den Kopf an seine Schulter. Tausend Fragen schwirrten ihr im Kopf herum, aber dafür blieb noch genug Zeit. Im Moment galt es erst einmal, elf Jahre an väterlichen Umarmungen nachzuholen.

DANKSAGUNG

Dass ihr dieses Buch jetzt in den Händen halten könnt, verdanke ich der wahnsinnig harten Arbeit einer Gruppe ganz unglaublicher Menschen.

Zuerst möchte ich meiner Superstar-Agentin Lydia Silver für ihren scharfen Korrekturblick und den unermüdlichen Enthusiasmus danken. Du warst von Anfang an meine Heldin, und ich bin dir und dem gesamten Team bei der *Darley Anderson Children's Book Agency* so dankbar.

Ein großes Dankeschön geht auch an HarperCollins *Children's Books* (den Kinderbuchbereich bei HarperCollins) – ihr habt mich so herzlich empfangen und das Ganze für mich in eine absolut magische Erfahrung verwandelt. Michelle Misra, dir danke ich, weil du als Lektorin die Geschichte, die ich erzählen wollte, so perfekt verstanden hast. Du hast mir geholfen, Cos strahlen zu lassen, und die Arbeit mit dir war wirklich toll! Jess Dean, deinetwegen habe ich nie die Orientierung verloren. Elisa Offord: danke für deine großartigen Marketingpläne. Flavia Sorrentino hat Cos mit ihren Illustrationen Leben eingehaucht, und ich bekomme immer noch bei jedem Blick aufs Cover Gänsehaut! Danke auch an den Cover-Designer Matt Kelly und an Elorine Grant aus der Herstellung.

Schreiben kann manchmal recht einsam sein, doch ich bin gesegnet mit einer tollen Community an Schreibkolleg*innen. Angefangen hat für mich alles bei *WriteMentor*. Danke an Stuart White und das ganze Team dafür, dass ihr mir an meinem Tiefpunkt eine Chance gegeben habt. Meine Mentor*innen Maz Evans und Jonathan Eyers waren maßgeblich an der Ausgestaltung dieser Geschichte beteiligt und standen mir immer mit ausgezeichnetem Rat zur Seite. All meine Kolleg*innen, deren Erstlinge auch 2023 erscheinen, waren unheimlich lieb und hilfsbereit. Natasha Hastings und Amy von *GoldenBooksGirl* sind meine besten Online-Freundinnen: Ich danke euch beiden so sehr. Und Shana Targosz und Christina Dwivedi sind meine wahnsinnig talentierten Schreibbuddys – ich liebe eure Geschichten über alles, und dank euch sind meine eigenen unendlich viel besser!

Freundschaft ist der Kern dieses Buches, und ich glaube, ohne die Liebe und die Unterstützung meiner Freund*innen, ob nah oder fern, hätte ich es niemals schreiben können: Jasmin Coughtrey, du bist meine Seelenschwester und die lustigste Person auf der Welt. Charlotte Chatwin, ich weiß schon nicht mehr, wie das Leben ohne dich war, und dafür bin ich sehr dankbar. Hannah Gladwell, du hast mich durch die Uni gebracht und warst immer für mich da. Georgette McLoughlin (nur dass du es weißt: Ich muss immer noch jedes Mal nachgucken, wie man deinen Namen schreibt), Ross Duncan und Mika Duncan – ihr alle seid die Besten, und ich liebe euch sehr. Cain, Holly, Archie und Cody Giblett – ihr seid so eine starke und wunderschöne Familie! Riesiger Dank gilt auch meinen Freund*innen und Kolleg*innen vom Devil's Porridge Museum, die mit mir gefeiert haben, als ich die Nachricht bekam, dass mein Buch veröffentlicht wird: danke, Emma, Arna, Desray, Monica und Ellie.

Auch die Menschen aus Potton, meiner Heimatstadt, haben mich unglaublich unterstützt. Ich bin so glücklich, dass ich in einer so tollen Gemeinde aufwachsen durfte.

Meine Familie ist mein Leben: Mum und Dad – dieses Buch widme ich euch. Ich kann gar nicht ausdrücken, wie dankbar ich euch bin, weil ihr euch so unermüdlich für eure Kinder einsetzt und so für eure Überzeugungen einsteht. Tom, mein bester Freund, seit ich zwei war, und Jayden, unser kleiner Bruder und meine Inspiration für Pearl – ihr beide seid die mutigsten, schlausten und freundlichsten Menschen auf der Welt, und ich bin so stolz, eure Schwester zu sein. Meine Großeltern, Sheila und David, ihr seid seit dem ersten Tag meine unerschütterlichsten Unterstützer*innen. An alle meine Tanten, Onkel, Cousins und Cousinen – tut mir leid, dass ich nicht all eure Namen aufliste, aber ich habe euch alle sehr lieb! Genau wie meine neue Familie: Beth – meine Schwester (wen interessiert, dass es »nur« angeheiratet ist …). Nikki Papprill und Al Massie, danke für eure Unterstützung. Rod Milligan (und Rocky!) – du bist genauso ein Geschichtsnerd wie ich! Und an meine beiden Katzen, Scout und Sunny, die sich nur für Fischstäbchen und Streicheleinheiten interessieren: danke, dass ihr mir jeden Tag ein Lächeln aufs Gesicht zaubert.

Und zum Schluss: danke, Connor, meine Lebensliebe. Du hast meine Scherben aufgesammelt, als ich schon aufgeben wollte, und all meine Erfolge mit mir gefeiert. Jetzt hast du eine Buchwidmung bekommen, also musst du wohl auf unbestimmte Zeit den Spüldienst übernehmen …